喧嚣背后的角落

彭小莲 著

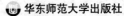华东师范大学出版社

自序

贾(植芳)叔叔活着的时候,他一看见我,就会打趣地跟我说:小莲啊,你最近出新书了吗?让我来给你写个序,我现在成写序专业户了。

那时候,我正忙着拍戏,哪里有功夫写作啊,每天都是满世界地跑。可是,有一天,我没戏拍了,我趴在屋子里,一个字一个字慢慢地写着。我出书了,我到处找人写序,可是开不出口啊,大家都那么忙,要把你这厚厚一本书看完,谁有那个功夫?这时候,我深深怀念着贾叔叔。

和写作相比,我更喜欢拍电影,因为在那种创作中,带有工业化的机械劳动,很多时候就是手工活。每当你触摸到胶片时,你会自觉地戴上白手套,哪怕那样片最终会被丢弃,你还是想保持它的光洁。一格一格地剪接,看着原有的素材,在每一格不同的衔接下发生了微妙的关系,然后送去混录;再调光,举起12格样片看着,放在灯光板下辨别它的色调。即使和日本的调光师交流时,夹杂着专业用语的英文,写着中文,指着12格样片说话,程序都是一样的。那个过程,现在想来,真是让人非常享受。

只是,胶片的年代刹那间消失了,世界的胶片帝国柯达公司,就看着它塌陷;数字替代了胶片,拍戏的门槛越来越低,只要有钱,谁都可以上手。偏偏在找钱的时候,我显得那么愚蠢,我所有的拍片能力都在消失,我像乌龟一样,一直在那里爬着,爬得很慢很慢,却不想放弃。钱,还是没有找到。我躲回到文字里,把电影写进我的小说,在那里成就我的电影梦。有一次,一个观众对我说:你的小说比你的电影好看。

我说:那是一定的!

为什么说,一定呢?

因为,小说是一个人的战争,你出征了,只要顽强地打下去,即使把自己打得头破血流,只要你敢于坚持,你还是会胜利的。电影,是世界大战,我常常还没来得及装上子弹,已经被打得溃不成军。

在我惨不忍睹的时候,年轻的小制片在微信上对我说:导演,坚持!

是的,我只有坚持,对于我,放弃比坚持更加困难。放弃了,我就一无所有。我继续读书、写作,我要为下一部戏做好全部的准备。我写得很慢,我知道我没有多少读者,可是我像一头倔驴就是不肯回头,因为我一旦回头,我就写不出东西。我对"潮流"持怀疑态度,下意识在回避"时尚",当我看着自己以往的写作,我知道,我是如此的脆弱,这是一个既定的现实,我不能回避,我只有面对自己。十年的"文革",我们为了一个空洞的目标,匆匆忙忙地"奋斗"着,于是在一个废墟里建立起自己的噩梦;现在,我抱着一本一本的书,八〇后的小孩都说:彭老师看的书,都是像砖头一样厚的。他们不能理解,我是要借助这些书的力量,从噩梦里重新走出来。不要指责我的软弱,我曾经有过的坚强并不能让我变得更加智慧,我愿意承认自己的愚蠢,这没有关系,我在错误中成长。

我的小说里,一直有我母亲的形象,这里面有我对她的爱和愤怒,我写了小说发表以后,有人对母亲说,你女儿又在小说里骂你了。她赶紧去买了《收获》杂志,看完以后她说:

你们根本不能理解她的小说,她对我多有感情啊。

听到这些的时候,我都想哭,这份理解给予我很多的安慰。我没有多少读者,但是母亲一直是我最好的读者。她年轻的时候,是大公报记者,也是一个不错的作家,后来她成了俄语翻译,她译的那些书,放在我书橱最显著的地方。再后来,她老了,在不断的政治运动中,全部的才华就是用来写检查的,她批判自己,揭发自己,侮辱自己,为了让检查可以过关。她娟秀的钢笔字在检查中来回奔走,终于等到有一天,不要写检查时,她独特的文字能力消失了,那些对自己真真假假的批判,把她毁了。她的句子找不到归属感,俄语的文章更无法转换成中文。她低下头,不说话,她开始为我抄稿子,她的钢笔字远比我的小说和剧本漂亮,她对朋友说:我现在是小莲的文抄公啊。

朋友又问她,你帮小莲改稿子吗?

哪里改得了啊,她的文字,她的写作,比我强多了。

在最自卑的时候,她依然在为我付出,在这付出中找到她最后幸福的归属感。我和她之间的分歧没有对错,不是善和恶的对峙;这是一场善和善的斗争,于是不管哪一方胜利了,都是伤心的。母亲,离开我已经快二十年了,在小说里看见她的身影,我还是感到一种揪心的疼痛。

当这些零零碎碎的文字,记录下转瞬即逝的过去,如今重新读来的时候,我特别珍惜它,因为它证明了情感和生活的存在。这是一份脆弱的存在,也是一份脆弱的记忆,我守护着它,它让我知道了文字的价值,知道了自己付出的必要。人们常说,生命在于运动,可是我越来越意识到,生命在于记忆,没有记忆的生命,就会像一个老年痴呆的人,在家人的陪同下,不停地在院子里走着……运动着,却失去了真正意义上的生命,失去了活着的尊严。

我周围还是那么热闹、骚动,没有关系,有一本好书,有一个好的想法,我就可以在书桌前,老老实实坐上一个又一个的春夏秋冬,从读书到写作,我找到了记忆,它维系着我脆弱的生命。文学,是我生命中的上帝、我的信仰,读书是我的祈祷,写作是我的救赎,拍戏是我的梦想。准备着,时刻准备着,有一天,重新站在摄影机的后面,和摄影师老林确定用几号镜头,是否还要把12K的大灯,装在升降机上……

2015 年 8 月 26 日　于上海

目录

童年,四季的秘密	1
阿冰顿广场	67
举起我天天阅读的那本书	143
流放者的归来	225
回家路上……	307
喧嚣背后的角落	367

童年，四季的秘密

春 天

很快,就是我五岁的生日了。记忆又变得那么清晰,那每一天的细节,开始一点一点渗透进灵魂。因为它们都发生得太突然,于是记忆是不可磨灭的。为什么是春天的晚上?因为我趴在窗台上,看见一大片白色的雪花在天空中飞舞,甚至模糊了窗户前的盆景,弥漫在整个院子里,我大叫:陈妈,陈妈,下雪啦!

陈妈一把将我从窗台上抱下来,放进被窝,然后对我说:小傻瓜,都是春天了。都五月了,还会下雪吗?那是樱花。快睡觉,明天还要上幼儿园。

说完,陈妈回身问彩云:彭政委的衬衣烫过了吗?

我从被窝里探出脑袋,学着彩云的口气:烫好了。彭政委……

我哈哈大笑倒头睡下,陈妈给我窝紧了被头,假装生气地说:不许捣蛋。陈妈就是叫惯了,彭政委,叫错了?

姑,衣服放到彭政委的屋子里了。

彩云跟着陈妈一起这样称呼我的爸爸,但是她叫"姑"时,带着浓重的苏北口音,她叫的是"鼓"。彩云是陈妈的侄女,还有半年时间,她才过十八岁的生日。陈妈把彩云从苏北老家带出来,因为彩云家生的都是女孩,家里没有劳动力,很穷。彩云这个年纪的姑娘,在乡下干不了什么事,不挣钱,还多一张吃饭的嘴。陈妈的丈夫当时已经是乡里的小干部了,他让陈妈把自己的侄女一起带到上海做保姆。陈妈怕彩云在大上海吃亏,就把她带在身边。那时候,家里就用了两个保姆,爸爸说:好啊,一起来吧。多一双筷子,能吃多少啊。

哪里是多一双筷子,彩云拿着和陈妈一样的工资,陈妈觉得爸爸手脚太大了,心里不大高兴,但这毕竟是自己的侄女,肥水不流外人田,算了!陈妈是爸爸从苏北带来的,当初爸爸带部队攻打南京占领总统府的时候,他们的部队到了安徽和江苏的交界处,部队准备从夹江打过去。陈妈的丈夫配合部队,把村子里的渔船都组织起来,推到了河边,部队的战士在那里挖工事,准备抢渡夹江。夹江在河道的转弯处,河面变窄了,在这里,村里的船只要迅速搭出一条水路,好让战士冲过去,后续部队就这样打到南京去了。当时人马很多,陈妈跟着丈夫到部队帮忙烧饭。

战争结束后,陈妈留在部队里做后勤。等爸爸的部队开进上海的时候,陈妈跟着一起来了,妈妈怀着我,陈妈在我们家帮忙,就这样留下来了。她和爸爸妈妈一样,享受着供给制。直到父亲转业到地方的时候,她的供给制取消了,在我们家做保姆,拿着爸爸付给她的月薪。可她不是一般的保姆,她是有党籍的。

晚上,1955年5月的一个晚上,我们都睡下了。窗外的樱花依然在天空中飞舞着,洒满了我们家的小阳台,我追随着那美丽的樱花一起飞到很远很远的地方。突然,我一头撞在一棵大树上,那里没有樱花,只有枯枝败叶,然后就听见有人使劲砸门的声音,我喘着大气抱住了树干。天,大亮,屋子里的灯光耀眼地刺着我的眼睛。我看见陈妈从家门口往爸爸妈妈的卧室跑,她差点摔了一跤,大叫着:彭政委,出事啦……陈妈猛地推开了爸爸妈妈卧室的门大叫:警察,警察!门口站的全部都是警察,在我们家门口……

很快,彩云也穿好了衣服,但是她把被子给我捂着,不许我动,妈妈和陈妈走进房间,我透过妈妈正准备关闭的房门,看见冲进屋子的警察已经给爸爸戴上了手铐。隐隐约约听见那里争执的声音,爸爸的声音很大,警察虽然不说话,但是他们的动作也很大,那里传来劈劈啪啪的声音,用扫描器在搜查着我们家。妈妈一张苍白的脸,走进我们的屋子,她一边关上房门,一边在那里穿好衣服:你们在这里不要动,一切听从组织的安排。

很快,我们的门被打开了,进来几个警察,妈妈走出了房间,警察对陈妈说:给孩子穿好衣服,这间屋子也要搜查。没有想到,陈妈很凶:小孩子有什么罪?半夜里,她穿了衣服到哪里去?

警察不搭理陈妈,走过来要拉我起床,我吓得抱紧了被子。陈妈一下推开警察:不许吓着小孩,走开!

陈妈回头跟彩云说:去衣柜里拿个大毯子。

于是陈妈用毯子裹紧了我,抱着我走出了房间;过道里,也站满了警察,通道变得拥挤,我看见爸爸被警察押着往客厅走,于是我贴着爸爸擦肩而过;看见我,爸爸迅速地把双手统进袖子里。长大以后我才明白,爸爸是不想让我看见他戴着的手铐。我从陈妈的背上朝爸爸伸过手去,想让爸爸抱我。我叫了起来:爸爸!

爸爸笑着对我说：不要调皮，听话。

陈妈抱着我，带着小阿姨彩云走进了厨房；哥哥已经穿好衣服背对着我们，站在厨房的窗前，他专注地看着黑暗的院子。彩云没有说话，匆匆忙忙用几个小方凳拼在一起，铺上了小被子，把我放在上面；厨房非常安静，那些搜查的声音渐渐的，变得有点遥远，屋子里的人都不说话，厨房的灯在我头上晃动着，恍恍惚惚，人头的影像飘远了，越来越模糊。很快，我睡着了。等我醒来的时候，家里只剩我和陈妈、彩云。哥哥也上学去了，他比我大十岁，那会儿已经是初中生了，很少和我玩。我就是粘在陈妈身上，用陈妈的话说，她是看着我从小点点、那一团小肉身变成一个小人生下来的，一直把我带到现在。陈妈给我穿衣服的时候，我听见她在跟彩云说：你不要害怕，彭政委是好人，我和你伯都看在眼里的，我和你伯会害你吗？我们都是共产党党员，不会带你到坏人家干活的。你就是要好好在这里做。

彩云不断地点头：姑，我就是有点害怕；我听你的！

怕什么？我在这里做了那么多年，他们是好人坏人，我不知道，看不出来？

突然,陈妈不说话了,使劲地把我的裤子往上提,她低下头给我扣纽子的时候,眼睛里涌满了泪水,一把将我从床上放到床沿边上坐下,给我穿上鞋子,嘴里嘟嘟囔囔地继续说着:真不知道出什么事了。唉,皇帝打了天下,都是要杀功臣的,彭政委那么好的人,他要出事了,这天下就太不义了!你,小把戏,(陈妈拍拍我的身体)不要害怕。饿不死你的,没饭吃,跟陈妈回老家,你那么小个肚子,我三片山芋干就把你塞饱了。

我不停地摇头:我不要跟陈妈到乡下去。

去不去,由不得你。没饭吃的时候,不去也得去。

陈妈把我从床上抱下来,就不再管我了。那一天,我没有去幼儿园,可是我一点都不快乐,往常要是不去幼儿园就是我的节日,那一天陈妈把我丢在墙角,不许我动,她和彩云不再搭理我,她们在一起整理着屋子。我似乎已经明白了什么,我变得很懂事,坐在那个小凳子上,不吵不闹,手里拿着布娃娃,给她穿衣服,脱衣服,擦脸,和她说话,又把衣服给她穿上。有时候骂她,学着陈妈的口气。我很生气,布娃娃什么话都不说,我揪着她的小辫子,让她开口!那一天,陈妈心情也不好,她没有给我烧饭,更不要说做好吃的;她把隔夜的鱼汤拌着米饭,往小凳子上一放,让我自己吃。

那一天,变得特别特别漫长,黄昏的时候,陈妈抱着我,往院子外面走。院子里的樱花还在飞扬着,我伸出手接住了花瓣,把它们贴在陈妈的脸上,陈妈根本不搭理这些,就是朝大门外走去,她说:我们去接妈妈回家。可是,一打开院子的小门,突然发现那里站着两个便衣警察,陈妈问他们:你们在这里干什么?朱同志上班还没回家呢。

便衣警察没有回答陈妈,却问道:你现在上哪里去?

陈妈说:我爱上哪里是哪里!

我学着陈妈的口气,说道:我们都是共产党党员。

陈妈和便衣都笑了。我没有笑,死死地抱住陈妈,那时候我已经懂得害怕。陈妈拍着我的背,一下一下,唱起了他们的苏北儿歌,依然带着浓浓的苏北口音:这块那块啊,小把戏往山上跑;回家捡到一个大元宝。发财啰……来,跟我一起唱……

我不唱。陈妈说:不跟我学苏北话?

妈妈怎么还不回家?

急什么啊,人家都在家门口等妈妈呢,马上就回来了!

没有走多远,一辆黑色的小车,朝我家的小院门口开来。小车刚停下,我就看见里面坐着妈妈,我开始大喊大叫:妈妈!

陈妈把我从身上放下去,好让我跑到妈妈身边。但是,紧接着从车上先走下来一个警察,吓得陈妈赶紧冲过去一把揪住我:不许乱跑!

我悬在半空,在那里使劲地蹬腿:我要下来,我要妈妈。陈妈拍了一下我的屁股,不许我吵闹。妈妈下车了,身后跟着两名警察。陈妈抱着我在马路上看着,可是他们一走进院子,陈妈又赶紧抱着我匆匆忙忙往家里跑。

客厅的门虚掩着,彩云在厨房端坐着,一脸的惧怕;警察和妈妈都坐在客厅里,陈妈丢下我,竟然就推门闯进了客厅。她站立在那里,却不知道说什么好,可是警察客气地对陈妈说:你过来,坐下一起谈。

陈妈转身找了张凳子,慢慢地坐下。

上年纪的警察对陈妈说:你是劳动人民,而且我们也了解到,你还是共产党员,组织上是相信你的,你要配合组织工作;从现在开始,根据上级领导的指示,安排小徐——徐强根同志,住在这房子里面,监督朱明的行动。你发现任何可疑的人,可疑的行为,以及朱明反党反社会主义的行动,都要及时向组织、向徐强根同志汇报!

陈妈:朱明从此就不去上班了?

警察看着陈妈没有回答她的问题,冷场了一会儿,陈妈又接着说道:她不上班,我也不要在他们家做了,让她自己做家务去,我要回老家了。

警察:她还是要去上班的。你暂时不必离开他们家,帮助组织一起监督。

陈妈:她去上班,我还跟到她单位去监督?

警察:单位里有革命群众,他们会监督她;回家就是由你和徐强根同志监督。

陈妈:她要是出去耍,我也跟得去?

警察:就是要这么做,要提高警惕。我们的党,从来就不会冤枉一个好人,但是,也绝不会放过一个坏人。我们对朱明的监督,就是为了更好地保卫我们得来不易,多少革命先烈用生命换来的社会主义国家,防止敌人的破坏,为了人民的幸福!现在,阶级敌人,已经打进我们内部来了……

陈妈突然打断了警察的话:我要烧晚饭了。

每天早上,都是彩云送我去幼儿园,可是这次是陈妈亲自送我去。彩云跟在后面,低着头,什么话都不说。我跟陈妈说:陈妈,抱!

这么大的孩子了,哪里还要人家抱的?

陈妈一边说着却一边弯下腰,一下就把我抱起来。我知道陈妈什么都会顺着我。但是,陈妈不像过去那样,她一路走一路在叹气。我也学着她不停地叹气,陈妈不高兴了:好玩,是吗?

我不说话了,陈妈一生气,我就不敢调皮捣蛋了。陈妈严肃地跟我说:以后要听彩云的话。

听陈妈的话。

那要是陈妈走了呢?

你为什么要走?

陈妈要找另外的事去做,要挣钱啊!

陈妈,我会长大的,我长大会挣钱养你的!

陈妈一下紧紧地抱住我:算是没有白白地把你带大,陈妈的心肝,对陈妈真是好!你知道吗,家里钱不够了,不能用两个人了。

那让小阿姨走啊!

陈妈一下捂住了我的嘴:不许瞎说!彩云也是陈妈的心肝,我也不舍得她的。那么大个上海,你让她到哪里去?陈妈还会回家来看你的。

不要,不要你走!

我就是不要听这些话。陈妈抱着我,在那里默默淌着眼泪,抱着我走到了幼儿园。在门口放下以后,像往常一样让我独自往里面走去,当幼儿园老师要关门的时候,我看见陈妈和彩云一直站在那里。我进屋了,趴到窗户上,看见陈妈一路走一路回头看着我们的幼儿园,我拍了拍窗子,她没有发现我在那里看着她们,只看见她们走到转弯角上,人已经变得很小很小,陈妈还在回头张望着我们幼儿园的房子。

放学的时候,像往常一样由彩云接我回家。我似乎已经预感到什么,一路上,我们什么话都没有说,冲进小院的铁门,撒腿就往小楼里跑,可是那里空空的,我从厨房跑到客厅,又查看了妈妈的卧室,还有厕所,一路跑一路叫喊着:陈妈,陈妈!没有一个人答应我,屋子里没有开灯,显得有点暗淡。我跑去打开壁橱的门,可是怎么拉都拉不开,一使劲,整个人就往后面摔倒下去。好像有一个人在我的身后托住了我,一回头,看见是一个警察站在我的身后,我放开喉咙撕肝裂胆地大哭起来。警察小徐看了看我,什么都没有说,扶正了我,转身走进了哥哥的房间。彩云拉住我的手,我不搭理她,还是大声哭着。彩云问我:你怎么啦?

我要陈妈,我要陈妈!

陈妈会来看你的。

我要爸爸,我要爸爸!

突然,小徐又从哥哥的房间走出来了,在狭窄的过道里,我看不见他的脸,只看见他的双脚站着立在那里,就在我的面前,他非常严厉地对我说:不许乱说乱叫,你爸爸在接受审查,你现在是要跟他划清界限。

我不要你管!

我到你们家是有任务的,是来监督你妈妈的!不许你胡闹。

我想知道,什么叫"划清界限",什么又是"监督"?可是彩云已经吓得拉着我往厨房间跑,我抽泣起来,喘着气。彩云一把将我拖到水池子前面,给我洗脸,真是有点哭不动了。

小把戏啊,以后就不能这样闹了,你要闯大祸的,哪里有这样跟警察说话的?

我连彩云都恨:我就是这样跟陈妈说话的。

现在没有陈妈了。

听她这么一说,我"哇"的一声又大哭起来!

夏 天

从此以后,我知道该怎么说话了。看见驻家的警察,我要叫他"小徐叔叔";在外面看见的警察,是叫"警察叔叔";妈妈对我说的话,是不能跟其他人说的;家里说的话,出门是不能说的;幼儿园里说的话,总是和家里的不一样的,就认真听着,不要问为什么,因为妈妈也说不清楚;跟彩云说话,是可以问陈妈的事情,其他的人,她是搞不明白的;还有,跟哥哥也不要多说,他不喜欢我,从来也不搭理我,遇到他不高兴的时候和他说话,他是会打我的。爸爸去很远很远的地方出差去了,这是不能让小朋友知道的;爸爸早晚会回家,就是不知道是什么时候,我们都在等他。

那时候我多大?五岁多一点,脑子里全部是一团浆糊和空白,可是这些说不清的规矩,没有人认真教育过我的东西,却被我搞得一清二楚。童年,原来是一个人最强大的时期,孩子常常可以在搞不明白任何事情的状态下,把游戏规则排列清楚,承受着所有的痛苦。还可以在心里存放下所有的秘密。只有等你成年以后,才发现这都是多么难以承受的东西,怎么童年就可以无所畏惧呢?

陈妈走了以后不久,我们家就搬离原来的花园洋房了。这以后,我再也没有在上海看见过那么大的樱花树,院子里那棵大大的樱花树,飞扬着像雪花一样的花瓣,只留在我的记忆里。它一次一次在我的梦中飘扬着,那都是一些噩梦,虽然樱花那么美丽,可是我再也不想看见它了。陈妈一走,什么都变了,我们搬到了常熟路上的一个叫"瑞华公寓"的房子里,房子坐东朝西,我住在朝西的小房间里,和彩云挤在一张小床上,屋子的另一角,是妈妈的书桌和床。那房子是上海市委的机关宿舍大院,老式公寓,还有电梯。但是我们家住在二楼,电梯是不停的,所以每天我都自己走上楼去;一楼就是我的幼儿园。也是在陈妈走了以后,妈妈把我从私立幼儿园接出来,转到机关幼儿园上学,这里的费用要便宜很多。

陈妈是一个分水岭,她一走,我们的生活全都变了。哥哥已经和小徐叔叔住在一间屋子里,小徐叔叔的行军床白天是要收起来的。房子变得更小,厨房里开始弥漫出一股大蒜味道,渐渐地散发在每个角落,因为小徐叔叔常常掰开几头大蒜,手里拿着从食堂带回来的烙饼,就那么吃起来。有时候,厨房的桌子上,还有一些大葱,彩云说:这是他的,不能碰!彩云管小徐叔叔叫"他",哥哥对他没有称呼,妈妈叫他"小徐"。彩云一如既往地管妈妈叫"朱同志"。家,变得很安静,窗户常常大开着,因为妈妈受不了那股大葱大蒜的味道,如果不让空气流通,我们的衣服上都会沾上气味。上海人最忌讳这股味道。妈妈有时在那里听一点评弹,要不是那一点点的琵琶弹得咣咣响,屋里就像死人一样,一点声音都没有了。我也不敢在家里大呼小叫,连说话都很少。彩云叫一声:吃晚饭了!然后,我们默默地走进厨房,自觉地在饭桌前坐下。那时候,小徐就坐在自己的房间里,看书看报纸,或者写着什么东西。只有当电话铃声响起的时候,所有的人都会停止动作;妈妈不在家,彩云是不会去接电话的,如果正赶上小徐叔叔在家,那就是他接听电话;要是妈妈在家,她去接电话,说着说着,就会放下电话向小徐叔叔汇报。电话贴在过道的墙壁上,摘下话筒就看见哥哥的房间,小徐叔叔立刻放下手上的东西,认真注视着接电话的妈妈。她在问:明天我就在家里翻译了?电话里不知道说了什么,然后妈妈就答道:好的。明白了。

很快,妈妈挂掉电话对小徐叔叔说:厂里新来的苏联片子,要赶在国庆上映。要我在家工作,把对白赶紧翻译出来。

小徐叔叔说:知道了。

然后,小徐叔叔就会给他的领导打电话,明天不去上班了,在家里监督妈妈。小徐叔叔很年轻,刚从部队转业,妈妈说,他才二十岁不到。可是,他对妈妈像大人一样严厉。那时候,妈妈在译制片厂工作,主要是翻译苏联电影的剧本和对白。所以,很多时候,她都是在家里工作。彩云把我送到楼下的幼儿园,不到放学的时候,我从来都是自觉地呆在那里,没有一次往家里跑过。

夏天到了,我特别不喜欢呆在自己的房间里,到了六点钟的时候,西晒的太阳咄咄逼人地穿过竹帘子晒在我和彩云的床上,竹帘子都褪色了,可是一点挡不住太阳光,屋里的阳光还是很强烈。我坐在过道里,那里可以透过厨房的后门吹进来一点点的风,可是,哥哥把客厅的门关住了,将最后的一点穿堂风拦腰截断在过道上。

我热得难受,不停地擦汗。推开客厅的门,看见哥哥穿着汗背心,正聚精会神地在那里做他的矿石收音机,桌子上摊了很多小零件,我从来不敢碰它,因为少了什么东西,哥哥就像发了疯一样在家里跟人吵架,连彩云都不敢进客厅去收拾屋子。哥哥拿着像钢笔一样的东西,那后面拖着电线,他用这东西在焊接,冒出一缕一缕青烟,还有一股焦枯味道散发在屋子里,一会儿,他会拿起另外的零件在那里做着,他戴上了耳机认真听着。我拿起大芭蕉扇使劲扇着,热啊,那热气真是要把人烧焦,热得我连布娃娃都不能沾手,浑身的汗水,就从额头上直直地往下淌,连短裤都湿透了。哥哥看见我推开的门缝,不耐烦地把门给关上了。

突然,小徐叔叔猛地从哥哥的房间冲了出来,动作迅速地推开了客厅的大门,他一把揪住了哥哥,哥哥手上的零件散落下来,哥哥大声尖叫着,他们俩几乎是在那里打起来了。

小徐叔叔大喊着:你给我放老实点,我是警察!

哥哥居然一点都不害怕:不许碰我的东西!

你给我放老实点,给我站在那里!

彩云从厨房里冲出来,赶紧把哥哥拉到边上:小弟,听话!

不许碰我的东西。哥哥依然对着大家在那里喊叫着。

小徐叔叔对彩云说:你在这里看住他,我给局里打电话。

我们全部都被吓住了,不知道出了什么事情。很快,来了两个警察,把哥哥押在屋角上坐着,妈妈立刻被通知叫回了家,所有的人和哥哥,都坐在客厅的大桌子前,妈妈让我依然坐在走廊的小板凳上。只看见桌面上放着矿石收音机的零件。小徐叔叔认真向领导汇报:是下午五点三十七分的时候,我亲耳听见了发报机的嘀嘀声。

哥哥被吓住了,他想说什么,平时那么嚣张的哥哥,竟然结结巴巴什么都说不出了。一个警察显然是领导,他让哥哥给他示范收音机,让他听听那里的声音。可是,矿石收音机已经被撞坏了,刚焊接上的线路断裂了,根本没法发出任何声音。

小徐叔叔:他在装死!

这一次,妈妈显得比谁都冷静,她坐在一边,听他们把话都说完以后,抬头对警察的领导说:发报靠这样一点小零件的东西,你们做公安的都是有经验的,这是发不出任何信号的。我在新四军的时候,担任《前锋报》总编……

你不要摆老资格。

不是我摆老资格,我是想告诉你们,那时候,我们每天要在报社接收很多前方发来的战事报道,都是通过发报机的。

警察一边听一边在那里认真地记录着。

妈妈拿起了耳机看了看,又把它放在警察面前:你看,这耳机那么简陋,收音能力很差;最关键的是,他必须有收报的对方,这才能发报。这都没有接上线路的矿石收音机……

他是想偷听敌台!小徐在那里纠正了刚才的说法。

妈妈很严肃地指正着小徐:你缺乏常识。敌台,他的矿石收音机都没有天线,这么几个小零件,上哪里去偷听?怎么个偷听法?不能随便给一个孩子栽赃。

警察的领导放下手上的钢笔,对妈妈说:你要加强教育,今天的事情,是小徐同志的误会,但是也说明他的警惕性很高,我们都要注意,小孩子不懂事,会被社会上的阶级敌人利用!这都是为了你们好!

哥哥低着头,死死地咬着嘴唇,什么话都不说。

天,很热很热,已经是黄昏时分,可是知了还是大声地叫着。突然大家都安静下来的时候,知了的声音像轰炸机似的,"嗡"的一声冲进了客厅,吵得所有人心烦意乱,大家都是满头大汗,可是不再有人发出什么声音。很快警察走了,妈妈让彩云去拿簸箕,她突然一挥手,把桌子上所有的零件都扫了进去。哥哥一下冲过去,却被妈妈拉住了。

不许动!家里已经够不太平了!你父亲不在家,你做老大的,像个老大吗?尽给我惹事!

我的矿石收音机!

那又怎么样了?

这是我们兴趣小组,大家一起做的。

我会去跟你们班主任谈的,以后不做矿石收音机,改做航模。

屋子,重新安静下来,可是仇恨在静谧中增长,像夏天的野草,疯狂极了!只是,我们依然住在一个屋檐下面,大家都很不开心。特别是到了晚上,小徐叔叔在厕所里洗澡,他一进去就是半天半天不出来,连彩云都不敢去敲门,只好拿着我的小痰盂,躲在屋子里撒尿。等到厕所门打开的时候,彩云就火气很大,每天每天,那里都是水漫金山,像下了一场大暴雨一样。她蹲在地上,先用抹布把水吸在布上,再拧到脸盆里,几乎可以拧出一脸盆的水,然后,开始拖地。那是瓷砖地,老半天都不干,擦完地以后,彩云会用干拖把再拖一遍。她一边拖一边对我说:小把戏不要进来,要摔跤的!

有一天彩云终于忍不住了,看见小徐到厨房来拿大蒜,就跟他说:你怎么每天要在厕所里翻江倒海一场?那水,在城里是要付钱的。跟我们乡下不一样。

没有想到,小徐叔叔非常客气,几乎是很不好意思地对彩云说话:我笨。

有这么笨的?你把水倒在地上,在厕所里种地啊?

我不会洗衣服,过去衣服都在单位洗。现在夏天,裤头汗衫的,我不好意思拿到单位去洗了。再加上每天都要洗。

每天洗!你还晓得干净哦。

在部队养成的习惯。

就那点小东西,要洗那么半天。

我说了,我笨啊。

说完,他们俩都不约而同地笑了。

彩云把这事告诉妈妈,妈妈也笑了。妈妈跟彩云说:你顺手,就帮他一起洗了吧。

不洗,男同志的裤头,恶心死了。

那你不是也帮——帮孩子爸爸洗的吗?不要想那么多嘛。

妈妈在说到爸爸的时候,停顿了一会儿,她没有学陈妈

的说法叫"彭政委",她改口叫"孩子爸爸"。彩云还是很不愿意的样子。妈妈又开始劝导她:

我们也要跟他搞好关系,省得今天汇报明天汇报,屁大个事也汇报,日子不好过啊!

彩云抬头看着妈妈,妈妈几乎是用恳求的目光看着彩云,她们在那里对视着,彩云低下头说:晓得了。

隔日,小徐叔叔走进厨房倒白开水,彩云一边择菜一边跟他说话,连头都没有抬一下:哎,我跟你说,以后,洗完澡,把你的衣服扔在盆里,我顺手给你洗了。

不要,我自己会洗的,以后我注意就是了。

以后,以后到哪一天算头啊?我没有那么大力气天天拖厕所。

我,一定注意。

我说了,给你洗衣服,就是洗衣服。又不收你钱,还啰嗦什么啊。

那,那真是对不起你,给你添麻烦了。

彩云把菜往水池里一扔,整理干净桌子以后,打开水龙头就在那里哗哗洗菜,完全不搭理小徐。小徐怯怯地站在一边,手里端着杯子,不知道该怎么办好。

你回屋子去啊,这厨房那么小,水,不是倒好了吗?

哦,知道了……

这以后,彩云就会在下午收下晒干的汗衫、裤头和外衣,叠得方方正正的,放在小徐的床头。有一次彩云在那里擦窗子,小徐赶紧帮着彩云搓抹布,还帮着她换水。彩云连谢都不谢他。可是,不久彩云不光是洗他夏天的衣服,连他的警服和外裤,都是帮忙洗掉了。洗完以后,彩云使劲在那里拉,一直拉到笔挺的样子,再挂在衣架上晒出去。

家里,变得安静太平。但是,哥哥每天晚上,从他的床上拉下席子,睡在客厅的地板上。他说,那里有穿堂风,房间里太热了。妈妈不说话,但是,小徐叔叔常常会在半夜的时候起床,站在客厅门口看一眼睡在地上的哥哥。自从哥哥改做航模以后,再也没有和小徐叔叔说过一句话,有时候他们面对面地走过,互相对视着,也不打招呼不说话。倒是妈妈出门,还是会跟小徐说声再见。

夏天终于要结束了,我要上幼儿园的大班了。那天,我跪在凳子上看窗外的景色,突然彩云叫起来:我说你的袜子怎么天天那么黑啊。

我回头看见彩云脱下了我脚上的布鞋,鞋底已经磨破,一个大洞贴在我的脏袜子上,彩云又脱下我的袜子,我光着脚站在地上。彩云说:要开学了,都没有一双像样的鞋子,这鞋底都磨得那么薄了,我上哪里去给你打掌子啊。要么,把给你妈纳好的鞋底剪小了,赶紧做个鞋面,缩双布鞋给你。

妈妈说:纳双鞋底多不容易,剪小,就可惜了。

妈妈在家里的大橱里翻箱倒柜,最后从箱子底下,拿出爸爸的公文包,妈妈一边用手摸着光滑的皮面一边说:明天,我带你去鞋匠那里,用这公文包给你改一双高帮的小皮鞋吧。这包,还是多好的小牛皮啊。

那时候,我天天盼着开学,就为了可以穿上这双小皮鞋。但是,彩云开始努力给我纳鞋底,她赶在我开学前,为我做了一双新布鞋,还没穿,就去马路对面的鞋摊上打了橡胶底的掌子,她说:那么好的皮鞋,留着过节穿吧。

妈妈喜欢彩云,说她贴心。不要看她年纪轻轻,考虑问题很周到。拿到小皮鞋的那天,我是一路哭回家的。彩云走在前面,手上拎着小皮鞋,我在后面抽抽泣泣地哭着,没有人搭理我。虽然开学那天让我穿着小皮鞋上学了,但是第二天,彩云就把鞋子擦干净收了起来。

秋 天

秋天,梧桐树的叶子渐渐发枯了,飘得满街都是;可是沿街的桂花树就在那个时候开花了,只要彩云一打开窗户,就有一阵一阵的香味飘进屋子。秋天的记忆,就是闻到桂花的香味。好像,彩云身上都沾满了这香味,因为她开始上夜校了,在读扫盲班;每天晚上回家,都带着一股香味跑进屋子。妈妈替彩云交了全部的书杂费,学费是政府免去的。每周三个晚上有课。学校很近,只要走过两三条马路,在华亭路的尽头,一个三岔路口的拐角上就是东湖路小学,那是一个资本家留下的法式花园洋房,现在改成了小学。白天是一个六年制的小学,晚上就借助他们的教室开办扫盲班。每天下午,彩云做完家务,就在厨房里做功课,她嘴里嘟嘟囔囔地说着什么,然后就在本子上写着,有时候又拿橡皮在本子上使劲地擦。总之,她做作业比她做家务还使劲。小徐叔叔走进厨房,看了看彩云,彩云没好气地跟他说:看什么看?我在班上也不算是最差的。

小徐叔叔看见彩云好像有点怕她,跟我们说话都凶得很,惟独不敢这样对待彩云。即使彩云冲他几句,他也就缩一下脑袋,像没有听见似的走掉,有时候彩云话说重了,小徐叔叔会喃喃地说道:不要这么凶呀。

彩云的铅笔已经写成一个小铅笔头了,捏在指尖头上,一使劲笔芯又断了。那笔实在不能用,彩云把笔扔掉,捏着铅笔芯子,还在那里写字。小徐叔叔经过厨房看了看,立刻回到自己的房间,像是早有准备一样,把一支用两分钱买的铅笔,放在彩云的面前。彩云抬头看了看他。小徐叔叔说:我用钢笔,这铅笔不好使,你拿去用。彩云冲着小徐叔叔莞尔一笑,嗷哟,那个甜美啊,西下的阳光从窗子里软软地照进来,把彩云的脸都照红了。倒是小徐叔叔像没事似的,掉头回到哥哥的房间里去了。

夏天结束最明确的象征,就是一到晚上,马路上不再有人搭着床板睡在露天。特别是小孩子大叫着"光明抓强盗"的喊声消失了。偶尔有孩子的叫声传来,也会划过天际,扩散到很远很远的地方。院子里,变得很安静,看不见太多的人影。妈妈拉着我的手,说:我们去公园里走走,好吗?

我突然从房间里冲出去,从客厅窜到厨房,又从厨房窜进自己的房间:去公园、去公园啦!妈妈根本不阻止我,她走到哥哥的房间,向小徐叔叔汇报说:我带孩子出去走一圈可以吗?

走到哪里去?

就在襄阳公园走走,我很久没有带小孩出去玩了。今天的东西翻译完了。

彩云去吗?

只听见彩云在厨房大叫:我不去,我还要做功课,明天考试了。

小徐叔叔看了看我们,生气地说:那就早点回来。

我们一出门,妈妈就在楼底下的墙角边上,贴着我的耳朵,悄悄地跟我说:我们去黄逸峰伯伯家里,不准说出去!

我使劲地点头,我们家从来就是有很多秘密,我不会说的。但是,妈妈还是不放心地跟我加了一句:跟小阿姨彩云也不要说哦?

那哥哥呢?

也不要说,跟任何人都不说,不然妈妈不带你出去了。

你跟我说过的事,我都没有跟人说过。

好孩子！你跟着妈妈小跑步，一口气跑过去，好吗？

我又是使劲地点头，于是，就在院子里不到一百米的地方，我们从三号楼一下就跑到了一号楼。往那里跑的时候，妈妈一直回头张望着家里的窗户，肯定那里没有人在偷看时，她拉着我的手，一下窜进了一号楼。她还是跟我说：我们勇敢点，自己走上楼。

其实，我长大以后才明白，妈妈不想让开电梯的人看见我们。那个时候，我不懂，我说走不动了，妈妈会弯下腰抱我上楼。我又会说：不要，我自己走吧。到了黄伯伯家里，我就在客厅里跟黄伯伯家的孩子玩耍，他们都在上高中了，他们跟我做游戏，还给我讲故事，大姐姐还剥了橘子给我吃。那会儿，妈妈就跟着黄伯伯走进他的书房，然后黄伯母立刻就关上了门，不知道他们在里面说什么。整个晚上，我可以在那里疯玩，玩得我满头大汗，开心啊，我甚至放声唱歌，把大哥哥大姐姐都逗得开心得很。唱完了，我就开始跳舞！

过了很久，妈妈从黄伯伯的书房出来了，妈妈说：我们回家吧。

让我再玩一会儿吧。

回家了，大哥哥大姐姐要做功课啦。

那我坐在边上不吵他们!

我们下次还会来的。上个厕所,我们就走。

说着,妈妈带着我走进厕所,她打开电灯,那灯光不像客厅里的光线,老觉得特别暗淡,我坐在马桶上,一抬头看见妈妈在黑暗中,拿了一张草纸捂着嘴,一直在那里憋着,她整个身子都在抖动,只看见眼泪不停地往下淌,一会儿,妈妈几乎要哭出声音。我问妈妈:你为什么哭了?

妈妈深深叹了一口气,把脸上的泪水擦干净。

妈妈,我们为什么要到黄伯伯家?

你不喜欢来吗?

喜欢。可是,一到黄伯伯家,你就哭了。

妈妈没有回答我,自己又在那里哭了起来。

黄伯伯说,爸爸,可能还要等一些时间回家。

为什么还要等啊?

黄伯伯说,爸爸出差的地方很远很远,回家不方便。

为什么黄伯伯知道爸爸的事情?

黄伯伯过去是你爸爸的领导。

哦。

我答应着,其实我什么都不明白,只知道去黄伯伯家是不能告诉任何人的。

妈妈不再哭泣,可是她的两颊已经哭得红红的,皮肤绷得很紧,锃亮锃亮。妈妈打开洗手池子上面的小镜子,在那背后是一个小橱门,从里面拿出了一个粉盒子,她打开盒盖,拿起里面的粉扑子,在脸上扑上了点粉。看着妈妈,我又忍不住问道:妈妈,你为什么要扑粉啊?

妈妈要好看啊。哭多了,脸上不好看了。

你不是说好孩子不哭,可是你怎么一直哭啊?

不哭了,妈妈不哭了。

可是,我只要跟着妈妈去黄伯伯家,每次都会经历这样的场面,真的不知道他们和妈妈说了什么,妈妈为什么总是这样哭着离开那里。当我们一进门,小徐叔叔就会问我:回家了?

我早就知道怎么回答:襄阳公园关门了,他们关门前,会摇铃的。妈妈和我跟在摇铃人的后面,所以我们又可以走一圈。

妈妈微笑地看着我,后来妈妈问我:谁教你这么说的?

我得意地看着妈妈:我自己教自己的。

以后你这聪明的小脑瓜,要用在学习上啊!你爸爸会开心死的。

晚上,只要彩云去上夜校的时候,我们就不会去黄伯伯家,妈妈在屋角的那一头,埋头翻译,我会早早就睡觉了。等到深秋的季节,西北风开始刮起来了,那些枯叶打在玻璃窗上,会发出噼噼啪啪的响声。彩云很晚还没有回家,妈妈有点着急,她走到客厅对哥哥说:小弟,你去东湖路小学看看,彩云他们怎么那么晚还没有下课?

我不去,我明天有中考,复习题还没有做完呢。

妈妈什么都没有说,直接走进厨房,打开后阳台的门,在那里往街道上张望。枯叶又刮进房间,风声呼呼地叫着,昏暗的路灯下,什么都没有看见。妈妈在厨房坐着,不安地看着后阳台,后门就这么打开着,也不管那风直直地往屋子里吹,似乎开着门,会看见彩云似的。突然,她站立起来,走到哥哥的房间,对小徐叔叔说:你可以去东湖路小学看看吗?

小徐叔叔警惕地看着妈妈,妈妈还在继续说着:她一个大姑娘,那么晚。我还是不放心,她来上海才一年多。

小徐叔叔犹豫了一会儿,放下手上的书,然后走到门背后,取下挂在门后的警帽。他还没有把帽子戴正的时候,妈妈又说话了:你可以换一件便装去吗?

小徐叔叔还是什么都不说,又把帽子挂回到原位,脱下了身上的警服,才出门。妈妈走到我的床边,靠在我的床头,我说:妈妈给我讲个故事好吗?

好!

妈妈很少会给我讲故事,她一回家就是趴在那里翻译,那天晚上,她心神不定,我就乘虚而入了。妈妈那天不是给我讲故事,她给我唱了一首歌《小麻雀》,唱一只老麻雀,白天出去给她的孩子寻食,等她嘴里叼着小虫回家的时候,发现鸟巢里面,她的小麻雀不见了,所以最后就是一直唱着"小麻雀呀,小麻雀呀,你到哪里去,你的妈妈回到家里,你到哪里去了"。

我听了觉得好伤心,我问妈妈:小麻雀到哪里去啦?

妈妈摇头,她说:不知道啊,所以老麻雀就一直在问。

妈妈站起身,又走到窗户前往外看,突然她在那里敲窗户,我从床上爬起来,妈妈赶紧把毯子给我裹上:不要着凉了。我和妈妈一起敲窗户,因为我们看见梧桐树下,被风刮秃的树枝下,远远的地方,是小徐叔叔推着自行车,车子的另一侧走着彩云。他们俩低着头,一句话都不说,默默地走着。

彩云手上还捧着她的课本。我说：妈妈，我们开窗叫小阿姨啊。

不要叫，那么晚了，马路上人家还以为出了什么事情。好，睡觉去了。

我还是趴在那里看着，妈妈把我抱上床，为我掖好被角，回到桌前翻译去了。

彩云一进门就到妈妈那里：朱同志，你急死了？没事啊，今天考试，大家都考不出来。老师说不考了，又跟我们讲了一课，所以晚了。

没事就好，家里不能再出事啊！

朱同志，你放心啦，我不会出事的。

以后我们讲好了，哪天要晚回家，就让小徐接你去。

不要的，我这么大的人了，出什么事啊！上海的马路，很安全的。

天，越来越冷；黑得也越来越早。等彩云去上学的时候，天早就黑成一团了。晚上，小徐叔叔常常去学校接她回家。有一天晚上，哥哥站在客厅的窗户前，看见小徐叔叔是用自行车把彩云载回家的,彩云坐在小徐叔叔的书包架后面,侧身坐在那里,她靠着小徐叔叔的身体,两条腿还在那里晃来晃去;后来小徐叔叔下车晃动了一下,吓住了彩云,她一把在身后拦腰抱住了他。小徐叔叔右腿从前面的车杠子上跨下来,稳稳地跳下车,一把拉住了彩云,彩云在那里揉眼睛,一会儿看见小徐叔叔为彩云翻开眼皮,对着眼睛吹了吹,听不见他们说什么,可以看见他们都在那里咯咯地笑着,笑得非常开心。哥哥恶狠狠地说道:叛徒!

后来哥哥跟我说:以后,不许跟小阿姨说话。

为什么?

她是叛徒。

什么叫"叛徒"。

跟那个警察说话的人,就是叛徒。

妈妈不是也和小徐叔叔说话的。

你少跟我啰嗦,什么小徐叔叔,小徐叔叔的,他跟我们家没有关系。你要是跟小阿姨话多,我就揍你!

我不喜欢我的家,那里每天都有什么说不清的事情发生,然后就是跟你说:不许出去说。有一天晚上,彩云在厨房里不出来,妈妈走过去问她:彩云,今天怎么不去上夜校啊?

没有想到,彩云突然嚎啕大哭起来,把妈妈吓住了。

好好说,你们老家出什么事啦?

彩云在那里摇头,可是就是不停地哭,手上捏着她的新毛衣。

那哭什么啊,你说话呀。

朱同志,朱同志,你看啊……

彩云摊开那件新毛衣,上面全是洞眼,妈妈惊着了。

出什么事情了。

肯定是小弟,他把我的新毛衣剪了……剪了那么多洞。

不会是老鼠咬的吧,小弟为什么要剪你的毛衣。

绝对不是老鼠咬的,你看呀,老鼠哪里会咬得这么整齐?

妈妈接过毛衣认真看着。彩云看了看客厅说:你说是谁剪的?

妈妈掉头朝客厅走去,哥哥在那里做功课,妈妈敲了敲敞开在那里的房门。

你跟我说实话,是你干的吗?

哥哥低着头根本不搭理妈妈,还在那里写作业。

你给我说话!

剪了又怎么样?

妈妈完全没有想到,气得手都在那里发抖,突然从门背后抽起了扫帚,对着哥哥的头就劈了过去。这时候,在一旁一直观察着妈妈的小徐叔叔冲了出来,一把扯掉了妈妈手上的扫帚:有话好好说,打孩子是不对的!

你不要管。

不能打孩子!

妈妈像什么都没有听见,冲着哥哥大叫着:你是存心要气死我?你惟恐家里太平是吗?你还要给我惹什么事情?给你好吃好穿,你还要怎么样?你要是嫌日子过得太好,你给我滚出去!

滚就滚!

没有想到哥哥突然站起来,夺门而出。妈妈气得瘫坐在椅子上。彩云拉着小徐:你快,快出去追小弟啊。

让他走,他有本事就走。譬如我没有生这个儿子!

你还愣在这里干什么,把他叫回来啊!

彩云打开了大门,一把将小徐推了出去。那一晚,家里的灯一直亮着,到很晚很晚,穿着警服的小徐叔叔才把哥哥带回家。妈妈坐在客厅里,看见他们进门的时候,根本不理睬哥哥,倒是非常客气地对小徐叔叔说:谢谢,辛苦你了。哥哥低头走在前面,小徐叔叔像押着一个犯人,他们走进哥哥的房间。

后来在厨房里,彩云一边把那件被哥哥剪坏掉的新毛衣拆了,一边对小徐说:这家人家,看来是做不长了,我什么地方对不起他们,把我这么好的毛衣剪了那么多洞。

我吓坏了,我去问妈妈:小阿姨要走啦?

为什么?

我把听见的话告诉了妈妈,妈妈非常生气,她猛地从书桌前站立起来,大步走进厨房,看见小徐叔叔还坐在边上,她对彩云说:你到客厅里来一次,我有话跟你说。

彩云坐在妈妈的对面,妈妈问她:彩云,你凭良心说一句话,你到我们家来,我待错过你吗?你的新毛衣,我是双倍赔你的。你还问我,朱同志,这旧的就给我,断掉的毛线结起来,还好给小把戏结条绒线裤。我说,不要了,你留着自己用。你还要我怎么待你?

我又没有说你不好。

那你怎么去跟小徐说,这家人家,看来是做不长了?

彩云瞟了我一眼,我低着头。彩云嘟嘟囔囔地说道:刁什么嘴啊。

你不要这样跟我小孩说话,家里的事情,她不跟我说跟谁说,总是要有一个当家的。

你不要我做就不要我做算了,我明天就走。

随便你。彩云,我跟你说,我们家的人,都是正正派派的人。你是劳动人民,我们一直把你当自家人,没有怠慢过你……

说完,妈妈走到我的身边,拉上我的手,转身走进我们自己的房间。彩云跑到厕所里,关上门在那里大哭起来。小徐从哥哥的房间走出来,对妈妈说:你不能这样对待劳动人民。

你跟组织汇报去好了,我这过的是什么日子,你都是看见的。

我缩在自己的角落里,不敢走出房间,我发现自己闯了大祸,就因为我多话!家里的秘密实在是太多了,我怎么就忘了呢?很多话很多事情,都是要保密的,妈妈一直说,烂在肚子里,是不会死人的,但是祸会从口出的啊!我,就是把握不好分寸,常常在不该我说话的时候,说得太多。等我意识到错误的时候,话已经说出来了。怎么办啊!好不容易安静了几天的家,又开始吵架,而且这次是所有的人都加入了,打成了一团。黄昏接近了,晚秋的阳光,软塌塌地投在窗下,家,终于安静下来,可是在这样疲惫的光线里,让人感觉到更加地紧张,似乎马上还会发生什么,我看了看妈妈,她呆呆地坐在写字桌前,也不在那里翻译。我听见自己的肚子在叽里呱啦地叫起来,我想该吃晚饭了。于是喃喃地问道:我去叫小阿姨,好吗?

妈妈把头朝厕所方向冲了一下,像给了我一个许可。于是,我跑去敲厕所的门,轻轻地叫着:小阿姨,吃晚饭了。

不吃!

随便她,不吃拉倒。

晚饭,小阿姨没有吃,哥哥低着头猛吃,妈妈看都不看他一眼,我几乎什么都没有吃,实在是害怕!

第二天,到幼儿园来接我的是陈妈,陈妈站在门口,张开她粗糙的大手掌,把我的小手捏在里面,我一触摸到那温暖大手的肌肤,一下扑倒在陈妈的怀里,"哇"的一声大哭起来。陈妈也默默地在那里淌眼泪,就一层楼,她牵着我的手往楼梯上走。

陈妈,你不要走啊。我恳求着,哭得已经说不出话了。

陈妈来看你,吃了晚饭就走。

我紧紧地抱着陈妈:不要,就是不要走啊!

我不停地哭,陈妈跪在楼梯转弯的大理石地上,给我一点一点的擦眼泪。

小阿姨也要走,那谁接我回家啊?

彩云不会走的,她有什么本事?她走到哪里去?陈妈在这里,陈妈说了算!

小阿姨说我是小刁嘴,她不喜欢我。

她在说气话,你这么聪明的小把戏,谁不喜欢你?

你一走,彩云就不喜欢我了。

听陈妈话,彩云这次是犯糊涂了。你不能和她一样犯糊涂哦?

我一边擦着眼泪一边不停地点头。

冬 天

在上海,晚秋的时候,就觉得是冬天了。那种潮湿里的寒冷,总也晒不干的衣服,穿在身上都觉得冷冷的。特别是晚上钻进被窝的时候,就有一股寒气,从脚底心往身上蹿,一直贴到背心上,你都不敢一下子躺下。晚上,朝西的房间,听着风呼呼地刮过,就像是有人在吹口哨,甚至会有一种闹鬼的感觉。实在冷得厉害,彩云会把医院里吊针的盐水瓶装满热水,然后用布包上,让我在被窝里取暖。彩云还在上夜校,小徐叔叔有时还会去接她。

冬天,似乎是把所有的人都留在家里的日子,大家窝在一起,很少出门了。

彩云就是呆在厨房里度过一天,她已经会自己记账了,妈妈说她记得很不错。哥哥在准备转学读住宿学校,所以,整天在复习功课,怕自己去了会跟不上,因为那是一所重点学校;妈妈趴在我们卧室的一角,靠着面对窗户的小桌子,从早写到晚,一直在那里翻译。她不仅翻译着电影剧本的台词,私下里还偷偷翻译着俄文小说,用稿费贴补着家用。

屋子还是那么冷,妈妈抱着热水袋;彩云用小火,一直在烧热水,从厨房里飘出一股暖暖的热气;连小徐叔叔也常常呆在厨房里。彩云剥毛豆,他会在边上帮忙;彩云拣豆芽,小徐叔叔有同样的耐心,把根一点一点摘去;彩云把洗干净的毛线套在小徐叔叔的手上,他就帮着彩云一起绕绒线。他们从来不管我,就让我一个人跪在凳子上,趴在厨房的饭桌上,乱涂乱画。他们不停地说着自己的事情,我假装在那里画图,其实我听得很认真。大人都觉得小孩子什么都不懂,他们想说什么说什么,实际上我都听懂了。但是,我再也不会跟妈妈说任何事情了,彩云知道我现在嘴很紧,所以,她和小徐叔叔说话的时候,从来就不忌讳我呆在一边。

小徐叔叔说:老家的人说我了,这么大年纪还不结婚,村里像我这把年纪的年轻人,娃都有好几个了。我又不是家里老大,关键是我哥哥生了两个都是女娃,所以家里有点着急。

急什么呀,女娃贴心。我们家都是女娃,还不是靠我给家里寄钱啊。

我也寄钱回家。我妈说了,留着给讨媳妇用,彩礼就要送一大笔钱呢。

给你说对象了?

说了,让我赶紧回家去看看……

彩云手上的毛线一下拉断了,她看着小徐叔叔,他也那么注视着她,没有把话说下去,彩云把手上的线球往竹筐子里一扔:不绕了。

我,没有回去看。

看不看管我什么事啊。

是,我就是不想回去,也没那心情回去。上海那么多事情。请假,组织上也不批。说是,我一走,这里的监督任务谁能接替啊。

监督什么呀,人家朱同志都是共产党员,她又没有问题。

我不知道呀。

你要知道什么啊?

介绍的那姑娘,我也没见过。家里人都见了,都说她好。去了,我大姨带去的。一去,他们大人在那里说话,她就帮着我妈在那里干活,收拾猪圈,那么脏的活都不嫌弃,一直在那里干着。

说得那么好,那你就赶紧回去定亲吧。

说完,彩云拿着东西走出了厨房,把我和小徐叔叔扔在那里不管了。我抬头看着小徐叔叔,他也愣愣地看着我。

小阿姨生气啦?

不知道啊!

这以后有好几天,彩云都独自一人在厨房里算账、干活,不搭理小徐叔叔。只要小徐叔叔一进厨房,她就走了出去。终于小徐叔叔忍不住了,他在过道上拦住了彩云,递给她一包南瓜子。

我不吃这东西。

你骗人,上次我给你,你还说特别喜欢呢。

不要跟我烦,我账都算不清了。

彩云掉头又坐回了厨房的饭桌前,小徐叔叔跟在彩云身后,在另一边坐下,跟彩云靠得很近。

生我气了?

彩云瞪了他一眼,继续算账,小徐叔叔不好意思地拍了拍她的手背,没有想到彩云火气很大,撩起手,狠狠地打了小徐叔叔一巴掌,小徐叔叔非但不生气,还把手伸上去说:让你打,让你打个够。

彩云低下头咯咯地笑了。小徐叔叔长久地看着彩云,彩云低头不再说话,她把笔也放下来了。就是那么默默地坐着。

我终于忍不住了,走进厨房:小阿姨,你们两个人怎么坐在那里不说话的?

小徐叔叔立刻说:我们不是一直在说话啊?

骗人!

这一次,我一定不会跟妈妈说任何事情,因为我搞不清楚有什么可以跟妈妈说的,说不清啊。我看见,彩云把家里写给她的信,拿给小徐叔叔看,小徐叔叔也在问她:那你回去吗?

彩云非常坚决地说:我不会回老家了。我姑,已经帮我把户口迁到上海了。

落在哪里?

就在朱同志家里。家里人说,在乡下看见合适的对象,等我结婚的时候,再迁回去。

那是什么时候?

我才不回去呢,我不要在乡下结婚,我姑也同意了。她说,我将来可以在上海找个工人,我自己不做保姆,也可以去做临时工,或者到里弄的街道生产组去干活的。

那还是在朱同志家做好,工资好,又管吃管住的。

嗷哟,你也叫朱同志啦。

小徐叔叔有点紧张,用手拍拍自己的嘴巴:都是让你害的。

我害了你什么?我又不要监督人家的。

那我要监督你。

你敢?

说着,彩云在小徐叔叔手臂上,狠狠地拧了一把。两个人又在那里咯咯地笑个不停。我一点看不明白,这有什么好笑的,可是他们俩竟然笑得都透不过气来。我问彩云:你们笑什么?

彩云看了看小徐叔叔,两个人笑得更加开心。

彩云说:小把戏,我们在笑你,怎么那么可爱啊。

这时候,我就会觉得大人是很坏的,他们都不会跟你说实话,但是他们要求你对他们必须什么都要老老实实地说出来。

元旦到了,幼儿园老师让我在新年晚会上担任小主席。彩云都知道了,我一进门,就看见她拿出我的小皮鞋,帮我擦得铮亮铮亮,还帮我找出一条灯芯绒的裤子,是咖啡色的,配着小皮鞋,神气极了。我穿着它走进教室,小琳老师拉住我的手说:嗷哟,穿得那么好看,是妈妈给你打扮的?

不是,是我们家小阿姨。

嗯,真好。小阿姨真好。这样,我们的小主席,就更加神气了。

小琳老师带我走到椅子边上,我们是围成圆圈坐在一起的,突然小朋友霞霞举起了小手,小琳老师向举手的霞霞点

点头,让她说话。霞霞站起来大声地说道:

小琳老师,她爸爸是反革命!

不是的,我爸爸不是反革命。

是的,你爸爸给抓走了。

你瞎说,我爸爸出差去了!到很远很远的地方出差去了。

小琳老师走到霞霞的身边,拉着她一起坐下,然后对着围成一圈的所有小朋友说:你们知道吗,她妈妈是干什么的?可了不起啦,她妈妈是苏联电影的翻译,我们现在看到的那么多那么多的苏联电影,都是她妈妈翻译的。什么叫翻译呢,就是他们原来说的是苏联话,现在就让他们说中国话,你们说,这有多了不起啊!是吗?

大家都应声说道:是的。

那一次,我还是作为小主席在元旦晚会上讲话、报幕了。

但是,我已经知道,妈妈在骗我,爸爸没有出差,他是被警察抓走的。爸爸是坏人吗?一定不是坏人,因为陈妈说过的,爸爸是世界上最好的好人!她说过的!陈妈是共产党员,是劳动人民,她说好的人,就一定是好人!

我非常恨霞霞,她一直说我坏话,说我们家的坏话!有一天晚上我做了一个梦,梦见我拿着一把剪刀,她伸手来抢我的剪刀,我冲上去,在她脸上剪下了一块肉,我自己都被吓住了,大叫起来,彩云一把抱住我:又做噩梦了。

我喘着粗气:霞霞说爸爸是反革命,我就用剪刀剪她的脸了。

哎呀,你的心思不能变得那么坏啊。小朋友都是随便说的。

我恨她!

赶快睡觉睡觉,你这个小脑子每天都在胡乱想些什么东西啊?

妈妈在等爸爸回家?

我们都在等爸爸回家!

我拉着彩云的手,贴在她的身上,感受着她身上的体温,这时候觉得踏实极了。彩云悄悄地跟我说:好好睡一觉,听话!

那时候,那份寒冷会把你和家人紧紧地联系在一起,那份幸福是可以闻到的,那就是彩云身上的体味,温暖的、带着一点点雪花膏的味道。还在糊里糊涂睡着的时候,彩云就在使劲地推我:下雪啦下雪啦,赶快起来,我们去堆雪人。

她把一双冰冷的手,捂住我的脸颊,把我冻醒了。睁眼一看,天呐,白雪刺得眼睛都睁不开。彩云赶紧把我的小棉裤拿出来,我穿得像一个大狗熊似的往厨房后面的阳台上跑。小徐叔叔在捏着雪球。彩云问他:你礼拜天也不出去耍啊。

不能,我要在家里监督……嘛。

那你一年四季就没有假期了?

领导说,干革命是不能斤斤计较的。

那你也没有监督出什么东西,连星期天都没有了,多亏啊!

是哦。要么,要么我打个报告算了。

打报告干什么吗?

不要在这里住了。

那怎么说呢?

该说什么就说什么嘛,实事求是啊。

说的是,小弟跟你又搞不好,住在一个房间里,那张行军床,睡得多硌人啊。

唉,这个不能说。

那说什么?

就说,没有发现朱明任何反党反革命的言行。

那你得写上,朱明同志!人家,到现在也是共产党员啊。

小徐叔叔在那里点头,我发现他什么都听彩云的。彩云拿出一根胡萝卜,横插在雪人的脸上,看上去红红的,像是雪人的嘴唇。

雪还没有化尽的时候,院子已经变得有点肮脏了,院子里的雪黑黑的,融化的雪下面裸露出一些垃圾。我们的雪人开始哭了,一点一点往下塌。我说:小阿姨,把雪人再捏一捏吧。

今天没有时间。

只看见小徐叔叔在那里收拾行李,彩云过去帮着他扎行军床,突然妈妈开门回家了,她径直地走到哥哥的房间,看见他们在那里收拾东西,妈妈对小徐叔叔说:组织上刚通知我,说你今天就回单位宿舍去住了。我赶回来送送你。这些日子,你也是辛苦了。

小徐叔叔客气得很:哪里哪里。

然后,他从自己的小玻璃瓶子里,倒出两颗拌砂糖的糖果要放在我的手上,我看了看妈妈,她向我点了点头,我摊开手掌,接下了糖果:谢谢小徐叔叔!

家里充满了喜气,我一手捏着糖果,一手拉着彩云,跟在小徐叔叔的身后,送他下楼,行李扎扎实实地放在他的自行车的书包架上,妈妈站在客厅的窗户边上看着他。糖,在我手里融化了。我赶紧放进嘴里,不停地舔着留在手心里的砂糖,因为那是没有纸头包装的赤膊糖。

你们上去吧。

彩云跟他说:回去以后,自己也要多保重!

回去,回去啦。

我和彩云一直站在楼下,看着小徐叔叔的影子消失在大院的拐角处,可是我一直咂着嘴,体验着糖果的甜味。早就忘了脚指头冻得疼痛,地上湿湿的,连鞋子都湿透了。要是过去,彩云早就拽着我回家了,可是这次,她却把我完全忘记了,就那么一直愣愣地站着,看着小徐叔叔骑车远去。晚上,吃饭的时候,妈妈特别兴奋,她说:看来,你父亲的问题很快就会解决了。小徐都走了,组织上说了,小徐向领导汇报,说没有发现我任何反党反社会主义的行为!他还是很诚实的一个人。

妈妈,是小阿姨……

彩云赶紧在桌子底下踢了踢我的腿,我立刻知道,我又要犯错误了,赶紧低头吃饭。还好,妈妈没有发现破绽,她只顾自己在说话:你父亲的问题,其实黄逸峰伯伯早就说过了,上海是不能做决定的,要等中央的态度,所以就需要时间嘛。

哥哥问妈妈:为什么要等中央的态度?

爸爸的级别在那里。

我们都像明白了很多问题,虽然是什么都没有搞懂,但是一说中央,就觉得自己的身份不一样了,有了一点自信感。实际上,等我长大以后才真正意识到,这个升级是多么可怕啊,只有黄逸峰伯伯是看透的。但是,妈妈还是充满了希望在那里等待。冬天变得温暖了。这是这一年来,最快乐的日子,家里少了一个人,突然宽敞了许多,我甚至可以在那里叫喊,大声唱歌,在走道里奔跑,拿着乒乓球拍对着墙壁打球,我做任何事情,都没有人会批评我。怎么日子可以这样过的? 周末的时候,彩云早早地把晚饭烧好了,她对妈妈说:我下午和小同乡去看电影了,回家晚,你们先吃吧。

看什么电影?

《梁山伯与祝英台》。

绍兴戏啊,你听得懂吗?

不是有字幕的吗?

哎呀,我们家的彩云了不起啊,现在已经可以看字幕了。快去快去。

彩云低着头脸都红了,脸上洋溢着幸福,妈妈从口袋里摸出一毛五分钱,她拉着彩云的手,摊开她的手掌,把钱放在上面:我请客,够了吗?

够了。周末票便宜,就一毛钱。

彩云把五分钱还给妈妈:谢谢朱同志,那我就走了。

她转过身,我们看见她把两条大辫子扎成了一条,在背后晃来晃去,粗粗的辫子的尾端,扎了一个粉红色的蝴蝶结。妈妈笑了:真是看着彩云长大的,现在成大姑娘了。

冬天就要过去了,组织上通知我们搬家,说我们不适合住在那里。其实,领导说得一点不错,我明白那是个什么地方,从空气里,大家都会闻到"革命"的气息,人们在那里进进出出,都是很革命的,不然怎么小朋友都会说我爸爸是反革命呢?彩云从来不许我下楼和邻居来往,妈妈也关照我,不要随便和任何小朋友玩。我们住在这里,还没有把东西都整理好,领导上就通知我们搬家,离开瑞华!因为"有一个重要的人物"要搬进这个房子。这是革命的需要,为了革命,就是一切,我们不要问任何原因。当我还是很小很小的时候,在我什么都搞不清的时候,最会说的就"革命"两个字,一说"革命",以革命的名义,事情就变得伟大和神圣,我们就会无条件地服从。

彩云开始在家里收拾东西,可是她似乎病了,常常做着做着就开始喘气,然后坐下来歇着,不一会又会跑到厕所里去呕吐。突然有一天,陈妈来了,她神色紧张,严肃地走进家门,她有我们家的钥匙,所以她径直地打开门就进来了,我叫喊着去和陈妈打招呼,她从来没有这样对我,一脸的严肃,根本就没有搭理我,进门就朝厨房走,接着把厨房门关上,和彩云在那里谈了很久很久,一直等到妈妈回家,她们还在那里谈着。推开厨房的门,妈妈都吃了一惊:陈妈,你今天怎么来啦?接着,是妈妈和陈妈、彩云又关在我们的卧室里,谈了很久很久。我打开房门,妈妈也是一脸严肃:大人说话,小孩不要进来捣乱,自己出去玩。

我知道,家里又出事了,是什么事情,我一点都搞不明白。只是,隐隐约约地感觉到,这次是和彩云有关系的。半天过去了,天完全黑了。连晚饭都没有吃,还是不见她们走出屋子。突然,彩云走去上厕所,我赶紧跟在她的身后,看见她哭得很伤心,就像妈妈在黄逸峰伯伯家的厕所里。彩云也在洗手池子前洗脸,然后打开了镜子后面的小橱柜,拿出雪花膏,在脸上涂了一点。

小阿姨,你为什么哭啊。

没什么,身体不好。小阿姨要回乡下去了。

不要啊!你回去就不来了。我几乎要哭出来了。

不知道。听话,陈妈说,我回去以后,她会替我到你们家先做着的。

哦。

我假装很伤心的样子,低下头不再说话,可是真想放声大笑,陈妈要回来了。

又是一个冬天

冬天又来了,我不喜欢冬天,因为上海的冬天是潮湿的,越来越看不见下雪的日子,只有滴滴答答下不完的雨,在冬天的日子里,潮湿伴随着寒风充满在我的日子里。我们搬到了新房子,那是坐落在离开瑞华不远的街面上,一个老式的花园洋房。房子里住着七十二家房客,各色人等,不再像瑞华那样,清一色的市委干部。小楼里有资本家、小业主,也有一家是儿童医院的院长,底层的汽车间住着工程师,楼顶上住着房管所的工人。这一座四层的小楼,十间屋子,住了整整十户人家。二楼小业主家的三个男孩,一直欺负我们三楼的男孩,陈妈看不过去,她会冲进院子,一把将三楼家的男孩拉出来:不要理他们!不跟他们玩!资本家的人喜欢陈妈,说她厉害归厉害,是那种老式保姆,把家!但是,陈妈不喜欢人家说她是什么保姆,她告诉楼里的人:我当初是吃供给制的,因为朱同志要生小孩,我才来帮她的。我不是他们家的保姆。陈妈对大家都好,买菜的时候,只要有人托她顺便帮着带回五分钱咸菜,或者是其他什么东西,她从不拒绝。

我们家住在三楼,因为是外国人的洋房,所以三楼是卧室,每一间就会有一个独用的厕所连着洗澡的浴缸,楼里的人,管这叫大卫生;一楼原先只是一个餐厅和客厅,所以靠近客厅的房间,那里的厕所没有浴缸,是给客人用的,大家管那叫小卫生;顶楼是佣人的卧室,那里的房子也没有厕所,要到一楼合用那小卫生。全楼就只有一个厨房,于是那十五平方的厨房里面,隔出一块一块,每家都占据一个空间在那里烧饭、洗菜。

刚搬进来不久,就听见楼下小业主老婆跟人家说:这份人家是"反革命"。很快,这话立刻在里弄里传到陈妈这里,厨房贴着小业主家门,于是在做饭的时候,陈妈会一边在那里炒菜,一边用锅铲把铁锅敲得乓乓响:日你妈妈,谁说的站出来!我们到里弄去评理去,说我和朱同志反革命,谁说的?我们都是共产党员!日你妈妈的,我就在这里骂人了,你怎么不站出来啊!不看看自己是个什么里格东西!

我和妈妈都缩在屋子里,我们听见陈妈的大嗓门,依然带着浓重的苏北口音,那声音一直从楼下传到楼上,又害怕又高兴。有陈妈在,就没有人敢欺负我们!除了这个坏邻居,我喜欢这里的房子,虽然只有一间屋子,但是整个房间是朝南的,阳台被玻璃全部罩着,妈妈就在那里工作、睡觉。冬天的时候,太阳早早的,从七点就晒进了屋子,一直到太阳落山,把房间照得满壁生辉;面对着阳台窗户,是一个大大的院子,草都被人踩成光秃秃的,整个院子也是乱七八糟,几百年的陈旧破烂,都堆在树底下;但是那些大树一直升到天空,特别是两株硕大的石榴树,在秋天的时候,花开得满院子通红。

我依然是一下课就回家,一回家,就再也不出门和任何人说话,玩耍。哥哥上住宿学校去了,只有我和妈妈、陈妈三个人住在一起。

晚上,妈妈在那里整理东西,陈妈帮着一起搬箱子,妈妈拿出了我那双小皮鞋,鞋子还是崭新的,可是我已经穿不下了。妈妈说:早知道你的脚长那么快,就该让你天天穿。可惜了……

妈妈又继续在那里找衣服,把我不穿的旧衣服拿出了好几件,陈妈一一看过,有些还比较新的,陈妈就会重新收起来。

给彩云吧。

不要,我有空拆了,给小把戏改成夏天的方领衫,还是蛮好的。

陈妈,彩云要来啊?

想她吗?

想!

小把戏就是有感情!彩云看见你长这么大了,一定会吓一跳。

从那一刻开始,我就在那里期待着见到彩云。

彩云来了,她完全变了,最明显的是两条大辫子剪掉了,像妈妈和陈妈一样,剪了一个短头发,但是,她在头上夹了一个彩色的小发夹,她一手拿着乡下带来的土特产,一手牵着一个一点点大的小男孩。彩云跟他说:叫奶奶。

妈妈一下就急了:怎么叫我奶奶呢。

陈妈说:你不做奶奶,叫你姐啊!

大家都笑了。彩云放下手上的东西,就过来拉我的手,那个小男孩依然紧紧拉着彩云,我走过去使劲掰开他的手。小男孩怕我,他躲到彩云的背后,又拉住她的衣角,我把衣角也从他手上拽开。陈妈看见了,一把将我拉到边上:这是他娘!

彩云是我的! 说完,眼泪都出来了。我觉得委屈极了。

彩云笑得像一朵花一样:是的,彩云是小把戏的!

彩云抱住了我,掏出带来的山芋干放在我的手上;妈妈在边上拿出一盒饼干交给小男孩,还有我的那双几乎是全新的小皮鞋。

孩子长得真健康,和小徐一模一样!

听大人说话,我吓呆了,妈妈在说什么?怎么和小徐叔叔联系在一起了?晚上,拉着陈妈的手睡觉的时候,她告诉我,彩云和小徐叔叔结婚了。

结婚就会有小孩的?

那当然啦!

怎么算是结婚?

他们现在住在一起了!

那时候,小徐叔叔不是和我们都住在一起,怎么我们没有小孩,妈妈也没有啊。

哎呀,你这个小把戏,说你聪明真是白白的,怎么会问出这么蠢的话来?睡觉,你长大以后就知道了,你会结婚的,你也会有小孩子的。

可是小徐叔叔是坏人!

谁给你说的?

哥哥说的,妈妈让我什么事情都不能跟小徐叔叔说。哥哥还说,跟小徐叔叔好,就是叛徒!

那是那个时候,现在不一样了。

为什么不一样了呢?

他都和彩云结婚啦。他人好,为了和彩云结婚,真是吃了不少的苦头,都把他从公安部门调离了,调到纺织厂工作,当保卫干事。条件差了很多。不过也好,彩云就去他们厂的食堂烧饭,也算有了一份正当的工作,娃也有地方去了,放在厂里的职工幼儿园里。

为什么和彩云好,就要吃苦呢?

唉,他们是在你们家好上的嘛。组织上还去我们乡下调查了彩云的出身,幸亏她家成分好,不然这个婚都结不成!彩云的肚子也争气啊。

肚子怎么能争气呢。

争气啊,彩云给徐家生了个儿子!

我不说话了,我管他儿子女儿的,反正我知道,再说妈妈是共产党党员也没有用,我们家就是有问题的,和我们家沾上,都不会有什么好结果。所以,越来越没有人到我们家来玩了,只有很少的爸爸的朋友,他们还会来看望妈妈,我还是和妈妈一起在盼望着爸爸回家;陈妈像一堵大墙,让我靠在那里,心定定地去上学。有时候下午出门的时候,陈妈会说:等等,我跟你一起走。她腋下夹着纳到一半的鞋底,手指上戴着像戒指一样的顶针箍,拉着我的手出门了。那时候,我已经上小学了,陈妈还是会牵着我的手慢慢地走,她是去里弄开党员学习的小组会。

日子就这么一天一天过着,妈妈依然趴在那里翻译,偶尔还是会带我去黄逸峰伯伯家,每次去,妈妈又会哭得很伤心。但我和陈妈都像妈妈一样,坚信爸爸是好人,早晚是要回家的!我们在习惯着一切,原以为这样就可以把日子过好的。可是有一天放学,刚推开院子的破门,就看见陈妈几乎搀扶着妈妈走下石台阶,台阶上一步一个血脚印,妈妈一张苍白的脸,像一张白纸画的面具套在头上。我一下就被吓住了,好在陈妈站在那里,我知道天——不会塌下来。

妈妈,你怎么啦?

小把戏赶快,快去楼上拿床棉絮,要垫在下面。

垫在哪里?

我一边往楼上跑一边还在问,什么都没有搞清楚,我看见凳子上放着棉絮,立刻抱上它就冲下楼去。院子外面停着黄鱼车,那是陈妈从菜场里借来的,我把棉絮垫在车上,陈妈将妈妈扶上车,让她靠稳了在车斗里坐下,然后陈妈跑到前面,拖着车把子开始往前走,我在后面帮忙推着。陈妈的步子很快,我几乎跟着黄鱼车在小跑。陈妈说:你妈来月经,突然血崩了,我们这就去医院。

去哪个医院?

就在前面,长乐路上的妇婴保健医院。

妈妈,你不要怕,有我和陈妈在这里呢。

我看见妈妈努力想睁开眼睛看看我,可是她疲惫地低下头,嘴角露出了笑容,一个苍白的微笑,笑得那么由衷和快乐。我伸出自己的小手,妈妈慢慢地把它捏在自己手里,她的手是冰冷的,渗着冷汗,潮腻腻的;但是我感觉到妈妈的力量,她使劲地捏了捏我的小手。

妈妈,你真的不要怕啊。

妈妈还是在那里微笑,又点了点头,始终没有睁开眼睛。

我不断地说着,是因为我已经怕得束手无策了。

陈妈说:小把戏,就冲你这两句话,你妈就不会出事!

陈妈几乎是抱着妈妈进了急诊室,妈妈的裤子后面一直淌血,大大的血块从裤裆里滑落在街面上,陈妈走过去用脚拖着,似乎想把它擦干净,结果在路面上留下一条长长的血印子,还有红色的脚印;黄鱼车上的破棉絮已经被鲜血浸得湿透湿透,满是红色,我在街道上守着车子,走过的路人都会瞟一眼沾满鲜血的破棉絮,我赶紧把棉絮团在一起,不让别人看见,我抱住了书包用身体挡住棉絮,我这才发现,回家都没有放下书包。风很大,我背对着刮来的冷风,呆呆地坐在黄鱼车的边沿上,我在那里守着车子,也在那里守着我的秘密和希望……

阿冰顿广场

走到广场才下午四点多钟,完全出乎我的预料,它竟然离我们大学这么近。来得太早了,我和艾米约了六点钟去她家看房子的,然后再决定是否出租。只能在广场等待。我想看完布置下来的回家作业。可是挨着冰凉的铁椅子坐下时,瞌睡一个接着一个,眼泪淌得满脸满书都是,我努力地支撑着朝书上看,英文字连成了一片,像电子游戏中的数字,上上下下在自由地游动。

对我来说,三十六岁的人跑到纽约,这意味着什么?我根本没来得及想。而我却一点都不了解纽约。飞机从纽约夜晚的上空往下降落时,引擎震得我耳朵发胀,像所有的碎木片都塞在里面。飞机颠簸着,只觉得耳朵隐隐作痛。我探头往窗外看,我大张着嘴,拼命地呼吸,心慌得厉害,像掉进了河里,慢慢地,慢慢地往下沉,窗下的纽约城灯火辉煌,像是快被火烧透的炭,燃得那么灿烂、炽热。大概是害怕,害怕得那么彻底,像要被它烧化一样,却又燃起那种向往,一种混乱的向往,我一点都不清楚。那究竟是什么事,我从来不敢去想。生和死都是我自己不能把握的。尤其是生,我毫无选择,谁也没有来征求我的意见,我就给扔到世界上来了。

我已经看见艾米家的房子了,就在广场的边上。那是一幢老式公寓,门上拱顶处还雕着花,巨大的图案一直延伸到四层楼。

艾米,艾米。我真想大声地叫你。我希望这一次是最后一次了,让我找个房子住下来吧。来了两个月,我搬了三次家,四处看房子,打电话联系,讨价还价……天已经转冷了,我希望能够结束了。人们常说,我们这一代在"文革"中长大的人,给锻炼得特别坚强,什么都挺得住,撑得下去。可是,我渐渐地害怕坚强,怕被锻炼得那么能吃苦。我真怕。美国纽约,街上可以躺着乞丐,他们领着救济金,日子也不好过,但他们在太阳底下躺着看小说。我对朋友说话时,结结巴巴,前言不搭后语,朋友看都不朝我看,鄙视地撇了撇嘴角,不要理你,谁也没有求你上纽约,这片城市就是在坚强中燃烧起来的。

我缩起脑袋,怯怯地看着周围,我有点害怕。美国并不像你理解的那样真实,不敢再轻意流露自己的感情。年龄在那里,经历在那里,还有我那些发表过的作品,这些对于我都变成一种尺度,我必须踏进一种规范。那是什么样的规范?谁都说不清,也没有人知道。但我得像所有人一样,老老实实地按规范去做。是谁划定的这种规范,同样没有人知道。世界就这么稀奇古怪地给确定下来了,而后没有人去问为什么,都自觉地去遵守这一规范。而后,大家都在说:必须坚强起来。

都说我是幸运的,我想,这是对的。拿着奖学金,不用打工,读闲书……一点不错,就是交不起纽约的房租。这闲书读得不像你想像中的那么"闲"……这什么都不算,我是幸运的……我死死地盯住广场上的青铜像看着,似乎想把自己的幸运刻在上面,像那雕塑一样永恒。艾米在电话里对我说话时,声音细细的,说得很慢,时而停顿一下,显得那么有条不紊。她说,我只要付她三百美金一个月,我就可以有自己的房间,可以有自己个人的私生活。

想到她说的这些,我心里甜滋滋的。多好,又便宜离学校又近,把车费也省了,我那点奖学金够我开销了。艾米完全可能像人们常说的那种有钱的老太太,可能她怕孤独,愿意找个人陪住,所以就这么便宜了。听她说话,就能感觉到是个挺有教养的人,说话、用词都很注意,总是选择文章里常常出现的句子。有时候,不知道那是一种什么心理,很想和有钱人待在一起。多么糟糕和无聊的愿望,可是心理上老战胜不了这一点。几乎是一种贪小便宜的愿望,时时刻刻会爬出来,督促你去做些下流事情。我还在幻想艾米和她的家,至少和她住在一起,我的英文口语能进步很大。她肯定是个有钱人。

到纽约两个月了,艾米家的房子是我惟一能开口告诉别人的。现在住的房子……够穷酸的。上学的时候,只见书包上爬过什么虫子,抓在手上才认出那是臭虫,又大又扁,我用纸把它包好装在瓶子里,晚上找房东去了。房东大叫着说这跟她无关,她也是租了别人的房子。凶得厉害。谁都说纽约脏,可是谁也没有在纽约看见臭虫,坐在教室里,总是觉得浑身发痒,老师说了什么,我已经听不见了,只想用手插进领子里,在背上狠狠地搔痒。也许我真就这样做了,真丑陋。同学在对我说,他看过我写的小说,那是被译成了英文的,他很羡慕我,因为我那么成功。

我不知道成功意味着什么。臭虫依然大大方方地从我身上爬过。是从我的身上,而不是从他的身上爬过。

"我是在纽约长大的,我怎么从来没碰到这些事?"

"太简单了,因为你们家有钱。"

"这跟有钱有什么关系,我也是在找房子住。"

"你会去住这么便宜的房子吗?"

我们俩面面相觑,大家都觉得很不自在。沉默了片刻,几乎是异口同声地说道:"我很抱歉。"

当我从骚乱中走出来的时候,恢复了常态,对谁都不用说抱歉。我曾经去看房子,走进屋子才发现,那是一个大大的仓库,没有窗子,大砖块叠着,切分成好几间屋子。我推错了一间房门,两个男人躺在地上,穿得很破也很脏,头发像一堆灰尘一样蒙在头上,有一个挽起了袖子,另一个在为他注射。门背后躺着一个女人,我没看清楚就被房东拉出来了。两个男人满不在乎地朝我笑笑。他们在注射毒品。我没笑,当时真被吓着了。我没有说"我很抱歉"。

我一个人坐在阿冰顿广场的椅子上消磨时间。这不像纽约人。我怎么会在这里呢?怎么变得这么悠闲?我躬起身子,双手蒙住脸,什么都不想看见。我觉得自己被扔出了什么地方,这里不该是我生命中的一部分,从小的时候起,我就知道有个美国,那是一个与我们截然不同的社会。我读过一个故事,黑人小比尔被白人杀死了。我深深地仇恨这个白人……

双手捂住眼睛也是徒劳无益,穷困依然赤裸裸地站在你面前。这穷困是无法逃避的,它逼着你直视现实。我说不清楚,我总是感到害怕,不论在中国或者是美国。

在我的记忆中,我一辈子就是害怕,就是为住房问题苦恼。直到我离开中国时,还为了房子和母亲大吵一架。房子,是个沉重的十字架,我从中国驮着它踏上了美国国土,它依然死死地趴在我的背上。我和母亲面对面地坐着,谁都不说话。洋铁皮做的灯罩涂着深绿色的油漆,沿着灯罩的边缘,油漆已经剥落了,露出斑斑点点的铁锈。从那里,昏黄的灯光洒在桌上。母亲低着头在纳鞋底,当她用劲把针扎进厚厚的鞋底之后,拔出针,将线缠在手背上死劲地拽着。线勒在她生满冻疮、肿得发紫的手背上。手背上的皮肤绷得紧紧的,光亮亮的,鞋线陷在里面像要把皮肤割裂一样。那时候,我才十二岁,我不知道怜惜母亲,我什么都不懂,更不能理解她的痛苦,以及她所面临的一切。那是在"文革"中间,像我们这样的家庭太多了,家家如此,反倒成为一种安慰和解脱,心里变得很自然,不快乐也不苦恼。父亲被重新关进监狱,我们一家被赶出原来住的房子,搬进大楼底下的汽车间里。那屋子三面是墙,一面是门,没有窗子,没有厨房也没有厕所。白天的时候,我常常匆匆忙忙锁上门,提着裤子往公共厕所跑,这几乎成为我生活中的游戏。非憋到要尿出来时才跑去上厕所。母亲看见我这样,就火冒三丈。她从床底下踢出一个小尿盆,没好气地吼道:"老毛病怎么改不掉的?"我吓得直往外跑,我知道,我一旦尿在这盆里,这一晚上可得给她骂个没完。

她不停地纳鞋底,纳了一双又一双。给爸爸的,给小姐姐的,给大哥大姐的,还有我。等鞋底都纳齐时,我们穿在脚上的又破了,她又重新开始做起。我第一次感到母亲可怜,是从这些鞋底上。它们一摞摞整齐地叠放在床头,千针万线。我看见母亲全变了。自从那张大写字桌被抄家拿走以后,再也看不见她写字、翻译作品了。写字桌几乎是她做人的象征,拿走了就全完了。以往她手上的那点秀气都变成红肿的冻疮。终于有一天,鞋底线把冻疮勒破了,血和白白的脓水从肿起的手背上往下淌,母亲用一块破布把手包扎起来。结果破布粘在伤口上,当她揭去破布时,刚恢复的伤口又破裂了。她不再用布包扎。这一时期,她也不再纳鞋底,她干些别的活,手依然和冷水接触,伤口烂成一大片,猩红的肉,软软的,烂乎乎地露在皮肤外面。直到春天来时,天暖了,冻疮开始结疤,可是那疤变成青绿色的,像一块发霉的铜锈片长在手上。肿开始消退,手变成一张老太婆的死脸,挤满了皱纹,松松垮垮的皮肤包裹着母亲的手。

我们的汽车间朝北,终日晒不到太阳,屋子正中的地上,是一个大大的阴沟洞,铁盖子上刻着英文字母:1932年制造。天一冷,盖子的窟窿里就会冒出一阵阵白气,从那儿散发出臭味。天热时,外面下着大雨,从窟窿里就泛起一股股黑水和污垢,雨越下越大,污水越泛越盛,有时就把小屋淹没了。天晴时,母亲让我脱掉鞋子,把猪血老粉掺在一起。我赤着脚不停地在上面踩着,脚上沾满了猪血和老粉,我在阳光下又蹦又跳,当哪一块没踩碎时,我像金鸡独立一样站在上面,闭上眼睛,一昂头使劲踩去,当它碎了,我赶紧把猪血掺进去。

"可以了,快洗脚去。"

母亲总是非常烦躁,她变得很少说话,一开口却憋着一肚子的火。她动作利落,迅速地用小刀铲刮上拌好的老粉,三下两下就把阴沟盖子涂满、封掉,然后打开大木门,让太阳晒着。

母亲干什么都很称职,尤其是体力活,像个男人。一种坚强支撑着她。她的坚强几乎是从血液里流出来的。她并没有因此变得像个男人,她的母爱也从她的坚强中渗透出来。对我们孩子,孩子的朋友们,都倾注了她的爱。她的一生,几乎在这爱的消耗中寻找安慰,解除孤独。她坚强到从来不要求我们理解她,她也很难理解我们。只是一味地爱,用她全部的心,面对一片苦难的沙漠,倾注,倾注,似乎想用爱灌溉出她的生活。真的,因为有了她,这黑洞洞的小屋,不是特别可怕。

可怕的是白天。母亲去劳改队干活,小姐姐也到学校去了,她白天黑夜地读书,毛选四卷都看过两遍了,上面画满了杠杠。哥哥说,小姐姐就是书读得太多变傻了。母亲训斥着哥哥,说这样讲话,要闯祸的。大哥哥大姐姐都住在大学里不回来。母亲要我也认真读毛主席的书。屋里黑乎乎的,我捧起书就想睡觉。母亲不许我出去和任何人玩,其实出去了也找不到小朋友玩。我待着太无聊,心里发慌,莫名其妙地害怕。那时候,全中国大人小孩都在背诵"老三篇",都说遇到困难一读就灵,我问小姐姐真这么灵吗?小姐姐恐怖地看着我说:"你好反动呵!"我从此不敢再问任何人。除了小姐姐,我相信小姐姐的话,她的四卷书已经看得松松的,像四只大面包,纸页的边缘都被摸黑了,摸破了,书角卷了起来。

这是"文革"的生活,对于我们一点都不新鲜。我在那种害怕的状态下,着实过了几年无忧无虑的日子。我跨过桌子,踩在椅子上,趴在新开的小窗子往外看。我什么也不想,就这么趴着,两手垫在下巴壳下,一站就是一下午。看着影子越拉越长,一直到路灯亮了。每天都发生同样的事情,红卫兵在墙上刷着标语,大声呼喊革命口号,时而又会走过一个行人,身上挂满了毛主席像章;街上来来往往的人,穿的不是绿军装就是蓝布褂子,什么都是一样的,每天重复着昨天。只有一次,又有红卫兵来抄家了,那都过了风头,所以锣敲得很响,也没什么人去看。

我就这么趴着,不出门不惹事就行,书读不读,母亲也无心过问了。看着窗外,就看见屋子外边那一片蓝天,那似乎是一种无限,不需要说话,就能感受到很多很多。我不会回过身面对那冰冷的三堵墙壁,那像个铁皮罐子似的。只差这一个小小的动作,就会看不见那片天,就会觉得和世界隔开一样,似乎和一切都隔绝了,像个监狱。感觉都爬到墙上,在那儿辗转不停,发出声音,像在自言自语,这一切都不如看着那碗口大的一块天,让你感觉好一些。

现在我在阿冰顿广场,我看见无限大的天空,一直伸到路的尽头,通向大海。在另一边,街道和街道交接着,错落不迭的欧洲式建筑的房子。在它们背后,太阳往下爬,教堂的尖顶矗立在那里,像挑破了太阳。天被染成紫红色的,烧得纽约城发焦了,路灯打开时,焦糊味在四处散发。于是,我和天空越来越远,世界变得更大了。这时候,一股寒气钻进我的衣服,从背上往下滑,轻轻地抚摸着我的皮肤,慢慢地,慢慢地,又从手臂一直爬到全身,然后钻到心里。我不由地挺起身子,感觉到一种惧怕,是什么,我说不清楚……只想躲进一间小屋,有自己的空间,有自己的一个屋顶,再也不需要什么天空,只想把头上的那一块用屋顶挡住。

艾米。

我没有叫出声。我知道再怎么叫,权利还在别人手上。但我希望是最后一次,让我住下来吧,我太累了。

我看见艾米了。半天说不出一句话,首先感到一种深深的耻辱,就像被人戳穿了谎话,或者被人窥视到了我的秘密。只感到两腮发热,心,咚咚地跳个不停。我挪动着腿朝门那边走去。

走廊并不长,但我好像走了很久。艾米站在门口等我,她一动都不动,显然站在那儿有一会了。"我迟到了?"艾米缓慢地摇了摇头。从我看见艾米的第一眼开始,我就知道情况是怎么样了。

我不能不为自己曾经有过的那些幻想而难为情,艾米不是什么老太太,更不是什么有钱人。艾米最多五十岁左右,她穿得很简单。衣服简单不能说明一个人穷不穷。但是艾米,我看见她时,就明白了,她几乎跟我一样穷。那穷,就像人体身上的气味一样,隔着千层衣服都会从你身上往外跑,甚至穿上华贵的衣服,都抵挡不住那股气息,实际上艾米也没穿得很特别。大外套里是一件合身的汗衫。汗衫上画着一只小猫,懒懒地趴在那儿,就像趴在艾米身上,贴着耳朵在倾听她心的声音。艾米没有戴胸罩,显然穿戴那样的东西,对她是太困难了。但是那已经不再丰满的乳房松松地往下垂。汗衫原可以不那么清楚地勾勒出她乳房的形象,但是汗衫已经很旧,被洗得很薄了,它支撑不住自己的架子,于是一口气贴在艾米的身上,把每一个细节都描绘出来了。艾米身上还背着一个小钱包,那钱包带子从艾米的左肩一直穿过她的胸部垂落下去,带子陷在乳房的中间,一下就把它看得更加清楚。

我心里也很难过,所以迅速地伸出右手,想表示一下礼貌和热络。她看了看我的手,只是用左手摇了两下,算是表示过了。那手湿腻腻的,厚厚的手显得很硬。突然,我发现艾米的右手是残废的。她正用左手抓住垂挂在一边的右手,将它放进外套的口袋里。

可是她刚收回左手,那右手就从口袋里掉出来了,她重新把右手放回去,那右手既不利落也不听话,艾米非常耐心地在那儿处理。我站在边上,半天不知说什么好,最后才憋出一句话:"我能帮你做点什么吗?"

艾米像耳朵也不太好使似的,许久她才掉过头看了我一眼,接着摇了摇头。艾米终于迈出了左腿,拖着右腿在往屋里走。看着她的背影,像看着一座巨大的山,那么沉重地压迫着艾米。

艾米家的过道很窄,四周堆满杂物和画,她没有打开过道上的灯,我只能像她一样,艰难地穿行着。天,已经全黑了,可是屋里的灯光微弱得让你看不清周围的一切。窗外的街道上,警车发出刺耳的声音,像玻璃擦着玻璃,由远而近。纽约城里的喧闹声,简直像电影院的音响,突然加倍地放大了音量,你无处可逃,只能在那儿任它吼叫,直到把你逼疯。我,实实在在地站在艾米后面,由于窗外的嘶喊,让我感到一种年代的气氛,不然,我只觉得像在做梦,走进了一个古堡。艾米挡住了灯光,像个影子,摇摇晃晃,没有声音,没有表情。

　　这是在纽约曼哈顿的房子,是很不错的现代公寓。可是房间里的一切都和房子本身没有任何关系。站在里面,像是站在被人扔弃的坟场,而艾米是这一切的见证人。艾米的动作,描绘出没有欢乐的生活。我完全不像踏进一个真实的环境,从来没见过一个美国人家,点这么暗的灯。四周墙上,挂满了大小不同的各种油画,在破败的家具后面,堆放的也是油画。看不清画上的东西,只觉得各种颜色,在昏暗的光线下变成肮脏的垃圾。门背后的画,已经结上蜘蛛网了,一直延伸到墙壁的旮旯里。

　　我像艾米,缓慢地,当心地绕着画走。一声很轻也很尖的摩擦声响过,艾米推开了另一间房门,里面放着一张大床,床头上同样闪亮着微弱的灯光。艾米转过身,张了好几次嘴,才说了一句话:"这是你的房间。"这是我们见面后,她第一次开口。我这才明白,为什么她在电话里讲话很慢,很小心的缘故。

房间很小,放下这张床就不能再放其他东西了。只有一张小桌子,死死地插进床与墙壁的空间之中。但是只能盘腿坐在床上靠着桌子,两条腿是没处放了。

挨着桌子,堆放着几只大纸箱,箱子摞箱子,一直顶到天花板。纸箱背后,露出半扇窗子,上面用铁杆子隔着,以防小偷。我看了看艾米,她正拖着腿往前走,伸出左手拽了拽床罩,又走到床头,把一些小纸片收进口袋里,然后她四处环顾着房子,她似乎用一种留恋的眼光望着小屋,好像她将放弃什么,丢失了什么。

我突然想知道,艾米睡在哪一个房间。我回过身,四处寻觅却不再看见其他的门。我朝前跨了一步,传来一声猫叫,我有点紧张,不知踩到了什么。艾米比我更紧张,她拉住我,那手哆哆嗦嗦地在打颤。触着她的手,我几乎是害怕了,我努力抽开手,人往后退。可她居然能拽住我不放。她要我别动,别碰着她的猫了。我没看见什么猫,只有一团影子蜷缩在墙角边。黑暗中,我走回了客厅。

艾米说话不多,也很简洁。我看着她,想知道她是谁,是干什么的,是怎样生活的,用什么来维持。但她不会回答我,这是她的秘密,她的私生活。"艾米,那你的卧室在哪里?"艾米朝我笑笑。我突然发现,她左半边的脸在笑,而另外的右半边的脸却没有任何表情,当她笑的时候,右边的嘴角依然往下垂挂着。我又大声地问了一遍,她还是没有说话,管自在大沙发上坐了下来。我又走到过道上看看,那儿也没有门,真不明白她睡在哪儿。"就睡在这儿。"艾米的声音从我背后传来,让我一惊。我转身望去,她正拍了拍那破沙发。

"其实我可以睡在客厅里,你还是住回你的小卧室。"

"我的东西都放在客厅,方便些。如果你要睡这也行,房租是不变的。"

我们俩都沉默了。

说了这么长的一句话以后,艾米显得很累,唾沫顺着她的嘴角往下淌,她自己一点都没察觉。那唾沫一点一点往下爬,最后变成很细的一溜,从下巴上直接流到地上,我从口袋里掏出一张纸巾给她。她不明白是为了什么,她朝我摇摇头拒绝了。我们俩素不相识,但是看着艾米,我像做了一个恶梦,而且是我熟悉的恶梦。我顺着它往里走,人像踩在海绵上,飘忽起来,空空落落地穿越世界。

"艾米,你是画家?"

艾米猛地抬头看着我,黑暗中她的眼睛发出亮光,她又笑了。我赶紧回避她的笑容,我害怕。但是,我却发现她的眼睛非常漂亮,在那深邃的目光中,有一种对死亡的挑战。她慢慢地对我说,那些画,都是她的情人画的,他们一直住在一起,没有结婚,三年前他死了……这是个伤心的故事,我们俩留在黑暗中,沉默了许久。艾米说话不多,她喜欢用手势、表情来告诉你,她对你所说的一切的理解。而她的半张脸永远是没有表情的,在这间乱糟糟堆满油画的屋里,艾米的形象活像一张现代派的绘画,总是在你眼前晃来晃去。

艾米。我在心里叫着她的名字。我犹豫了,我害怕搬进这屋子。这屋子似乎是她情人留给她最珍贵的财产。

艾米在五年前中风了一次。这是关于她的病,我所知道的一切。她没有更具体地向我描述,我明白,这对她是很痛苦的回忆。猫挪着脚步,在向我们靠近。艾米抱起猫,轻轻地抚摸着它。我努力找话说,想把气氛搞得活跃点。我问她:"这只猫几岁了?""一、二、三,不,不,八或九,也不对,反正是很老了。""到底多大?"我吓住了,怎么我的英文也听不见了。

艾米停顿片刻,说:"左边是一,右边是五。""十五岁了?""啊。"她发出一声兴奋的喊叫。

"艾米,你忘记了很多字?"

"是的,忘记了很多,很多。"

"你会好起来的。"

"已经好了许多。"

说着她举起了右手。那从来不动的右手,刹那间伸起来了,简直像从她身上长出了一个多余的棍子。真可怕。她又笑了,似乎在告诉我,一切都变得那么有希望了,连右手都能动一下了。"我会想起来的,肯定会想起来的……"她掏出一些小纸片,可能就是刚从她床头上收起来的纸片,上面歪歪扭扭地写满了很大的字母。艾米说,她每天都在背单词,重新开始学习。"我会好的,我会把什么都想起来的。"

猫从她身上跳下来,跑了。她双手搭在膝盖上坐在黑暗中。我望着她,只觉得在哪儿见过这情景,像一幅画,遥远极了。是什么画,我竟然怎么都想不起来。我也开始在遗忘,在身后扔下了一大片,可在眼前,我又什么都捕捉不到。这环境我经历过,肯定经历过。因为这画的色调和我童年的色调是一样的。美国、中国,在调色板上融化了,成为一种颜色,涂抹在我的生活中。

母亲重新坐在汽车间的小桌前,她已经不再纳鞋底了。我成天光着脚在地里干活,不需要穿鞋。爸爸在监狱里去世了。兄弟姐妹,除了母亲,我们全分到不同的农场、农村去干活。我低着头,默默地和母亲坐在那儿。桌上摊着碗筷,我很少向母亲诉苦,我长大了,开始知道要为母亲分担一些什么。母亲会说一些厂里的事,工宣队、军宣队怎么训她啦,等等……我就听着。

我一边听,一边用手指揿扁了落在桌上的米粒,一颗又一颗,然后又把它们团在一起,在桌上滚来滚去。米粒团变成黑色的,我依然让它在桌上滚动着。实在是无事可做,桌子上的小灯悬挂在我和母亲之间,门外吹来的风,把灯摇得直晃动,于是我和母亲交织在墙上的大影子也开始摇摇晃晃。

这次从农村回来,是接到通知,造反派要我去处理一些母亲的事情。我从火车站下来,直奔厂里而去。那时候,天天死人,死人的事是太随便了。我想大概是母亲死了。她关进去两年以后,我渐渐听不到有关她的任何消息。我离开家去农村的时候,两只破箱子扔到大板车上运走了,母亲厂里来的人把我们住的汽车间的门上贴了封条,钉上木板条,算是确保安全了。我不明白,那时候,生活怎么把我磨炼得那么坚强。我才十六岁,可是面对母亲的死亡,我是那么冷静。我只想看个究竟,然后可以清楚地告诉哥哥、姐姐。我并没有太深的恐惧和焦虑。那时候,我几乎能接受一切现实。那时候,我从来不想明天。更不去想,人,为什么而活着。什么都不想,活着就挺好的。

我站在厂门口的时候,让门卫给拦住了,盘问了很久。天,实在是太热,这时我变得焦灼不安,四周都被阳光照得灰白一片。远处的空气在颤动。我寻找不到阴凉处,不想回答任何问题。

关于周围的一切和我自己,都像被太阳烤化了,烤糊了。我扔下行李,脱了塑胶鞋,光着脚在滚烫的柏油地上来回走动。脚很臭,鞋也很臭。汗水把白鞋渍成黄色的,花纹中间嵌着污垢。远处是一幅巨大的毛主席画像。一个穿灰蓝衣服的人站在底下,顶着太阳,四周连个影子都没有,撅着屁股,头深深地垂在下面,在向毛主席请罪。从我进来时,就看见那人已经站在那里了。老把戏,看得太多了。村里的地主,动不动就给拖到打谷场,这么罚站。一站就是一两个小时,常常站到晒昏过去为止。

夏天,造反派的办公室阴阴的,晒不到太阳。老式电风扇不停地摇晃着,吹出一股股热风,那电扇像个鼓风机,轰隆轰隆响个没完。我不再说话,看见造反派,下意识就会耷拉下脑袋,蜷缩成一个很小的形象。似乎不用人斥训,我已经感到自己是有罪的。我们被训练得这么好,造反派还在吼着,要我端正思想。说我是全家年龄最小的,还有被改造、被教育好的可能,所以先让我回来,接着罗列了母亲一大堆的罪状。我木然地听着、思忖着,母亲死了。突然我从造反派的质问中惊醒。"你都弄清楚了吗?""清楚了。""那是什么?快说!""彻底和她从思想上划清界限。她不是我的母亲,她是反革命,坏分子。""这个态度就对了。"接着,办公室的门开了。

母亲站在那里,花白的头发,穿着灰蓝的列宁装,苍白的脸,连嘴唇都是白的。她也像艾米似的,一条腿拖着另一条腿往屋里走。当她站在办公室的中间,眼睛适应了屋里的光线时,她突然发现我坐在屋角上,她大睁着眼睛,呆痴痴地看着我,一颗眼泪像断了线的珠子,刷地一下从眼睛中滚落下来。我只觉得浑身发热,连母亲的死都满不在乎,可这一滴眼泪,却让我从麻木中惊醒过来。这是我的母亲!我害怕起来,如果她真的死了,如果我永远见不到她了,我将怎样面对这个现实?母亲,就是用那双生满冻疮的手为我纳鞋底的母亲。我的心咚咚乱跳,急促地呼吸着。我猛地想起来了,刚才站在太阳底下,向毛主席像请罪的人,正是母亲。

造反派宣布,释放母亲回家。母亲愣了好一会儿,我也不敢相信自己的耳朵。只见母亲呜呜地哭了起来。她说,感谢党,感谢毛主席对她的拯救。她有罪,她一定好好地服罪,改造自己。我差点哭起来,但一看见母亲这样丑陋的形象,我反倒要掩饰一些什么,我假装满不在乎的样子,笑着对母亲说:"放老实点就对了。"母亲还在哭,造反派拍着桌子大叫:"这孩子怎么这样不严肃!"漫长的下午,我和母亲相对无言,只有造反派的训斥。直到我们母女俩走出了厂门,还是说不出话。都不知道从哪儿说起,就怕说错了,会被人检举一样。母亲,实在是太可怜了,我拉住她的手,只觉得那像是个鸡爪子,干硬干硬的,勾曲在那里,戳得我的手好痛。两年不见,母亲老得不能看了。

酷暑的黄昏,知了像发了疯似地狂叫。我走在一片阳光的余晖中拖着母亲,我们像去赴难一样。母亲很犹豫地看看我,然后一字一句地说道:"我回去就会向毛主席请罪,我可以写书面交代,你想交给谁就交给谁。"我偷偷地斜过眼睛看着母亲,怕她有点精神不正常了,这时我们的目光相遇了,她立刻掉过头去。

"妈妈,你真觉得自己有罪?"

"他们说,你父亲是反革命,我是他的臭婆娘……"

没等她说完,我"哇"地一下哭出了声。母亲,向来敢拍着桌子和造反派对峙的人,不知现在是在演戏,在试探我,还是真变成这样了。我和母亲怎么会互相封锁起来的?是什么,让我们变成这样的?说不清楚,也没人知道。失去了的,都失去了,什么都不能弥补。光是母亲那份战战兢兢的样子,就让我绝望。我心目中的上帝,每天我都在向她祈祷,可是现在,什么都完了。

过了好一阵,母亲才渐渐恢复。她说,她要重新开始一切,她不再说,父亲是反革命,也不再说她自己有罪。但是她的右腿右手都出问题了。右腿的膝关节变得很大,每走一步都非常疼痛,她把重心移到左腿上。一年下来,右腿的活动减少了，肌肉开始有点萎缩。在粗大的膝关节下，小腿变得更细。母亲，其实根本不崇拜任何人，也不属于头脑简单的人。在混混沌沌的地下室关了两年之后，她只坚持一个信念——必须活下去，我还有六个孩子，我不能死。

遇上大雨天，水渗进地下室，她盘着腿坐在床上写交代。一旦下床干什么，她就漫过大水，在里面走着。那儿没有窗，没有日照，总得等很久，水，才会慢慢地阴干。

母亲得了严重的关节炎，在这小屋里，她独自一人。在一片空虚中，只有屋里的水是可怕的现实，冰凉冰凉。她不记得有任何争吵，有任何意外。只有一次，她涉水走去取牙缸刷牙时，她摔倒了。浑身湿透，她原想脱下衣服擦身体，重新换件衣服，但她发现，门上的小眼儿上，有一只眼睛在转动，不好意思脱衣服，因为看守是个男人。于是穿着这身又脏又湿的衣服坐在那里，直到人体的温度把它烘干为止。母亲说这些的时候，还很骄傲。她说，她还年轻，才五十六岁，身体好，所以也没有生病。

说着说着，她甩掉我的手，晃动起手膀子，在大街上，就管自原地踏步起来。"妈——妈。"她根本不理我，像个白痴一样，那么坚定地走着，而且有意甩起右膀子，右腿也踏得特别重。可是右腿毕竟不行了,她踩空了一步,差点摔倒,我一把拉住她。她很得意地笑了:"我会好起来,肯定会好起来的!我自己知道的。"

我一点不知道人们都在想些什么。我一点都不知道。我背着两个大箱子独自穿过太平洋,似乎是来寻找谜底的。走出这片烟雾,走到一片无限的天空中去,可我依然感到周围一片嘈杂,好像有什么东西压迫着我,逼着我。我精疲力竭,仿佛急跑了一段路,似乎快到终点了,我已经伸出手,可以够到什么东西了,却突然重重地摔倒在地上,累得动弹不得。

最终,我还是搬到艾米家去住了。我没有时间再去找房子。马上是期末考试,成绩不好,我连手上的这点奖学金都拿不到了。我住在卧室,艾米住在客厅。

天,渐渐转冷。每天夜里,我会听见风吹打下树叶,把窗子拍得瑟瑟作响。躺在这间屋里,听到任何声音我都害怕,房子像闹鬼一样。这里,总是弥漫着一股艾米身上的气味,一种老人身上的酸味。不论我怎么开窗,换床单,就是改变不了。于是我尽量待在图书馆,总是赶在大胖门卫上锁之前,离开那儿。"真是用功的好学生。""因为我是个笨蛋。"胖子哈哈大笑,然后把这当成个经典幽默,逢人就说。而我一点笑不出,想到回家,心就沉重起来。只有一点挺可笑的,原先还打算去和艾米练口语呢!

早晨,我坚持睡到最后一分钟,跳起来瞎忙一阵,抓起书包就往外冲。在那样的屋子里,日子最好过得像死掉一样,心里才能平静一些。我什么都不关心,努力不看见艾米。可是一天早晨,我被挽留住了。当我往外冲时,狠狠地被什么绊住而摔在地上。我听见脑门砸在地上的响声,书包压在我肋骨上,好一阵疼痛。这时老猫又慢慢地爬到我腿上,我恼火透了,一甩腿,才发现踢到艾米,我竟然是和她一起睡在地上。她几乎没有张开眼睛,含含糊糊地嘟囔着说道:"我很抱歉!"

猫,慢慢地往前爬,依偎在她身边,她伸出手抱住它,又睡了。我站起来,却又重新摔倒,我踩在艾米的毯子上。我伸出手,试着把艾米抱回沙发上去,没想到她却很重,手已经插进毯子,捧起她的身子,但没有能够站立起来。这时,艾米张开眼睛说:"没事。"

我还是一点一点往沙发前挪,沙发很低,一使劲,终于把艾米的上半身放到沙发上去了,然后,走到另一头,捧住她两只脚,将它抬了上去。我为艾米掩好毯子。这时,艾米却完全醒了,她想坐起来,向我说声谢谢。但努力了几次都没成功。我说,你睡吧,我马上走,要迟到了。我几乎是跑到学校,还是迟到了。我穿过教室,坐到自己的位置上很不高兴。这是我第一次迟到。其实在美国,上课吃东西都没人管,别说迟到。但我就是心里不快活。

几天以后,这事重新发生,艾米又从沙发上,睡着睡着掉下来了。我穿过客厅,站在艾米身边看了看,心里一阵厌恶。艾米的头发竖在那儿,黄颜色上已没有什么光泽,乱糟糟地像一团草擦着地板。毯子很大,一半拖在地上,一半还耷拉在沙发上。她不是整个人都睡在地上,身体还微微靠着沙发,主要是沙发太低了。那只猫蜷缩在沙发里,安然地睡着,像是它把艾米挤下来似的。我几乎没什么犹豫,跨过艾米的身体,上课去了。

从一开始,我就知道住进来会很不快乐的。她也没付我护理费。在美国,谁能有那么多时间去发善心。如果我想关心她,简直没完没了。

而艾米,从来也不少收我一分钱房租。艾米虽然住客厅,可比我的房间大了一倍,她自己才出二百美金。我的屋子,除了那张床,那张桌子,除了可以任意把门合上,我没有其他空间,连放把椅子的地方都没有。但是一想起房子,那永远没有日照的房间,像个监狱,艾米就那样孤零零地睡在地上,而我居然能把她当成个树桩,跨过她而去。这个匆匆忙忙的动作,让我想起来就很害怕,我竟变成这样。心里感到一阵凄凉,就像自己被扔在大街上,任风吹雨打一样,我很后悔甚至痛恨自己。一下课,我没去图书馆,径直往家跑,今天又是没上好课,心神不宁,老是看见艾米睡在地上。当我推门进屋时,客厅里没有艾米,只有那条旧毯子摊在沙发上,老猫还趴在那儿睡觉。我立刻冲进厨房,打开冰箱看,是不是食品没有了,可能艾米上街买东西去了。可是,她的牛奶、面包都好好地堆在那里。我回身,又看见那毯子,简直像电影中的道具,那样随随便便地铺着,暗示着一个人死了。

我从来没有现在这样的感觉,发现有些东西,失去了就是再也找不回来的,我在沙发边上徘徊,只觉得房间在往下沉,空落落地往下沉。我挨着沙发坐下,弹簧全松了,一屁股几乎坐在地上,弹簧顶着屁股,隐隐作痛,我这才知道,艾米每天是睡在这样的地方。

电话铃在响,愣了好久我才反应过来。等我拿起话筒,对方又挂断了。我大声地叫喊,没人答复。

我更加害怕是否来通知艾米的死亡情况？我一点信心都没有。人为什么要活着,我为什么来读美国文学？我真不敢去想这些。

隐隐约约,传来艾米的声音,在呼唤着我的名字,声音飘忽不定,像来自一个遥远的国度,一个幽灵在呼唤我,美国口音在念一个中国名字。她在召我过去。声音很微弱,但却非常具体。我不知道是我的幻觉还是现实,我开始在房间里乱窜。突然,我觉得声音是来自壁橱间,我冲进过道拉开壁橱门,果然是艾米,她顶着杂物坐在地上,一只大纸盒压在她的身上,她满脸是泪,哭得像个孩子,她说:"怕死了。我不知道你什么时候回来。门,这门,自己关上了。"一边说一边哭着。

我扶起艾米,坐回到客厅,我们俩深深地陷在那破败的沙发里。窗外,阳光明媚,我和艾米像在另一个世界看美国。艾米说:"让我去看看太阳。"

阿冰顿广场。

满地金黄的落叶在阳光下熠熠发光。艾米拼命朝太阳望去。但是最终受不了光线的照耀,眯缝上眼睛。很快,在暖洋洋的阳光下,她睡着了,微微地张着嘴,发出鼾声。艾米肯定很久没有洗澡了,只见她垂下的脑袋,耳朵背后有一层污垢。汗衫下,依然垂着松松的大乳房。我走到她面前,为她扣上外套。

广场很漂亮。四周被铁栏杆围着,上面浇铸出古老的图案,漆着黑色,还有黑色的铁椅子。

一大群鸽子,踩着落叶,在那儿寻食,发出淅淅沥沥的声音,像要摇醒艾米,让我们多看一眼四周。但艾米陷在轮椅上,睡得那么香,我也陷进小说里。只有小说才能让我忘记现实生活。不管广场有多么漂亮,我只相信,活生生的艾米是真实的;我只相信,小说才是我最后的避难所。

为什么要逃避生活呢?哪里都逃不掉的。但是我害怕,到了美国像踩空了一样,不敢回头看也不敢朝前望。我并不知道来美国寻求什么,就像我不知道,怎么能在"文革"中那么努力地活下来,又为了什么?家,给予了我很多温暖和力量,在最困苦的岁月里,家,就是我的根据地,我会逃到那里去,我很骄傲,我一直有个家。其实,这是抽象的。想到家,就是想到母亲,有时还会想到我的小姐姐。现在,它们都那么遥远,迷迷茫茫的一片。我害怕思念。

实际上,我从中国到美国来的时候,就是为了逃出这个家。已经不是那个汽车间的家了。母亲和父亲的问题都平反了,我们搬到正正经经的花园洋房去住。但依旧只有一间屋子。这个家,已经走到了终点,哥哥、姐姐都结婚了,只有我还留在家里。我不停地找关系,拜见领导,想结束这个时代,想有一间自己的房子。但这成了黑色幽默,没有房子就不能结婚,可不结婚就不分给你房子。我中了圈套。我结婚了,结果是没等到房子分下来,又离婚了。

在那样一间屋里,我和母亲不大说话了,我捧着书从单位回来,就像耗子贴着墙走,尽量不要让她注意。不然,她会从椅子上转过身,推一下她的老花镜,从镜片的上方久久地窥视着你。我只想死在书里,当我实在想说话时,就给朋友打电话,说很久很久。这时候,母亲就竖起耳朵听我说话。她一直想知道,我为什么离婚,我和我丈夫之间究竟发生了什么事。

她不开口问我,问多了,我们又吵架。我们俩各自趴在自己的写字桌前,一个空间里,两个女人的世界,母亲开始用她的沉默打探我的生活。而我,必须非常小心地穿过这片沉默,当我不在家的时候,她就会转到我的桌子边上寻觅着,看看我的东西。

可恶极了。我学会了恨,对母亲的恨。一跨进房子的门槛时,就觉得这是没有终极的苦役,我得和母亲生活在一起。我永远是她的孩子,而面对她的苦难的孩子,她理直气壮地管你、爱你、支持你。中国人的母爱,那般细腻、温情又那般让人窒息。

我们还会在吃完饭以后,呆呆地坐在饭桌前,什么都不说,我觉得很累很累,什么都说不出。只觉得应该陪她坐一会儿。她的右腿已经完全残废了,几乎不再出门,生活得非常寂寞。她总希望我每天回来告诉她些什么,但我坚守阵地,绝不跟她说任何事。有一次,我想讨好她,悄悄地说了一个秘密,在我们花园后面的小树丛中,我发现一块门板,深夜常常有人会去那儿约会,甚至在那儿做爱。多开心,中国人还是很会生活,为自己寻找空间。

母亲听后,竟然艰难地拄着拐棍,跑到里弄去汇报,说怎么能发生这么伤风败俗的事情,在今天,还在我们的院子里。

她要求居委会把门板搬走,并且查清楚,是谁家的门板,应该让大家知道,弄臭他们。

不知道是谁把母亲教育成这样。我对她的不信任,就是从这一刻开始的,我发誓,什么都不再对她说!

小姐姐回到家,看见这间没有声音的屋子,哭了。她跟我说:"你想想,你是怎么会有今天的?不是妈为我们吃下那么多苦,我们这个家早散了。"

"你们说这些话都很容易,可谁都不回来和妈妈一起住!"

小姐姐长叹了一口气。"你还在上大学时,妈妈就说了,她老了,只要和你住在一起,这样度过晚年就很幸福。你是小女儿,和你一起生活,是她的一个梦。"

所有这一切我都知道,全家都知道,大家对我都重复母亲说过的这句话。是对自己不搬回家住的借口,又是他们真实的同情。我对我的大哥大姐们都不信任,除了小姐姐。看着她一边哭一边说这些话,我的心也颤动起来。小姐姐太善良了,都快四十的人,思维方式完全像个孩子。我们小时候,常常打架,我总是揪她又多又密的头发,她哭了,我才撒手。大姐会大叫道:"不理她,全家都不要和她玩。"我恶狠狠地盯住大姐,充满了仇恨和委屈,小姐姐眼泪汪汪地回头看看我,说道:"我会和你玩的。""你这个没出息的!"

这大概是血缘的关系,小姐姐不理解我,但从来没有放弃过我。不管我做什么,她总是和我在一起。只有在母亲问题上,她一直批评我。母亲也知道,小姐姐是家里最善良的孩子,但她头脑简单,干什么事都是用最直接的方式,母亲不愿跟她一起住。对于我,分不到房子,一时又赶不走。

很小的时候,小姐姐就是这样。我们家第一次被抄家。我,妈妈和小姐姐被赶出屋子,罚站在走廊里。周围全是看热闹的人,我们被团团包围住。有人推了我一把,叫道:"狗崽子!"我第一个反应就是看看母亲,她说:"不要动!""我害怕。""我们没做坏事,不怕。""要相信群众,相信党。"母亲能把毛主席语录背得烂熟。一个男孩伸过脑袋,看看母亲:"没干坏事?反革命的臭老婆!"然后,冲着我们三人,高喊着打倒我父亲,四周一片哗然,人们笑了。小姐姐轻轻地,但一字一字地说:"你再喊,我揍你。"那男孩毫不犹豫,果然又高喊起来。

小姐姐猛地抽出手,在任何人都没有防备的情况下,照着男孩的脸,打了一记重重的耳光。这简直像交响乐中的小号,在最后乐章完成时,一口气冲到制高点。接着一片寂静。过后才响起掌声。人群骚动起来,开始吼着推着朝我们三人挤来。只听见有人在喊:"反革命翻天啦!"母亲抓住我们两人的手,趁人们没有反应过来,穿过人群,直冲屋子而去,然后狠狠地合上大门。这时,人们才惊醒过来。于是,家门重新被打开,仅有的吃饭桌子给推到人群中,母亲跪在上面,向人民群众低头认罪。恐怖的人群,像地狱把母亲包围了。

我才十二岁。我眼睁睁地看着这个"臭婆娘"给人批斗。短头发从后脑勺上一直翻过来,盖没了整个脸。过去她随身带着一把小梳子,头发梳得整整齐齐,一丝不苟。细细的金丝边眼镜架在鼻梁上,挺着胸、昂着头走路,骄傲得很。大家都说她显得特别精神,像个年轻人。说话、走路,都是那么明确、果断。

现在,看不见了。脸,常常是胖乎乎的,两腮的皮肤发出虚肿的光泽。

很早,很早,她就出门去干活,风吹得脸上也长起了冻疮。她开始戴口罩,可是一点都不管用。金丝边眼镜在批斗时,打碎在地上,框架让造反派一脚踩烂了。她从抽屉里找到一副哥哥扔掉的镜框,配上片子戴上了。那镜框显得小了一点,圆圆地围着她的大眼睛,旧框子呈现出暗淡的黄色,看上去那张脸像一个落魄的算命先生。

这就是我的母亲。一个小说翻译家,她懂英文、俄文和西班牙文。我已经记不清楚她真实的形象了,当我开始有记忆时,她似乎就变得这样丑陋。干枯的皱纹把她的脸拉扯得歪歪扭扭。皮肤也像一块龟裂的土地。我们就是从这片土地上长大的。可我却从来没有用自己的手去抚摸一下这张脸。

我想从每一张脸上找到谜底,人,为什么活着。我们为什么会让自己这张脸上刻上那么多裂痕。这是大树的年轮,历史的标记。当我年轻的时候,四十岁是个可怕的年龄。如今我已经三十六岁了,我对自己从童年一步跨到中年感到恐怖,我的感觉还是儿童的,我却站在中年人的行列中。每个人都会说,转瞬即逝。说这话时却很轻松。有一天,我在镜子里发现,我那张和童年照片并无太大差异的脸上,爬上了老年人的色斑,我真正明白了,生命的过程是冷酷无情的,它步步紧逼。在你刚疏忽大意时,它就把你占领了。晚了。

我站在纽约,我还在为生存的空间苦恼。抬头看见大街上,那些现代化设计的大高楼直耸蓝天,线条清晰简单,各式各样,像童年搭出来的积木,也像童年的梦。我会在熙熙攘攘的大街上站定下来,像个农村人长久地看着,努力确定一种感觉,我在美国,我应该快乐。是什么快乐,说不明白,就为了没人管你,就应该快乐。你走在大街上,站在地铁旁,不论你什么打扮、表情、穿戴,没人朝你看一眼,你想怎么样都可以。从这儿走过,又回到家里。

家。照例是窗户紧闭,从来不允许动它。似乎怕被风吹走了什么。屋里总是洋溢着一股热气,其中弥漫着猫屎臭,艾米身体的气息,旧家具的味道,还有我炒中国菜留下的油烟味。呆在里面久了,就没有感觉。

可是每当我推门进屋时,一闻到这股味儿,就觉得呛人,呼吸都困难了,要有很大的勇气才能闯进这个世界。

艾米还是坐在她的小桌前,面前竖着好几幅油画,只留下很小的空间,让她放下一张纸和一支笔。她嘴里嘟嘟囔囔地背着单词,左手使劲在写字。很多时候,她根本什么都不写不念,只是抬起头,呆呆地望着眼前的画,一看就是很久。画上是个女人,穿着时装,用手撑着头,靠在一棵树旁坐着,另一只手上,拿着一顶粉绿的贝雷帽。那帽子,现在就挂在沙发后面的衣架上,和画上的不一样,颜色已变成灰绿的,帽子的质感也不好,上面的毛脱掉了,秃秃斑斑的,像个秃子的脑袋,好像是被虫子蛀啃了。艾米会伸出左手,抚摸一下画上的帽子。确实,那帽子画得还挺生动,我常常听见艾米在说:"戴上了,可好看啦。"她不断地自言自语。一次我走过,她拉住我,又说了一遍。我笑了,顺手取下帽子往艾米头上盖去。艾米几乎发出一阵短促的尖叫声,她赶紧用左手压住帽子,慌慌张张想起身走向衣架,谁知撞翻了桌上的画,砸在她头上,又翻到地上,叮叮哐哐摔了一大片。

艾米不动了,呆呆地望着画,我知道闯了大祸,立刻跪在地上,扶起画放回原位。"谁也不能……不能的……他说……!"艾米又用手向我比划,我一点不知道她想说什么,她肯定又想起了什么,但忘记该怎么说了。她努力站起来往衣架走,我明白了。我想帮她把帽子挂回原处。艾米急了:"不要动!"我真觉得抱歉,根本没想到这破帽子有那么神圣。

不就在画上出现了一下?我再不想理艾米,让她一个人坐在阴影处背她的单词,坐在画下想她的昨天。艾米还在用手比划,我往自己房间走去,她却拉住我的手,拖向厨房,她让我看冰箱角上贴着的一张发黄、几乎看不清图像的报纸,那是一群人的合影,英文标题写着:艺术的希望。在影影绰绰的人群中,艾米的手指一下点在一个人上,他站在人群的背后,几乎被人挡住了,但能见,他戴着一顶贝雷帽。

"就是他……画家……他……"

我这才恍然大悟,这是她的情人。我不由得凑上前,想看个清楚,实在是什么都看不到。她老说,戴上了,还要好看,不是别的,是指的他。帽子是个见证,情人的见证,艺术家的见证,也是艾米生活的见证。而我那么轻率的举动,犯了多大的错误。艾米还站在原地,她却不再注视照片,重新开始去回忆什么。肯定和她的情人有关系,因为有了他,她的生活才辉煌过。

她又开始嘀咕,"左边……左边……不对,右……边……"这下坏了,从此以后,就变成了"左边,右边"。我怕她是在寻找什么东西,忘记放在哪里,只怕再触犯她的生活法则,我不和她搭腔。渐渐地,我们俩的屋子,也变得不再有什么声音。但艾米人很好,每当她看见我回家,就会走去关上电视,让我安静地读书。常常是打手势比说话还多,因为这样明确,也更简单。我俩像两个哑巴,默默地待在一个屋里,活在各自的世界里。

但是,这个屋子对我总是那么沉重,每天早晨醒来,屋里黑黑的一片,感觉不到时间的变化。一想到新的一天开始了,我就会想,现在中国还有人需要美国文学吗?那美国人呢,他们需要我吗?真烦呵,我陷在大海绵垫子里,越睡越累,身体曲蜷成一团,压迫着自己的心脏,心在萎缩,想从压迫中逃跑,我在和心斗争,努力挽留住它。但我没有信心。我强迫自己睁开眼睛,必须面对新的一天,努力地读我的美国文学去;屋子却依然是黑黑的,仅有的小窗让纸盒子挡住了,我总是在黑暗中迎接新的一天。

我打开门,蓦地,惊吓住了。艾米穿着宽宽松松的大睡裙,像个幽灵似地站在我的屋门前。"你……"我不由地往后退。艾米又在那儿笑,笑得那么开心那么狰狞,那半张脸又拉长了,她像个假面具死死地挂在一边。

我一下钻进被窝,什么都不敢看。艾米一步一步走进我的房间。

"我想起来了,左边、是左边……他睡在左边,就是这儿。"

我把被子蒙住头,随便她去自由联想吧。

"我,是我梦见的,那样的……"

"艾米。"我掀掉被子,只感到精疲力竭。

艾米还在比划,看得出她兴奋得厉害,也许这对她是太重要了,从这以后,她可能会想起更多更多的事情。这也不错,活着,就为了去回忆,只要有目标就好,管他是什么目标,原来人是可以站在今天,生活在昨天,享受过去的。我为什么要朝明天看呢?明天对我意味着什么?我干什么拼命从昨天逃出来?昨天我痛苦过,但昨天我欢乐过,昨天我写过书,昨天我也恋爱过。我难道不该像艾米这样生活?她那么顽强,充满信心,而明天,美国的明天对我预示着什么呢?……

在问题面前,我总是逃跑。我又躲进"现代艺术博物馆"。白色的大理石还有白色的楼顶。走进那扇大门,像走进了教堂,四周静悄悄的,有时传来微微的回响。博物馆简直是完美无缺的,那儿收藏了各个时期的各种艺术品,大得找不到地方。我从一个展厅走出来,看着看着,我竟在那儿迷路了。我看见了莫奈的《荷花》,半个展厅上就是挂着这巨幅油画,我不敢轻易踏进这块上帝的领地,我远远地站在那儿看着。

我从来想像不出，能有这样的博物馆。如果我不来纽约，我会永远看不到这些作品。

我伫立在展厅的中央，看见了杰克麦蒂的《母亲》，灰蒙蒙的调子，干枯的老妇人坐在桌子旁边，双手搭在膝上，呆滞的脸上是无数的皱纹。我总觉得在哪儿见过这画，我终于想起来了，就在我的生活中，我的母亲，我的艾米，她们都是这么孤独地靠着桌子，拥有过她们的岁月。那画像雕塑，简单明确的线条，似乎会叮当作响。而那女人，就在这刚硬的线条中生活过来。我忍不住热泪盈眶，一点都不是悲伤，一点都不是思念。是什么，我并不清楚，只是模模糊糊地觉得，生活中能有这份理解，这份感情，人就值得活下去。我不知道。

我一个人走在这博物馆。我的母亲一辈子都没看到这些东西。她翻译西班牙的作品，但她没有看过毕加索的原作；她翻译俄文，但她不知道康定斯基是谁。世界太大，她却必须为六个孩子活下去。艾米，一定来看过这些，和她的情人一起来的。现在，她忘记了……我，站在这里，站在这里……但是我不知道，我和画上的女人，为什么活着。

从博物馆出来，我没有回家，坐在阿冰顿广场。这一切都太珍贵了,我要一个人留在广场上,我要一个人远远地躲开世界,我要一个人重温刚才的一切。明天为了什么？也许就为了看一眼这样的展览。但是美国人不能理解我们。我们看了那么多书,却看不见一个真实的世界;我们自己也想像不出,真实的世界该是什么样的。

我曾经回答我的领导,我说,我去美国就想多看点世界名著,就想看那些大博物馆。此外,别无所求。领导只瞥了我一眼,又低头看他的文件,他一定认为我编织了一个谎话,还是一个很不高明的谎话;把自己打扮得那么有教养,有追求。我望着领导,期待着他的回答。

他还在看他手上的东西,我开始不自信了,我或许是在说谎,仅仅为了这些就往美国跑？那么多中国人都往西方国家去,谁也没说出自己的愿望,可是大家都会明白那愿望是什么。那可绝不是为了看点世界名著和大博物馆。

也许是对的,看过和没看过,人都能活一辈子。

但是博物馆的气氛在点醒我的那些神经,被生活压迫得麻木了的神经。对人,对自己,对世界增加了一点理解。不管怎么理解,那里会有一种痛苦,但是这痛苦中不掺杂任何悔恨,不掺杂任何抱怨。我生活在这么动荡不安的环境和时代,我没有好好思考过,也没有为自己设计过。总是被潮流推着往前走,不可抵挡的冲击,总像一个大浪,把我摔得很远很远。我们这代人,活得这么被动,任何人都别无选择。

我又赶上了"出国热"的潮流。原先,我倒想考验一下自己,能不能挡住这股浪头。护照捏在手上,我一直按兵不动。但是,最终我还是像赶末班车一样,凑了上去。我就这样给热浪卷走了。

酷暑的深夜,大街上搭着竹板床铺着席子,矮平房前睡满了人。天热得让人再也不能睡在屋里。我在桔子家的大床上,同样睡不着。不时地拿起小闹钟看着。都说签证越来越难。人们通宵在领事馆门前排队。真难堪,我怕被熟人看见。但我又必须去。闹钟响的时候,我已经坐在房门口等桔子了。她依然睡眼惺忪,一边梳着头发一边向我走来。她刚拿起小凳子,又想起来,忘了拿蚊香了。我们半夜三点赶到美国领事馆的门前,绕着大墙已经坐在那儿二三十个人了。我和桔子赶紧贴着队伍坐下。人们都像接到通知一样,自觉地带来了小椅子,默默地等待着。桔子捡了一块小石头,把蚊香放在上面,然后划上了火柴点着了。桔子说,她想哭,因为我要走了。

"也许签不出来,也就走不成了。"

"我陪你,希望的就是要签出来。"

桔子干事很仔细,她比我更听天由命,在单位,她是领导的好孩子,忍气吞声,从来不知道怎么说个"不"字。但对于我,她总是说"对",同样不管我做了什么。照她的话讲:"这就是你,和别人不一样的你,没错!"我真的离开中国的话,我每天都会在心里和她对话的,她太了解我,一个极为虚弱想逃避生活的人。我套着假面具,只有桔子常常揭掉面具,注视着我。我把头靠在她的肩上,她抚摸了一下我的头发,我看了看她,什么都不用说,我们俩笑了,我明白,我们都想起了什么。

桔子是我小学里的同学。三十年过去了,我们竟然一直保持着友谊。在这三十年里,我们很少见面,我们从来没有通过信,我甚至不知道桔子写的字是什么样的。我在江西农村待了九年,我终于上大学了,回到上海。这时,桔子也从黑龙江农场回来上大学了。我们第一次见面,我就坐在那张大床上等她,她在上厕所,不知她会是什么样的,我有点紧张。

当她推门进来,用上海话大声叫着:"赤佬,侬好吗?"我笑了,我们全明白了。我们之间从来不用解释,从来不用原谅,从来不用问为什么。

桔子比我小六个月,却比我高半个头。小时候,我们总在一起演戏,她演妈妈我演女儿。她拿着一把大扇子,坐在我身边,我双手捧着头,我说:"妈妈呀,为什么月亮这么圆?""妈妈"说:"妈妈小时候,看不见圆月亮。""为啥妈妈看不见?""因为妈妈日夜给地主干活忙。""妈妈"摇着大蒲扇,抚摸着我的头……

美国领事馆前的队伍一直在增长,曲曲弯弯在拐角处消失了。我想看看队伍究竟有多长,桔子说,坐着,天都快亮了,人会越来越多,别把你的位置挤掉了。转眼,天开始下起雨来,我和桔子全然没有准备,衣服冰凉冰凉地贴在身上。刘海贴着额头,直往眼睛里淌水。眼前一片白花花的,地面上被雨点打得泛起水泡。真是狼狈不堪,我俩完完全全被扔在雨中。一个睡在行军床上的人,早已从头下取出一件雨衣,套上后,又躺在床上睡了。有人撑开小伞,坐在小凳子上,安安心心像在钓鱼。老人、中年人、年轻人都在排队。

我和桔子看着那盘小蚊香被雨浇熄后,依然无能为力。

天亮了,街上的行人越来越多。美国领事馆又设在闹市区。赶去上班的人一边骑着车一边朝队伍望来。雨,还是哗哗地下个不停。我转过凳子,面对墙壁而坐。我怕被人认出来。这不是什么光荣的事情。只觉得是很深的耻辱,像个乞丐,像去逃难,排着长队,可怜巴巴地等待着别人的施舍。我怎么会变成这样的?桔子揪了一下我湿漉漉的头发说:"人来了,想这些干什么?你不是要去美国,多看点世界名著,去看那些大博物馆的吗?将来写信跟我谈谈。"

我坐在床上,桌子就贴着床沿放着,我趴在上面给桔子写信。那两条腿无处可搁,怎么坐都不舒服。我写了几次开头,都写不下去。看来,我一辈子都不会给桔子发出一封信。我真不知道,这一回,我要到什么时候再能见到桔子。再等一个九年?只怕还没等到,我都快死了。我烦躁不堪,这把年纪了,跑美国来干什么!

这时,电话铃响了,我跳下床往客厅跑,多希望是找我的,真想找个人聊天。什么叫百无聊赖,也许就是这一时刻。是我的电话,但不知道是谁打给我的,那是个男人,他让我猜他是谁?我怎么猜?刚才的热情顿时消失了。和陌生人有什么可聊天的,他告诉我他的姓名时,我沮丧透了,原来是我离婚的丈夫。他问我:"你也来美国了?""呵。""生活得好吗?""不好!""去餐馆打工了吗?""还没有。""奖学金很多吗?""很少。""有了钱,情绪就会好的。"只怕是一辈子也没钱。我烦透了。桔子知道我这么和他说话,一定会指责我:"有什么不好的。活得不是挺好,不要让他太得意,他就希望你活得不好!"完全可能,那就让他快乐一下吧,如果我活得不好,还能让另一个人快乐的话,那我也算对这个社会做了点什么。

我那鬼样子一定很丧气。艾米抱着猫朝我走来,她把猫放在我手上,她说:"它爱你。"我勉强一笑,只能装得很有兴趣的样子抚摸着那只猫。艾米不安地看看我,悄悄地问我:"你感觉不好,是吗?"我大概点了点头,紧接着是艾米说:"情人离开了?"我吓了一跳,简直不敢相信艾米是什么人,好像她都能听懂中文。我居然又点了点头。艾米在黑暗中坚定地说道:"不急,不要急,他会回来的。要有信心……会回来的。"

我都不知道他怎么找到我的电话的,这在美国太方便了。我也不知道,艾米能感应一切,这更可怕。原来,我小屋的门是多余的,艾米一直在关心我。

过去我总以为,我和母亲的矛盾,就是因为我们同住在一个房间里,现在看来不是的。人需要交流,需要被人爱,更需要去爱别人。

母亲听说我的小说发表了,瞒着我,让邻居挽着,一步一步艰难地挪到出版社。

她说:"我要订四十本书。"人家说:"可以。书款就从你女儿的稿费中扣除了。""不,她管她的,我管我。现在我就付。"真觉得难为情,像没见过世面的人。当年她自己出书的时候,她一本都不买。出版社每天出多少书,谁家母亲这样跑去的呢?我没说她,也只装不知道,这是她的事,我没有权利指责。这份窝囊,只有我自己咽下。

咽下也不行。事情越来越烦。我的信,总像被什么人拆过看了。当我打开信前,总先把信封检查一下。我收到那离婚丈夫的来信,好像看不出什么蛛丝马迹。信上说,在旧金山唐人街的书店里,看到我的书。他祝我成功并且想念我。看这种信,我大不以为然,可是我发觉母亲在观察我。我掉过头去,她没来得及回避我的目光,只见她在冷冷地微笑。

什么都不用说,我明白了,信又被拆过看过了。

"你干什么呀!"我狂吼起来。

"是的,我拆过看了。"她理直气壮,说得还很冷静。"我是为你好,不要再上这种人的当。他看你出名,又来想念你了。当初他怎么和你离婚的。不就去了美国,有什么了不起的!"

我举起桌上的杯子,照着自己的玻璃板砸下去。我一点不知道该说什么。这份爱,这份为我好,还有一份男人的思念,都让我发疯,真不明白成名意味着什么。母亲难道不知道我为什么写东西?

不就是没人说话,不就是逃不出这小屋,我才埋进那堆烂纸里去的?还有这个男人,从来那么自信,从来不会轻易上当,从来没有想了解我,现在怎么也产生什么"思念"?我带着一种苦恼控诉自己。我真是得罪了谁,怎么都要走进人家的生活中,都要承认我的"作品",都要提醒我是个成功者,我还能装扮成什么样的强者形象?真累啊。今天,我终于离开家了,至少躲避开母亲期待我成功的目光。但是还有艾米,她说:"好好学,会成功的!"艾米还说:"我喜欢你。"

我从来不对人说一句"我爱你"或者是"我喜欢你"。我只说,我对她印象很好,或是极好。这份感情是永远埋在心里的,一旦说出来了就是枷锁,会置人于死地。对母亲,我从来没说过。对艾米也没说过。但是想来又是一份惭愧,艾米那么关心我,而我却很少去注意她。我甚至不知道,她每天是怎么生活的,她是怎么洗澡的。她行动那么不方便。再看看艾米,那双深蓝色的眼睛真漂亮。她一个人那么顽强地活着,我从心里感到敬佩。我很想跟她多说点话,但她说话还有困难,只有和那只猫在一起,她叽叽咕咕能说上很多。

我从房间走出来,又看见艾米跪在厕所里的马桶旁边,下巴颏几乎顶着马桶的瓷边缘,她费力地将一勺一勺猫屎铲进马桶,然后冲干净。

接着再铲,直到那盆子里的猫屎都铲掉为止。厕所里弥漫着猫屎的酸臭味,艾米因为动作不利落,身上、手上都星星点点沾上了屎。她回身看见我,很高兴地笑了,活儿,终于干完了。我把肥皂递给她,她接过肥皂说:"猫屎不脏,它吃的不是鱼,是小饼干。"她几乎没站起来,跪在地上只移动了一下,靠着浴缸洗手。过后,她特别拿了小饼干的罐头让我看。"这是最贵的一种猫食?"艾米点点头,她说:"不管有钱没钱,猫是不能饿的。它可怜啊,是他从街上给捡来的。"原来如此。是他的缘故。艾米,我为她代买了牛奶回来,可我是在另一个商店买的,同样的货却贵了40分钱。艾米说:"你年轻,要多喝点,你留下吧。"我信以为真,还和艾米推托了好久。可是第二天,我看见艾米自己上街买了便宜的那一种。

艾米对猫像对上帝一样。她要求我,每次上完厕所后,一定要立刻冲马桶,大便以后冲两次,保持干净。然后,要把马桶盖子掀起来,因为猫老了,常常要喝水,它先跳到拉屎的小盆子,然后跳到马桶上,战战兢兢地趴在边缘上,把头探到底下,用嘴舔着喝水。

艾米说,她的猫多聪明,这么老了,动作还是很利索。这是艾米的骄傲。但是有一天,我和艾米都听见一声闷声闷气的水声。我没在意,接着是老猫轻轻的叫唤,艾米跑去一看,猫掉到马桶里去了,幸好水浅,它的头抬在外面,努力想往外跳,但马桶是斜的,瓷砖又滑,它不停地挣扎着,却没有从马桶里跳出来。我走上去,把猫从马桶里抱起来。艾米毫不犹豫,取下她自己的大浴巾,一下把猫放进毛巾里,捧在怀里坐回沙发上。她不断地吻着老猫,嘴里嘀嘀咕咕不知说什么,我真有点被打动了,拿起我的破梳子给艾米,让她给老猫梳理一下那结成团的毛。艾米抬头看着我,眼睛里含着眼泪,她没有接过梳子,因为那只能动弹的左手正抱着老猫。我坐下了,轻轻为猫梳毛。

艾米不断地说:"谢谢你,谢谢你。"艾米信任地看着我,她说,过了圣诞节她要离开纽约一个月,住到她妹妹家,她一直拿不定主意,因为她走了,没有人照顾这只猫。现在她放心了,她说,我是好人,她全放心了。早知道这样,她圣诞节前就走了。

这突如其来的好消息把我吓傻了,我什么话都说不出。只是不停地为猫梳理着,猫趴在艾米身上睡着了。从这一刻开始,我就在盼望,艾米去她妹妹家住,我终于有一个月的自由空间了。

我顿时觉得生活有希望了,因为至少我看见了那可能达到的目标。还有两周,艾米要走了,我可以一个人待在这里。再看看这杂乱无章的房间,我有点信心了,我一辈子没有在一个单独的空间生活过,在哪里都有别人存在。学校里,老师管着;家里,母亲管着;农村里,生产队长管着;到了厂里,领导管着。来美国,没人管了,但是艾米,我还和艾米住在一起。

接着,又收到了离了婚的丈夫的来信。里面放了一盘磁带,就是1986年的时候为我录的带子,现在终于寄出来了。我觉得好笑。1986年,我们明明在闹离婚,弄得糟心糟肺的,还有那片心,为我录带子? 我没听,就把它送给艾米了。艾米不仅谢我,还说我送她一份节日礼物。

我很不好意思。当着我的面,她就放了录音机开始听带子,不朝我看,也不再说话,反反复复地听着。那是一首流行歌曲,电子合成器打得人心慌意乱,我说,我最讨厌的就是听这些东西,她不理我,简直为这盘带子着迷了。几天以后,艾米竟然一边喘着气一边哼着,跟带子唱起来。黑夜,透过百叶窗照进来,窗外的嘈杂声有增无减,屋里多了这盘带子,还加上艾米的歌声。我这才发现,我干了多蠢的事,我真想哪一天艾米不在家,把带子扔了。

从艾米断断续续的歌唱中,我听懂了歌词:我爱你,我无时无刻不在思念你……这是个男声独唱。完全不明白,那个男人给我寄这个来干什么。看着艾米,她像一个遥远的影子,在那儿微笑,还有那双蓝眼睛闪着光。而那没有表情的半边脸,像在嘲笑这首歌。

"只差几天……"艾米在说什么我没听懂。她张开手比划了一下。"会有一个很大的展览……"歌还在不停地唱。

"这个……这个……会展上去的……"她指的是手拿贝雷帽女人的那张画。"可是,只差几天……"这时,歌曲也走到终了,"啪"地一下停住了。艾米一下哭了,气都喘不过来,鼻涕和唾沫一块往胸前淌,艾米说不下去,困难地向小柜子边上走,使劲拉开抽屉,用力过猛,抽屉翻在外面,东西撒了一地,她却什么都没有拿给我看。她又开始翻另一个抽屉,又是同样的情景,很快屋里摊得像一个巨大的垃圾堆。艾米却没找到她想找的。她越来越急,又把录音机打开,耳朵贴在喇叭上努力地听歌词。

"艾米,你要找什么?"

"我快了,快想起来了……"

歌词重复了无数遍,听上去越来越假,最后都听不懂歌词说了些什么,艾米才把录音机关上。她不再哭泣,站在那些乱七八糟的杂物中冥思苦想。我想帮助她收拾一下,她说不要,让她再想想,再想一想。昏暗的灯光,把我们巨大的影子投到墙上,我和艾米就像是这一堆垃圾一样存在于世界上。

"我会好起来的,我一定要想起来,我要很好地活……"

可我想不起来了,我和艾米怎么会站在这里的。

在美国,我天天读书,做作业,凝着眉头听纽约人说得飞快的英文。这日子一点都不轻松。我都记不起来,我什么时候笑过。但是在"文革"的时候,我和小姐姐常常笑,笑得前仰后合。那时候,我们家信箱上的玻璃总是给人砸碎,刚配上又让人砸了。谁都敢惹我们家。我和小姐姐用木板钉了个信箱,木板又被人撬了。我只能用铁皮把它包住,于是有人在信箱的锁眼儿里塞上泥巴,终于信箱报废了。

我一声不响,半夜里推醒小姐姐,她还没明白是怎么回事,我递给她一把小榔头,拉着她往外跑。我举起榔头让小姐姐跟我学。于是一口气,我们把一排二十个信箱的玻璃全砸碎了。深夜,这声音显得格外地响,乒乒乓乓几乎震响了半条街。那个时候,半夜里,谁都不敢出来看。开心啊,我们一解心头之恨。我和小姐姐开怀地大笑了一次。那笑声是再也听不到了。过去了,完了,都忘了。但那个时候,我从来也没想过,有一天我会在美国,在这儿学美国文学。我也忘记了,首先忘记了怎么笑。

我像艾米一样开始去寻找,似乎要找回的东西太多了。

母亲也在寻找,从过去到今天。

只有"文革"我不会忘记,太强烈了。它总是和母亲的形象连在一起。无论我怎么努力,都忘不掉它,何等沉重的记忆。母亲关在里面,开始的时候,她总是送很多东西出来让我拆洗,一会儿是件棉袄,一会儿是条夹裤子。我把它们扔在床底下,根本不想去管它。可是母亲一次一次让造反派告诉我,快拆洗了缝好送去,因为地下室太冷。我真生气了,过的什么日子,还穷讲究什么呀。我不理她。这次是造反派亲自上门,把我狠狠地训了一顿,逼着我赶快弄好送去。我又从床底下扒出了那堆衣服,当我拆开它们时,我怕极了。在衣领的里面贴着一张白胶布,妈妈在上面用很细的钢笔写着:他们逼我交代,打得很厉害。告诉我,他们知道什么。然后,母亲排列了十二件事情,编上了号码,要我尽快告诉她。

这就是我的童年生活,从记忆中逃出来又重新走回记忆中去。我背下了十二个问题,赶紧把胶布绞成碎片,扒开屋里的阴沟洞盖子,把它扔在里面。干完后,还是不放心。我连衣领都没来得及给母亲缝好,也没洗,就往监狱送。我买了一瓶咳嗽药,我知道造反派只掌握了六件事,我就把它的号码编写成一个电话号,假装满不在乎,用铅笔大大咧咧地写在药瓶上,当面交给造反派,就给妈妈送去了。

一切都做得很成功。但母亲说,恐怖啊,在那阴森森的房间里,逼着你说假话,逼着你去害别人,逼着你去想一切事情。可是她说,怎么也想不起来了。于是,造反派惩罚她,打她,辱骂她,摧残她。强求她想起她根本不知道的事情。母亲还说,不是想到我们六个孩子,她早就自杀了。

特别是想到我和小姐姐,我那时才十四岁,小姐姐十六岁。父亲已经在监狱里死了。母亲说,她再死,我们就成孤儿了,这个家就彻底完蛋了。不管怎么样,她要活下去,咬着牙活下去。实际上,活着比死更艰难。

我来美国的时候,母亲心里是非常骄傲的。她觉得她吃的这份苦得到回报了。我这份出息,让她足以宽慰她的晚年。母亲真难呵。上帝对于男人是宽容的,把他们都带走了。留下了女人,在苦苦地挣扎,活着。

我又停留在阿冰顿广场。对于我,这广场几乎是美国的化身。靠着那冰凉的铁杆子,我才觉得真实些,刚下过雨,四周的颜色被雨水浸透,变得深了。地上的水,倒映出那青铜雕塑,我闻着雨后的水味,觉得心轻松了一些。

我掏出桔子的来信,三十年来,这是她给我发出的第一封信,多么破天荒地。信上说:"你妈妈说,你又搬家了,天知道搬到哪里。这时候,我才知道,我那种很快就会看见你的想法,实在是太莫名其妙了。而且,我不知道你在哪里,真像疯了一样。心里全空了。我很糟糕,最近竟被人指控为'第三者',举报信写到了单位,于是,我被单位领导查询。我们本部门的那个头头幸灾乐祸,在一旁直敲边鼓。俨然我就是个道德败坏的人,不愿听我做一点辩解,无一丝保护自己部下的愿望。人,为什么变得这么恶?我这样的人还能得罪谁?!我说,这都是造谣。最后,他们让我写保证书。我没写,我没做过的事我为什么要写?我不要留下任何白纸黑字,装入我的档案袋跟随我一辈子,让我终身抬不起头。没干过就是没干过。我哭了,但我一反以往的状态,真是破口大骂,直到嗓子骂哑了为止。你说,人们学会的,怎么就是去陷害别人?我这样的人,能得罪了谁?"

信,我一直放在身边。我总是用手去摸摸它。但我不敢再看。我趴在铁杆子上,脸被风吹得隐隐作痛,恍惚中,一切都在开始崩溃,上帝肯定死了,为什么要去诬陷她。她是那么胆小谨慎的人,她做错了什么?!

我深深地吸了一口冰凉的空气。天呐,在美国同样是那么艰难。但是,我第一次渴望,广场能成为我生命中的一部分。我在那儿坐下,铁椅子上都是水,湿了我一屁股。我害怕,我恐惧,我不能重复母亲的一生。可留在美国,我将成为艾米,我该选择哪一种生活?!

对于桔子,我不能想像,她能有什么改变。仿佛从广场的寒风中,从纽约最肮脏的角落,思念突然汹涌而来,把我吞噬,把我卷走了。不知道是怎样的思念。就在这个时候,我真想回家去看看母亲,看看桔子。我一定要回国去。

我放开嗓子,撕肝裂胆地在广场上嘶喊起来。

在镜子里,我看见自己虚肿的脸,戴上真丝的大围巾,想遮挡一下,但那张脸越来越像母亲中年时候的脸,不论我怎么戴上漂亮的装饰,无望和贫困都没有放弃我。从镜子里,我还看见艾米,她就在我的身后,我们的目光相遇了,我不自然地一笑,那表情多像艾米,也有半张脸是麻木的。

"你出去参加晚会?"

"啊。庆祝圣诞节的。"

"中国人也有圣诞节?"

"没有。是学校的晚会。"

艾米张着嘴看着我,什么都没再说。她依然坐在那里,我不知怎么跟她说"待会儿见"。我不敢朝她看。镜子里艾米消失了。她走到一边,轻轻地抱起了她的猫,然后又在那张画下坐着。艾米,看上去总是让人心酸,外衣皱巴巴的。她的鞋也穿坏了,特别是左脚,鞋底扭到一边,磨掉了一大片,再加她走路一拖一拖,看那样子,让别人都难为情。太寒酸了。而我,在她面前开始打扮,对我,对她,都是一种嘲讽。我一点没有心思再往脸上涂抹任何东西,从来就没有热情,现在简直是憎恨这一切。其实,我除了身上这套时装,此外什么都没有,全部的财产,就是那几个纸箱的书,我比艾米更贫困,我比艾米更寒酸,我连生存空间都没有。

但是,悲哀的是,我不会羡慕晚会上穿戴华丽、装饰贵重首饰的女人。在她们脖子周围,珠光闪闪,同样燃不起你的兴趣和热情。你可以想像她们的衣柜里,挂满了各种衣服,很多衣服从买来到扔掉,她们从来没有穿过。实在太多了,整个大厅里,挤满了这样有钱的人。男人穿着夜礼服,手上戒指也在闪闪发光。他们时而冷漠,时而热情地注视着女人。圣诞节的歌曲回响在大厅里。绿色的桌布铺在长长的桌上,那儿放着圣诞花。星星点点的小灯装饰着大厅和圣诞树,忽闪忽闪地发出光亮。人们手上端着酒杯来回穿梭,说着笑着。我最害怕的就是参加这种聚会。当你回到自己的房间回想起来,就如同做了一场恶梦,和那么多人厮混了一个晚上,明知素不相识,却在那儿堆起笑脸,消磨生命,彼此都一样,却没有人改变。

我身边的那个女人显然已经很老了。但她动了手术,脸上的皮肤紧紧地绷着。她说话、她笑,都抿着嘴,不轻易扯动那上面的皮肤。眉毛和眼睛都被黑笔描出了轮廓,她和我拥抱了,她说,见到我很高兴。我闻到她身上高级法国香水的味儿。看着她,完全像看着一个面具。她自我介绍,她是这个文学笔会的主席。人们簇拥着她。她很高也很瘦,动作已经不利落了,但像个骄傲的皇后,昂着头,穿着那昂贵的衣服,在人群中走动。我问身边的人:"她写了什么书?""什么书也没有写过。""为什么选她做主席?""因为她特别有钱。一直是靠她在维持这个笔会的。"这时,主席走到大厅前面,宣布我们晚会将奉献一个特殊的礼物,人们鼓掌,甚至有人发出欢呼声,被点到名的人,上前面来朗诵自己的作品。看着那些人站在上面,他们诉说着苦难,念着贫困,而你却无动于衷,什么都不能被打动。只有一个男人,他念了一小段关于他童年的故事,很真实又很亲切,人们报以热烈的掌声。他深深地向人们鞠了一躬,然后走到我们中间。

我看见他笑了,笑得很得意。他说,这本书非常成功,很畅销,一边说一边露出了那口整齐的牙齿。但很快你会发现牙齿下,有一条很细很细的金线镶着。原来如此,那是一口很值钱的假牙,做工又那么好,难怪他不说话时,也爱微笑着露出他的牙齿。

主席请我上去念作品。一摸口袋,才发现我只带了桔子的信,我不由地掏出它念了起来。开始,我为自己的英语能说得那么好而沾沾自喜,可是念着念着,我哽咽了……忍不住的眼泪哗哗地往下淌。

主席走过来,摸摸我的头,说了句什么。我不知道。在这个豪华的宴会上,人们不关心,也并不在乎我在想什么。我和桔子的生命都不存在。

我真是说不出,我走回人群中间,高跟鞋踩在大理石上发出清脆的响声,人们碰杯时的笑声,还有那些闪烁着光彩的首饰,把这个晚会渲染得更加富丽堂皇。有人掀开了三角钢琴的盖子,弹起了圣诞曲,这时大厅安静下来,人们伫立在那里,当前奏曲结束时,大伙看着前方,手里都捧着酒杯,齐声唱道:"寂静的夜晚,神圣的夜晚,一切都那么安静,一切都那么明亮,围绕着你——圣母和孩子,圣洁的婴孩是这样柔弱和善良,睡在神圣的和睦之中。"我跟着大伙唱着,在心里为母亲、桔子和小姐姐,还有艾米祈祷。

艾米没有睡觉,开着一盏小灯,抱着猫坐在画边上等我回家。夜晚,我们从不多说什么,只说一些"你好"、"晚安"之类的礼节性的废话。可是今天晚上,我觉得很抱歉,看着艾米孤零零地坐在黑暗处,离人群远远的,这是我的过错。我轻轻合上身后的门,站在艾米面前,把晚会上得到的一束花送给艾米。她看都不看就放在一边。"艾米,你好吗?""我很好。"说完,她拿起一张发黄的照片朝灯下走来。"这是我们一家。"她说,她正和全家一起迎接节日。照片上的艾米很年轻,非常漂亮,简直不能相信艾米曾经有过这么辉煌的年轻时代,她两手撑地坐着,伸出了两条大长腿。她翻过照片,让我看,那儿标出每个人的姓名,兄弟姐妹、妈妈、爸爸、祖父和祖母。祖母是个很漂亮的黑人。我觉得在哪儿看见过她祖母,我也开始回忆,艾米像猜到我在想什么,艾米指了指那张拿着贝雷帽的画。

"啊,那是你的祖母。""不,那是我。"真的,我这才发现画上女人是艾米年轻时候。和现在比,太不像了。

我接过照片看了很久,我这才想起来,我们家竟然没有拍过一张合影。我两岁的时候,父亲就被关到监狱里了……照片中的艾米,笑得多欢乐,她生活在充满希望的日子里。

我拥抱了一下艾米,我说,你真漂亮。艾米很高兴,用脸颊碰了一下我的脸颊。不知为什么,我不再觉得艾米身上有什么臭味。我渐渐走进这个房间了,我能够生活在里面,不像我第一眼看见的那样阴森森,也不像我后来感觉到的那样压抑。艾米笑了,还是那半张脸流露出微笑,但那双蓝眼睛里亮着黄色小灯的反光,显得非常温暖和明亮。我说:"晚安。"这次艾米走上来,困难地举起右手,她张开了双臂,我们又拥抱了一次。她也说了一句:"晚安。"

我心里比任何时刻都痛苦,我连艾米都能接受却不能接受母亲。我们俩住在一起,根本不说话,碰到一起就吵得翻天覆地。在我最后离开上海的日子里,我们又吵架了。我签证回来,互相看看,什么都没说。但这一次,我觉得太重要了,在我们俩默默地吃完饭以后,我在桌子边上留了下来。

母亲也知道发生了什么,扔下碗筷后也没动弹。"我拿到签证了。"我没有叫一声"妈妈",就像在对墙壁说话。她也不朝我看一眼,恶狠狠地说了一句:"好嘛!"那意思是说,你终于滚蛋了。我低下头,听任她说任何东西,最后一次,我不再和她争吵了。突然间,她问道:"我想知道,我得罪你什么,你为什么那么恨我?"我惊讶地望着母亲,她终于向我发问了,终于想了解我了。总之,我那么多的委屈得到报偿了。母亲不那么简单地思考问题了,但是我还倔头倔脑地说:"我从来也没有恨过你。"

"要是过去,我会相信你的话,现在我不这么想。你为什么么老要和我吵架呢?我们母女俩生活在一起,互相照顾,相依为命有什么不好的?"

我凝视着墙壁,听上去真是一点不错。母亲的声音充满了感情、惋惜。怎么事情总是临到终了时才发现真理。我们俩这么围着饭桌子,面对面地坐了一辈子,直到今天大家才讲出自己的愿望。这刚刚飘进来的一线光明,一线曙光,就要随我飞往美国而消失了,我心里像刀绞一般。

我不想解释,什么都说不清。"妈妈,其实我过去不是这样的。在农村,在大学里,我什么话不告诉你,什么事不跟你说,我最信任的就是你,可是……"我不停地说着,不漏过一点细节,因为我自己也很难过,是什么原因把我们俩这么深的感情破坏了。"你从来不知道我长大了,我也离过婚,在你眼里……"我没说下去,母亲打断了我的话:"又来了,又来了。在我眼里,你永远是我的女儿……怎么啦,这不是事实,老在说这个。你不想想,我是在什么样的情况下把你们养大的?"

她在笑,发出一阵轻蔑的冷笑朝我看着。

"可是,我毕竟是个成年人了,你应该尊重我,相信我,你不能拆我的信。"

"我知道,你就是要提这个。拆了,已经拆了,你准备拿我怎么办?"

我真是一阵恼火,在几秒钟内我接近的母亲又远离我而去,很远很远。她还是坚持她自己的,她所关心的一切跟我不发生任何关系。是的,我不能拿你怎么办,问题是我从来也没有想过要拿你怎么办。我憋不住了,"你伟大,你可以做任何你想做的事。我也要去美国了,你拆吧。"

"你行!你翅膀硬了!你有本事今天就走!到美国发大财去,还赖在我的小屋里干什么?"

"是呵,我是混蛋,还赖着。可我走了,决不回来。"

这下,母亲又受不了了,她喊着:"你就当我死掉了一样。"眼泪夺眶而出,我气愤透了,全是她在赶我走,倒像是我在害她、威胁她,急中生智,我也喊道:"你也当我死掉一样。"

没有后悔,没有惋惜,至此为止,我知道了,不论我有多少思念,不论我有多少感情,我们再也坐不到一起了。见了面还是吵架,没有终止地吵。那道隔膜像玻璃一样挡着我们,永远也打不碎了。那就真的不回去了?可在这儿,我能做什么?美国人不需要中国人来读他们的文学。回去再跟母亲住一间小屋?我突然觉得很没有意思,自己一直以为在奋斗,在努力,在前进,到了才发现,我是个多余的人,一点不比艾米好。

母亲给我来过一封信,很简单。她说:"你走的时候,我很激动。多少次你出门,我从不掉泪,可这次,我很伤心,仿佛将永远见不到你了。你走后,我平静下来,走得好。你在广阔天地遨游,为自己前途奋斗,是很值得的。"

我坐在沙发上哭了。艾米在我身边坐下,她想安慰我,她抬了抬右手,没有成功。于是她站起来走到我的右边坐下，这才抬起左手拥抱了一下我的肩膀。我靠着艾米的肩头。我告诉她，我想起了很多很多关于母亲的事。离开的时候，我希望母亲多保重身体，我伸出手想握握她的手，但那手全变形了，佝偻着，慢慢地伸向我。她拧着眉头，显然疼得厉害。我弯下身，向躺在床上的母亲拥抱了一下。这不是中国人的习惯，但母亲动作已经不方便了，躺下了就很难再坐起来。我看见泪水顺着她的眼角往耳朵上淌，可是皱纹太深太多，眼泪顺着皱纹散开了，呈放射状。母亲还努力装出笑脸："还拥抱我一下。"可是那话哽咽着，说了好几遍才说出来，眼泪止不住地往外淌。我哭了。

艾米说："坚强点，一切都会好的。"我不再说话，紧紧地挨着艾米。我们俩沉默了。这儿没有豪华的装饰，没有贵妇人的笑声，也没有鲜艳的圣诞花。只有我和艾米坐在破沙发里，那扎人屁股的旧弹簧，提醒着我和艾米的存在。我很感激艾米对我的这片温情，不管她是否听懂了我跟她说的事。这都不重要了。我对艾米说，我们俩可以很好地生活在一起。她缓慢却明确地点了点头。我感觉到，艾米稍稍用劲地搂了我一下。我朝她看了一眼，她正呆呆地凝视着眼前的一片黑暗。

艾米开始准备东西去她妹妹家住。她拖着一条腿,"劈叭,劈叭"在屋里来来回回地走动着。她并没什么东西,可屋里摊得寸步难行,使她行走更困难。

艾米轻轻地合上我的房门,怕影响我看书。她又脱下了那双破皮鞋。一会儿,只听见什么东西摔破了。我不放心艾米,跑出去看她,她正手足无措地站在那里。她让我看,猫打碎了一个挂盘,屋里真是乌七八糟的样子。

艾米抱起猫,轻轻地拍了拍它的爪子,算是打过了,发怒过了,她想让猫能在我的屋里呆一会儿。我还没来得及答应,她已经把猫放在我的床中央。老猫陷进软垫子里,就像死过去一样。闭着眼睛埋下脑袋。我贴着老猫坐下读我的书。读着读着,只觉得屁股底下热乎乎的,我移动了一下位置,好像还不对,我用手一摸,才发现那儿湿了一大片。我不知道是怎么回事,从床上跳了起来,回头一看,才发现是猫在撒尿,它趴在那儿一动不动,尿还缓缓地往外流。被单上湿成一块地图状,我火冒三丈,抱起猫顺手就朝门外摔去。可是猫似乎太老了,或者是快死了,居然像块石头,一下被砸在地上毫无反应,既不动弹也不叫唤就那么沉沉地落下去了。

艾米发出一声尖厉的惨叫,拖着腿往猫那儿跑,差点滑了一跤,我冲上前扶住艾米,她恶狠狠地甩开我的手,泪流满面,她"咕咚"一下在猫身边跪下,捧起猫用脸不断地抚摸着。

那猫没有丝毫反应,我完全吓傻了,站在边上一句话都说不出来。

艾米捧着猫往厨房走,我跟在后面,艾米回头狠狠地瞪了我一眼,我说:"原谅我……"艾米只当没有听见,打开冰箱,拿出牛奶往猫嘴里灌,猫还是一动不动,牛奶撒了一地。艾米抱着猫开始哭泣,一边低低地说道:"我的猫,还我,猫。"我开始哆嗦起来,大张着嘴,像是气都透不过来。艾米站起来,朝我走来,嘴里发出一些尖厉的叫声。我也发出一声尖叫,我看见了,猫睁开眼睛了。"艾米,它活着。"艾米死死地看着老猫,那双无神的眼睛,眼球几乎都是白的。艾米终于松下一口气。她对我说:"你走吧,两天内就搬走。"起初,我假装没听懂,但艾米不再重复,恶狠狠地瞥了我一眼,从我身边走过。我全明白了,我说:"我现在就走。"

我理完东西时,天已经全黑了。艾米抱着猫坐在窗下,坐在那幅画的边上。就像我平时常看见的那样。桌上放着纸包,是艾米跟我结算的房钱、水电费。这时候,她脑子很好使。我什么都没说,收起账单和钱,拖着两个大箱子往外走,我轻轻地咬住嘴唇,吞咽下这片窝囊,裤子也没换,但刚才被猫尿湿的地方,已经干透了。我闻到了那股骚味。庆幸的是,猫没有死,我快走吧!箱子沉得拖不动,里面塞满了书,手把子被挣断了,我一下被绊倒,"叽叽"一下摔在过道上。我顺势就趴倒在箱子上。他妈的,活着就是这样,没有太多的选择,侥幸、倒霉、理解、苦恼都可能把你占领,不要想得太多。什么降临到你头上,就接受什么。活着,就要像死了一样,什么都不想,那才能活得很好。想多了,只能想去死。我爬起来,想回头对艾米说声再见。她坐在那儿,就像一幅画,死死地挂在屋角里,离我越来越远。我说了声"再见"。她没有回答。

我又站在阿冰顿广场,从第一次在这儿梦想艾米是个有钱人到今天,已经两个月过去了。我渴望有一个屋顶,渴望得到一个月自由空间的梦想,全破灭了。风很大,都说今年是五十年来,纽约最冷的一个冬天。街上,大大小小的树上都挂满了灯,金灿灿的,真像走进一个童话世界,星星点点,闪闪烁烁。广场上没有任何人。只有地铁的通风口上,睡着几个年轻人。他们的头发染成蓝的、红的和绿的,他们弹着吉他唱着流行歌曲。通风口上,冒出一股股热气,夹杂着人群的气味。太冷了,我真想在通风口上站一会。终于出租车来了。我扔上行李,我向阿冰顿广场告别,我回头望了一眼艾米的窗子。简直像是在做梦,艾米趴在窗上似乎要和我说什么,她慌慌张张地挥舞着手,我犹豫不决地站在那里,她开始敲窗子,我突然想取下行李,突然不想和她怄这口气。但是我只向她挥了挥手,一头钻进车子里走了。

没有后悔,没有惋惜。至此为止,我知道了,不论我们之间有多少温情,不论我们有多少愿望,我们再也不能住在一起了。见了面还是不愉快,没有终止的不愉快。司机在问我,去哪儿,我愣了片刻,说:"让我找一下我的通讯录。让我想想。"车,开动了。而我真的没有想好,确实不知道下一站在哪里,该上哪儿去。可恨的是天已经这么晚了,我又没钱,车却不停地开着。让我想想,我开始着急,可是一点办法都没有,我变得像艾米一样,也在忘却、忘却。竟然那么困难地去想一件事情,我该上哪儿去?

举起我天天阅读的那本书

每当春天快要到来的季节里,每当早晨那一点点微弱的阳光透进我的小屋时,我拉紧了被角,压住了眼睛,然后又总是忍不住,透过那一点点被角和肩膀之间的缝隙朝外望去,似乎我想闻到一线阳光里的气息。可是,阳光像一把利剑,直刺我的眼睛,然后一下从我的心上砍了下去。我昼夜熬过的黑暗,还没有来得及躲避,就被阳光劈得四分五裂。一夜凝聚后的思虑和焦灼,顿时像一块大大的铁片被砍得断裂了,它从高处落了下来,狠狠地砸在胸口上。我佝偻起身子,似乎那样,会把黑暗和阳光同时接受,可是胸口闷得透不过气来,我睁开了眼睛,泪水不自觉地从眼角边上滚落下来。

我一直在追逐,追逐着一个影子,闪着那一星点红色,它转眼就消失了;我还在寻觅着,另一个影子,揪住了我的袖子,似乎在袖口上也搭上了一点猩红,那是什么?我努力想看个仔细,眼前却被什么东西遮挡着,怎么都分辨不出来。什么时候,什么地方,我一次一次在为辨别这一点颜色而焦虑着,我想和人说话,可就是发不出声音。当太阳刺痛我的眼睛的时候,当梦消失的瞬间,当他们都随着清晰的理智走远的时候,一切变得模糊和淡漠了。我只是在隐隐之中感受着一份莫名的烦躁。

周末的早晨,踏上格林威治西村的小街时,扑面而来的新鲜空气,让我站立在石台阶上,深深地呼吸着,似乎就着这空气,我喝上一口美式咖啡,再嚼一口麸皮做的黑面包,我就可以吞咽所有的梦魇。街面上没有人,可是在拐角的广场上,已经有几个身影在为十点开张的跳蚤市场撑起支架,搭起凉棚,摆上了各色的小摊。搅和着带有凉意的空气,夹杂着一种快乐的情绪,我加快了步伐,顿时又感觉到一种幸福,匆匆地往阿舅家——法拉盛跑,想到还会见到阿秸和豆豆,激动涌上心头。什么阿舅呀,他根本不是我的亲戚,他住在大楼里,我是跟着大楼里的人这样称呼着他。

童年,成长在六十年代——那个集体生活的年代,尽管大楼每一扇房门都关得紧紧的,但是,那大楼就像没有墙壁一样,故事随随便便就可以被风吹得到处飘散着。大楼里的人,都会在门口,我们外公开的小烟纸店前站立下来,买几张信纸的保姆,会托我给她开个信封,顺便说一些乡下的事情;戴红领巾的三条杠大队长阿秸来买一个小小的彩色发夹,周末她要去少年宫接待非洲外宾;她戴的红领巾和我们是不一样的,她一直戴着一条绸子的红领巾,所以,显得特别的红!还有大楼里的阿舅,不知道他是干什么的,家里人不是在香港,就是在欧洲。他一个人,住在那个大大的一户室里的单元里,大家当面都叫他阿舅,背后管他叫"老克拉"。常常有漂亮的女人去看他,但是他不和人家谈朋友,也不要结婚。"老克拉"身上一点红色都没有,可是突然有一天,我趴在小凳子上,竟然看见,他穿的袜子是红色的。夏天的时候,窗户开着,就会听见德沃夏克的音乐从他那里飘出来,一直就是这个音乐,没有肖邦没有贝多芬,他家的人不是都住在欧洲么,为什么不听欧洲的音乐?外公说,我哪里知道那么多啊。阿舅很奇怪,所以我记住了他告诉我的作曲家名字,那是一个捷克人。

　　老克拉也常常到外公这里买啤酒。他积下很多啤酒瓶的铁盖子,用细铅丝把它们串在一起,给我当"造房子"踢脚的东西……

在纽约的街道上行走,常常会觉得我们这一代人,活着,真像在做一场没有章法的怪梦,怎么会从那一个小小的烟纸店,又从农村的田埂小路上,最后走上了格林威治村的街道,又穿过华盛顿广场的凯旋门,走上第五大道的?碰上在那里拍广告的人群,你会看见一个庞大的乐队,一个年轻的黑人站立在最前面,挥舞着指挥棒,动作很假,也没有力度;但是当边上的音响喇叭里面放出贝多芬的交响乐时,那雄伟的气势还是直冲云霄,只觉得那门洞上的大理石雕像都在颤抖。经过的行人会停留一下,体验这一份激动,朝那个假乐队望一眼,再重新上路。所有这些真真假假,让你难以分辨的东西,一定让你产生幻觉,纽约就是这样一个辉煌的城市;一个可以让你梦想成真的地方。我有时觉得,真该忠实自己的梦,这样会活得快乐一些吗?没有,我梦见过,我的梦是窒息的,下沉着,醒来以后只感觉到空空如也。

阿舅住在纽约的法拉盛,那是 90 年代以后渐渐新开辟出来的唐人街。我提着母亲托人带来的一两冬虫夏草,往那里跑。跳进 7 号地铁线的时候,那满处涂鸦的车厢,有的地方散发出一阵一阵尿酸臭,乞丐浑身粘着灰尘,一个人就那么蛮横地占了两个座位,歪斜着身体,躺在车厢拐角一边。

虽然是周末的早晨,奇怪的是,车厢里还是涌满了人群,韩国人、墨西哥人、印度人、中国人、越南人,还有说着一点都听不懂的闽南话的福建人。车厢里闹哄哄的,人们说话声音都很大,像在打架一样。可是当有人要下车的时候,带着浓重的口音的英文,都在向人打招呼:"对不起,让一下,对不起!"顿时,大家又客客气气给让出一条路来。这是最让人迷惑的时刻,我到底在哪里?这是美国吗?是,又不是。

纽约刚下完雪,城市显得有点脏,雪是黑黑的,天,是阴沉沉的,很多垃圾积累在没有融化的雪里,当雪有点融化的地方,一大摊的狗屎暴露在那里。唐人街,常常显得脏兮兮的,可是,一走出地铁,乌云散去了,天蓝得像假的一样,我再一次深深呼吸着车站外面的空气,清新,甚至能感觉到一丝清甜。远处的餐厅门口,下着大铁栅栏,阿舅正穿着几乎齐膝盖的高筒雨靴,一手提着一个铁皮桶,另一只手拿着铲雪的铁锹,从那里走过。我一眼就把他认出来了,大叫着:"阿舅!阿舅!"

阿舅回过身,甩了一下前额的头发,朝我微笑着:"不要跑,不要跑。别摔了!"

他那个样子,还是把我当成烟纸店里的丫丫在关照着。

"阿舅,我们有多少年没见了?你怎么还那么年轻?"

"头发是染过的。"

"为什么要染头发,一头白发多潇洒啊!"

"那是对有钱人来说,白头发是阅历,是潇洒;对穷人来说,那就是辛酸了。"

"你那么自信的人……"

"我不在乎,但是我在做小生意,场面上要给别人面子的。"

中午的时候,我们围坐在阿舅的饭桌前,那屋子很小,但是进门的客厅的正前方,供着一尊佛像,在下面亮着一盏鲜红的长明灯。这是阿舅家惟一的红色,红得那么刺眼。阿秸进屋的时候,竟然在小佛像前拜了拜。屋子里立体声喇叭非常不协调地放着莎拉·布莱娜的歌曲,苇伯的曲子写得那么深情动人,小屋变得温暖和浪漫起来了,但是长明灯下,应该是播放阿弥陀佛的呀。阿秸当初是那么激进的"红卫兵",怎么拜佛了呢?我不敢问阿秸,但是我却问:"阿舅,怎么不听德沃夏克了?""太沉重,老了。喜欢听一点轻松的。""那你年轻的时候,怎么不听贝多芬呢?""那是资产阶级,德沃夏克好歹也是社会主义国家的,捷克啊。"

"什么社会主义,阿舅,东欧的社会主义都解体了。"阿秸纠正着他。

"戈尔巴乔夫厉害,他就敢拿自己的乌纱帽去改革。"阿舅说。

"俄罗斯是从体制开始改,所以他们那里就很难再退回去了。"阿秸说。

我突然愣住了,当他们在那里大谈这些政治的时候,我一句话都插不上。二十年以后,在纽约说起这些往事,我觉得像在说着梦话,看着他们俩,再一次感觉到一种陌生。虽然,我们都是阿舅给办到美国来的,可是我进入不了他们的生活、进入不了他们的话题。阿舅没有孩子,他是跑到纽约以后才结婚的,太太是一个台湾人。我们去的时候,太太回台湾探亲去了。屋子,重新变成我们南昌路的大楼据点。我拼命地读书,总以为,有一天,我会像他们一样,是大楼里面的人。可是,谈着谈着,在我眼前展现的,是我依然回到那柜台下面,成为那里的丫丫。

外公每次都会进一些蓝色的牡丹牌香烟,我知道那是留给大楼后面弄堂小楼里一个画家的。他戴着深红色的贝雷帽,穿着用元宝针织出来的毛衣,显得非常年轻。我从柜台的玻璃板下一眼就能区别他和其他人,因为他站立在那里的时候,裤缝烫得笔挺,似乎会把橱窗割破一样。每次一看见他来了,我就在小竹凳上"嗖"的一下站起来,整个人高出了柜台,我抢着给他拿烟。他一定笑眯眯地用找回的零钱买上好几颗,那种一分钱一粒的咸味奶糖,然后把它们留在柜台上。他叫我"丫丫",说糖是留给我的。外公很生气,只要来得及的时候,他就会用他的右手按住我的肩膀,不让我站立起来。可是,画家知道我在那里,他叫着:"丫丫,糖还是给你留下了。"

我报答画家的办法,就是在他的信箱下面,捡起邮递员扔在我们柜台上那一些大的画册和杂志,然后一口气跑到他家门口,从画家的门下面塞了进去。一次一次,外公看见我急急忙忙往回跑的时候,就会拿出一颗咸味奶糖奖励我。"跑那么急干什么,画家也不会吃掉你。""我又不怕他的。"话这么说,不知道为什么,我还是怕他,因为画家和别人不一样。很多很多的故事。当时,我一点不知道,那样的生活是可以叫做五彩斑斓的。我根本不明白这里面的奥妙,躲在柜台的角落下面,似乎我的生活,就是比别人矮一截。我羡慕大楼里所有人的生活。深夜,我偷偷地想像着自己,出生在那个大楼的哪一扇小门里……我甚至幻想过,有一天,我能成为画家的女儿,半夜里起来,饿的时候,随便打开一个柜子就可以拿到夹心饼干。那会是什么样的景象呢?天呐,我小的时候,怎么那么恶心?可是,我真就是这么幻想了一次又一次。

外公告诉我,画家当年是在法国留学的,他的妻子是一个很漂亮的法国人,也是画画的。他看见过那个法国女人,他们生了一个女儿。我问外公,"他女儿漂亮吗?""漂亮,像公主一样漂亮,金黄色的头发,皮肤雪白雪白。""那么他们在一起说上海话吗?""还上海话呢,人家说的是法国话。""画家也会说法国话?""那当然啦!画家还会说好几种外国话!"到五十年代末的时候,上海的外国人一个一个走了,画家的妻子带着女儿也走了,留下了画家。都说他很有钱,也不在任何单位就职,就一个人生活,每天每天就是关着门画画。但是外公问过画家,他为什么不走?画家对外公笑笑,从来没有回答这个问题。再后来画家认了干女儿豆豆,这时候,他才会出来走动走动。每天下午,画家去幼儿园接豆豆。可那不是一个小不点的豆豆,那是一个比同年龄的孩子都要高出好多的女孩子,等到她上小学的时候,和我在一个学校、一个年级,但不是一个班级。她从来没有和我说过话。她的皮肤也是雪白雪白的,一看就是有钱人家的孩子,吃得好发育得好,他们是不会搭理我的。我是生活在柜台后面的人,那里是我全部的世界。

豆豆不一样,她身上的每一个细节,我都记得很清楚。她穿得最多的是那双有搭袢的红皮鞋;下雨天,她也从来不穿我们那种土土的元宝套鞋,她穿着有颜色、小高帮的红雨鞋,她把裤管塞在红雨鞋里面,那样就不会把裤子弄脏了。天晴的时候,她几乎不穿什么两用衫,像她的干爹一样,穿着毛衣就去上学了。我数过,她一共有十一件不同颜色不同花样的毛衣。

突然,门开了,豆豆就站立在那里。阿秸冲上去给她一个紧紧的拥抱,我下意识地缩在一边,轻轻地叫了一声"豆豆。"她陌生地看着我,问阿舅"她是谁?""烟纸店的丫丫。"豆豆非常有节制、有礼貌地对我点了点头,显然,她不记得了。

她化了一点妆,穿着宝蓝色的羊绒衫,耳朵上是一副蓝宝石的耳环,眼睛周围涂着很淡很淡的蓝眼圈,我尴尬地对她一笑。我没有看着她的眼睛,我是冲她的嘴,笑了笑。那嘴唇涂的是雅诗兰黛的口红,红得很暗,但很时尚。

"这是豆豆!现在是大画家了,都来纽约开画展啦!"阿舅得意的样子,就像是他的成功。我还是愣在那里,这是豆豆……他们都没有注意到我,大楼里的人,才会是生活中的主角。只有当我伸手夹菜,袖口沾着红烧肉上的酱油时,阿秸才大叫一声:"你的袖子,当心了。"这时,我稍稍感觉好了一点,我的生活还是那么粗糙,不涂口红、不穿名牌,那老是往外翘的头发,只说明我从图书馆到电脑房,半夜的时候,才从那里往宿舍跑;早晨掰开眼睛以后,又开始了这种轮回的生活。可是想到这么一个老土的我,心里会浮上一层虚荣的满足,这说明我,实实在在读着比较文学的博士学位。我们家没有读书人,全家都为我而骄傲。我,现在也能和大楼里的人坐在一桌上,无论如何我可以和他们对话了。

阿舅给我们做了烤芙烧金针菇,冷盘的三黄鸡,在切好了以后,特为在上面浇了一层金黄的麻油,没有端上桌面的时候,我们已经闻到香味了。阿舅,又从他做生意的酒库里,给我们拿来了绍兴米酒,他放了两个话梅在酒里,把酒放在热水里温热了,才给我们每个人斟上一杯。屋子里弥漫着节日才有的气氛,喝着酒,一股暖气从心底猛地冲到了嗓子眼里。我们每个人都想说话,说很多很多的话,可是说着说着,我们都沉默了,就听豆豆在讲述她和画家的故事:

"我们家很早就被抄了,很多很多的人涌了进去。我在门背后看见掉下来的《九三年》,抱着书往义父那里跑。到了义父那里,他竟然把我手上的《九三年》接了过去,他看了看书,每天开始给我读上一小段,他似乎怕忘记了法文,读完中文的,又轻轻地用法语说上几句话,再继续往下讲。印象最深的,是那天晚上,他讲到221页了,教士西穆尔登到了那个时候,开始加入到穷人的队伍里,他教导人们说道:

……对的,这个伟大的年头的特征就是不能仁慈。为什么?因为这是伟大的革命年头。我们现在过着的这个年头就是革命的化身。革命有一个敌人,这个敌人就是旧社会,革命对这个敌人是毫不仁慈的;同样地外科医生的敌人是毒疮,他对于毒疮也是毫不仁慈的。革命要从国王身上来根绝帝制,要从贵族身上来消灭贵族政治……割治哪一种毒瘤不要流一点血？扑灭哪一种火灾不要拆毁附近的建筑来阻止火势蔓延呢？这些可怕的必要牺牲就是成功本身的条件……

"故事还没有说下去的时候,窗外一片红光辉映到屋子里面来,热浪也紧接着扑进窗户。不远处是有节奏地呼喊着:消灭封资修,破四旧立四新！造反有理,革命无罪！画家——我义父掖好书的一角,关灭了屋子里的电灯,又关上了窗户。屋子里很热很热,我拉着他的衣角不敢说话。对面的弄堂里挤满了人,我躲在窗帘后面看见,大家把一个老先生从屋子里押了出来,老人弓着整个身子,低头。站立在人群前面。他们家的书橱给劈成了柴爿,点起了大火,他们家明朝的藏画,一卷一卷被扔进了大火,绢纸很快被大火点着了,和柴火混杂在一起,发出噼噼啪啪的响声。可怕的是,他们叫喊的内容,和义父跟我讲的《九三年》里的故事一模一样！高音喇叭里面放起了雄壮的革命歌曲。这个场面让所有看热闹的人感到震撼！我问义父:你害怕吗？

"他在那里深深地呼吸着,说了一句让我当时没有听明白,但是永远也忘不了的话。义父说:'集体失忆。''什么叫失忆？''失去记忆。'义父没有给我做更多的解释，几乎察觉不到地，他在那里摇头。后来，他说过怎么都想不明白，200年前《九三年》里的故事，那种景象居然在上海发生了。连措辞都是一样的。怎么会呢？我去年才读了1897年勒庞写的《乌合之众》，他不是把这些事情都清算了吗？怎么又从头开始了？义父在巴黎读书的时候就读过这些书，可是目睹着眼前的一切，他脑子一定全部都乱了。

"当时只觉得怎么一天一夜之间，就爆发出这样的事情？他拉着我的小手。夜晚在颤动的红光里面摇动着，义父老早就不戴他那顶红色的贝雷帽了，滑稽的是，后来他扫大街的时候，也会戴上那顶绿色的军帽。大街上响着猛烈的口号声，战斗在继续，革命的舞台上，新戏一出一出地登场。义父回头看着自己简单的房间，所有的画具已经收藏起来了，甚至是有年头了，他早就改油画为国画了，可是墨汁的臭味，依然弥漫在空气里。他轻轻地问我：'你说，我画的那些小鸟和大雁，是四旧吗？'我没有回答，吓得哭了，我看见眼泪一颗一颗落在义父的袖子上，他没有说话，也没有给我擦去眼泪。外面的口号越来越响亮。我跟义父说：'我帮你把它们一起烧掉吧。'

"弄堂里的大火还在燃烧,可是弥漫上天空的时候,有人突然看见,看见我们这里的小楼,那上面壁炉的烟囱也在冒烟。大热天的,谁家会烧壁炉啊。一定是反革命在销毁证据!'抓反革命!'刹那间,火光照亮了道路,人群朝我们的小楼蜂拥而来。这时,义父才烧完三张画,从烟囱里回灌进来的烟,把他呛得不敢咳嗽,我和他已经是满头大汗了,即刻义父意识到问题的严重。他打开窗户,用一盆水浇灭了火星。我揉着眼睛,烟雾让我们看不清四周,义父赶紧拉着我的手:'没关系,拉紧了,跟着我走就是了。'我们匆匆忙忙地离开了这里。街道上,人们从我们身边奔跑而去,他们准确地冲到小楼,疯狂地砸着义父家的木门,可是那里我们已经不在了。"

在这些充满热情的人群中,也混杂着充满梦幻的人物。这里有一切类型的乌托邦,有容许断头台存在的好战类型,有主张废除死刑的和平类型……

"后来有一天晚上,我看见你和画家去对面马路倒垃圾。"我说。

豆豆点了点头,突然,我们就像回到了当年的气氛之中,大家都沉默了。

对了,常常到我们烟纸店买东西的还有阿根——阿秸家保姆的孩子。村子里饿死人的时候,阿秸的妈妈,让保姆把孩子带到上海,和他们一起过。阿秸的妈妈是上海教育局局长,所以只要对秘书说一句话,阿根就可以到我们小学里上课,我们是重点小学。阿根的娘,上街买菜的时候,会帮外公带上五分钱咸菜或者几根葱,她最喜欢说的事情,就是他们东家待她有多好,阿根是和东家的孩子一桌吃饭的,局长教育阿秸,穷人是最值得尊敬的,他们是劳动人民,在我们这个世界上,劳动最光荣,穷最光荣!

可是外公听说,阿秸的爸爸是右派分子,所以局长和他划清界线,离婚了,独自带着大队长阿秸和她的弟弟从北京来上海生活。外公向保姆打听右派后来的去处时,阿根娘生气了。说外公做人不地道,怎么可以在背后议论局长家的事情,于是阿根娘有很长时间,不让阿根到我们的小店里来买东西了。外公好几次,找了机会和她打招呼,阿根娘还是不理睬外公,一直到"文革"开始的时候,他们的关系才和解了……

烟纸店里那个小小的角落。

二十年后,我再次从美国回来时,还是每一次都会走一遍南昌路,我不在路上停留,我像所有的路人一样,匆匆而过。但是,我一定要经过那里一次。走过我们的过街楼的时候,朝那里看一眼。那里已经没有烟纸店了,通道被打扫得非常干净,但是电梯前,挂上了很多公司的牌子,沿街的住家,把外墙都打掉了,成了一个一个商店。几乎就是在我们的烟纸店的位置上,现在是一个时装店,过去的痕迹荡然无存。我朝那个商店瞟了一眼,就算进去过了。有太多的回忆在那里,我不能说出来,不能;因为它们只属于我个人的思念;我走得匆忙,因为那里的人,我一个都不认识了;可是当年,那里的每一个人,每一个人的故事我都能背下来。

最热烈最激动的,不是别人,是阿秸。她戴着红袖章,走在队伍的最前面。我们烟纸店的小门板是卸下来了,可是我和外公比任何时候都聚精会神地注视着周围的一切。阿秸头上的小发夹,不知道怎么就成为她必须革命的理由。在什么时刻,她被资产阶级腐蚀了?世界上还有三分之二的人在受苦受难,可是怎么有一天就把这些忘了,怎么会热衷在打扮上？阿秸在班级会上,第一个站起来做自我批判,她说话的时候声音都是发抖的,她还说,母亲当初背叛家庭参加革命的时候,她不仅抛弃这些物质上的享受,在革命和亲人之间,她还有勇气抛弃对家庭和亲情的缠绵。她是义无反顾地离家出走跑到延安去的。这就是资产阶级教育给予我们的毒素,革命是不分什么穷人富人的,阿秸的母亲从来就不要成为有钱人,她让孩子像她一样,追求革命的理想,把身上的小资产阶级思想和情调,全部消除。

这时候的阿秸,已经上初一了。她只比我大三岁,可是在我眼里,她是一个我们时代真正的女英雄。她穿着草鞋,有时候脚脖子上还打着绑腿。她几乎没有时间再和人打招呼了,革命变得那么迫切,她跟同学们说:"要只争朝夕!"

她还是在我们的烟纸店前走过,但是她再也不会停留下来了,不仅是没有时间,她已经不屑和我、外公这些小市民打交道。为了与时俱进,为了跟上大好的革命形势,外公也开始改变了,他卖大红纸头,卖毛主席标准像,还卖刷大字报用的浆糊和大毛笔;牡丹牌香烟停货了,这是腐蚀劳动人民的。外公开始大量进那些不怎么盈利的劳动牌和八分钱一包的经济牌香烟。柜台里那些花花哨哨的东西都撤了下来,爸爸妈妈单位发来的毛泽东选集和语录,被外公陈设在里面,并且把它们放在最显眼的位置上。人们不能说:"买一张毛主席的像。"大家必须说:"请一张毛主席宝像!"

我们的小烟纸店,也被装饰得彤红彤红。

现在我不能随便靠坐在墙壁上了,不仅会弄坏毛主席的像,那是反革命罪行;而且墙壁上的红纸会把我衣服染上颜色。我趴在小凳上坐着,感觉到背脊上像倒满了柠檬汁,凉飕飕又酸得厉害。我听见头顶上有人在叫喊:"老乌鸦,买一包自来火。"我已经僵直在那里很久,不敢动弹。外公对买东西的孩子说:"都是小朋友,不要给别人起绰号。"然后,外公收下了那两分钱,把自来火放在柜台上。

"你这个小业主要和劳苦大众站在一起!不许再剥削人民!"临走的时候,那孩子对着外公大叫一声。

"是的!"外公竟然轻轻地答应着。

人们开始彻底过上了露天的日子,所有的愤怒和故事,都发生在光天化日之下。

阿秸举着大字报,带领着同学从街道那头走过来了。他们一路走一路唱着毛主席语录歌,步调一致,行动明确,至少有七八个人。突然,他们在大楼门口停下来。透过柜台的玻璃,我看见他们拿着扫帚在往墙壁上面刷浆糊,有一个红卫兵跑到我们的烟纸店前,站立下来。外公的手不停地往裤子上擦手汗。他真的被吓坏了。

红卫兵跟外公说:"把你们家的方凳借给我们用一下!"

外公不停地点头,就是不说话,也不动作。

红卫兵火了:"拿出来啊!"

外公这才听明白他说了什么,赶紧从身边举起了方凳,从柜台前递过去时,他太紧张了,方凳还没有完全递到红卫兵手里的时候,砸到了柜台上的玻璃,一下子把整个玻璃台面砸碎了。"哐当"一声清脆的响声,把所有人都吓住了。阿秸回过头来看了看,她说:"我们组织会赔你的!"

外公连忙说:"不要,不要了!"

阿秸和其他两个红卫兵几乎是异口同声地背诵道:"不拿群众一针一线!"

阿秸跳上了方凳,把大字报往高处贴,下面的人把另外一张又举了起来。这时候,阿根娘——阿秸家的保姆突然冲出了大楼,她扔掉了手上的菜篮子,上去就把举着大字报的红卫兵狠狠地推到一边,顺手就把那张大字报抓了下来,在人们还没有反应过来的时候,她已经将它撕得粉碎。红卫兵大叫起来:"你敢撕革命的大字报?你这个反革命!"

说着,他抽下身上的皮带,高高地对着阿根娘举了起来。阿根娘到底是真正的劳动人民,她气力很大,一把抓住他的手臂,又从那个男孩子手上拽下了皮带。

"谁是反革命?你说?我祖代雇农,给地主打工,你说我是反革命,你才是反革命!"

"你撕革命的大字报,就是反革命!"

"反你妈的命!"说完,阿根娘把那个红卫兵推得远远的,他打了个趔趄,差点摔倒。周边的人都笑起来了。

"严肃点,这是革命!"阿秸再也忍不住了,她愤怒地站在阿根娘面前。

可是阿根娘根本不理睬这些"革命"者,她揪住了阿秸的领子。"跟我回家去,你在外面野成什么样子了?还敢给你妈贴大字报,你给我睡扁头了!"

这时候,马路的上街沿上站满了人,我们的大楼门口,被挤得水泄不通,可是谁都不敢说话,阿根娘声音越来越响,胆子似乎也越来越大。她拖着阿秸往大楼里走,那情景哪里还像是在闹革命啊,完全是家庭纠纷。阿秸的脸涨得通红,她对阿根娘说:"你的阶级觉悟到哪里去了?"

"不要跟我说这些大道理,我就知道你娘是好人,她待我好,待我全家好。你作兴听外面人瞎说,人心呢?让狗吃掉了?"

"我批判的是她走资本主义的道路,妈妈自己都跟我说的,革命就是不能讲仁慈,就是不能手软!我们是无产阶级的下一代……"

阿秸说着说着,也变得勇敢起来,虽然领子还被阿根娘揪着,一点没有什么英雄形象,滑稽得不得了。可是她就是要和阿根娘辩论!她努力从阿根娘手中挣脱出来,阿根娘就是不松手。阿秸狠狠地咬了阿根娘粗壮的手腕,可是她还是不松手。"给我回去!"外公实在看不下去,他冲了出去,一把抱住了阿秸,回头跟阿根娘说:"你走吧!"

"不行!"阿根娘回头就把墙壁上的大字报全部给撕了。她双手插着腰,蓬松着头发,就在那里开骂了:"我谁都不怕,我从小给地主做丫头;解放前,我丈夫还给解放军送过伤员。

前几年,村子里饿死人的时候,阿秸的妈妈把存款汇到我们村子救了多少人?她是我们那里第一个共产党的女县长,你们到我们乡下问问,谁不说她好!现在是哪个王八蛋怂恿阿秸给她妈贴大字报的?你有胆量给我站出来!我让村子里的人都出来,把你打成肉酱!你看着!"

阿根娘说得嘴唇四周都是白沫,门牙边上的金牙在阳光下烁烁发光。

偏偏在这个时候,革命者都沉默了,阿秸紧紧地咬着牙,她不是仇恨,她是怕自己在那么多人的面前哭了。她不再跟她辩论,因为阿根娘单纯的阶级觉悟,还没有跟上形势。她要好好学习毛主席的书,不然她会被阶级敌人利用的!根据形势的需要,阿秸说:"我们不打无准备之仗,先撤下去!"

阿秸正了正军帽,带着一队人马走了。走的时候,他们没有像来的时候那样高唱着语录歌,没有。他们默默地离去。街道上站满了人,可是没有人发出声音,大家看着队伍在拐角上消失了。人群是在沉默中渐渐地散去。没有干的浆糊沾着黑色的墨汁,在一团一团往下滴,像黑色的眼泪涂满了大楼的外墙。地上,是阿根娘撕碎的大字报,有人经过的时候,偷偷朝那里张望一下,似乎想看出点名堂,可是阿根娘凶神恶煞地杵在那里,谁都不敢再走过去。很快,阿根娘把大字报团成一团,从口袋里拿出一包自来火,点上,把它们给烧了。灰烬飘在街面上……

阿根娘一步一步朝我们的小店走来,她是来向外公借扫帚的。可是,她还没有拿起扫帚,把刚借走的方凳在我们的店前放下,靠着破碎的柜台,突然一把眼泪一把鼻涕大哭起来。我给她递过去一张草纸,她擤了一大把鼻涕,抬起满是泪水的眼睛看着我,眼睛里布满血丝,看得我难受得也想哭。阿根娘说,"丫丫,不要跟他们学坏。秭子怎么会变成这样的?这世道全变了!过去她妈妈不回家,她都不肯睡觉。我带她去拜菩萨,只听着她在念着妈妈、妈妈的……什么革命不革命,这革命要害死人的,把人心都戳破啦!"

外公扫掉了碎玻璃,就蹲在地上,垂着脑袋听阿根娘说话,听到她在说三道四评论起"革命"时,吓得外公赶紧嘀咕着:"快不要说了,要惹祸的。"

阿根娘就像没有听见,还是直着嗓门说话:"真是读书读坏了。学校里都在教些什么东西!害死了我们的东家,她有什么好日子过啊!"

人们是健忘的,生活和历史原来是一种重复。

可是恐惧却怎么也难以忘怀。现在,阿秸从来不提往事,但是豆豆还在跟我们说着抓人的那天晚上。"义父逃过了一劫,可是他的感觉越来越坏。于是,他决定把自己最珍爱的作品全部毁掉。他在浴缸里放满了水,将自己的作品拿出来,那时候,他显得那么冷静,全都想明白了,生活似乎已经走到尽头。他先要保护自己,他一直跟我爸爸说一句话:只要留得青山在……他真的没有想太多,不仅是想不起来,也没有时间想了。他让我帮忙,将一幅一幅大的画卷打开,撕碎,我们俩捧着这些碎片,走到浴缸前,无声地将它们浸泡在里面然后捣成纸浆。义父打开一张大大的国画,我记得特别清楚,上面是一只孤独的大雁逆风飞去。这是他反复画的一个主题,所有的芦苇都朝大雁飞去的相反方向倒去,大雁飞得很艰难,可是它的翅膀还是竖在那里。我用手摸了摸那只大雁。就怕弄坏了什么。义父说:'随便摸吧,不会伤到它的。我们马上就要把它烧掉了。''义父,你就是这只大雁吧?''谁告诉你的?''妈妈。她说,你要飞回法国去找你的女儿。'义父默默地摇了摇头,果断地把画撕了。

我似乎都能够想像和看见，那一切都完成得井然有序。最后，再将这些厚厚的纸浆，一勺一勺装进铁皮桶里。画家和豆豆提着铁皮桶走出家门，一老一少，一个还不到画家肩膀的孩子，相帮着提着铁皮桶。谁都不会相信，在这个时刻，一个孩子的存在，给画家带来多少力量，至少让他有了活下去的渴望。那个不再弥漫墨汁臭味的房间，因为这个孩子，多了一份生气；这个不再有家庭氛围的房间，因为有了这个孩子，多了一点声音；这个没有绘画的画室，也因为有了这个孩子，让画家可以在讲故事的时候，还能在废纸上涂抹两笔，尽管涂了就撕掉。

这一老一少经过我们的烟纸店的时候，外公正在捡菜，他和画家的目光相遇了，他们互相对视了瞬间，都不是那么自然地笑了笑。外公说："倒垃圾啊？"画家重复一句，"倒垃圾。"外公把手上的菜叶子放在纸浆上。"麻烦你了，顺便帮我也倒掉一点。"

外公看看四周没有人，又加了一把废菜叶。

画家感激地说道："可以，可以。"

豆豆把菜叶子在纸浆上撸开了一点，让它们覆盖了整个桶面。我记得，记得这个场面，我就站在外公的身边。街道上的路灯并不亮,可是画家和豆豆都很害怕,一旦人家问起来,他们为什么不把垃圾倒在弄堂门口的垃圾箱里?他们该怎么回答?他们一步一步朝马路对面走去,原是很窄的南昌路,现在变得那么宽阔。它让画家走了一辈子,他的生命,他一生的创作,他的信仰,都将成为一桶垃圾,倒入南昌路街面上的垃圾箱里。路灯很暗,可是,还是让人觉得它太明亮了。

原以为这样就可以逃避掉灾难了,就在画家转身回家的时候,一辆小车已经等在他家门口,三个穿着便装的警察突然把画家抓了起来。那个铁皮桶被摔出了很远,发出"哐当哐当"的响声,四周挤满了人,可是没有人发出声音,于是这个响声变得那么嘹亮,好像是交响乐里的重音鼓,打得人心惶惶的。豆豆还没有意识到发生了什么,画家已经被推推搡搡地往车子上赶,偏偏这个时候,画家又踢到了那个铁片桶。

豆豆尖叫着:"你们不要推我爸爸,他会摔倒的,他都快七十了。"

一个便衣不耐烦地回身,对着豆豆就是一个大巴掌,豆豆被打得站不住脚,但是没有人敢扶这个孩子,大家甚至觉得她有点不识相,在这种场合说什么话呀。周围站着里三层外三层围看热闹的人,当豆豆倒下来的时候,大家却往后退去,给她让出一个跌倒的空间,没有人会去搀扶这样一个孩子。豆豆没有摔倒,在沉默的人群里,那个站在人群后面的便衣,一把拎住快摔在地上的豆豆的衣领,豆豆悬在半空,便衣摇晃着她,像是寻开心地说道:"你要一起关进去吗?里面蛮好玩的。"豆豆苍白的脸,眼睛里充满了惊恐。

"放开!"阿秸冲进了人群,她一把抱住了豆豆。所有的人都惊呆了。一个瘦弱的女孩子,在对一个高高大大的便衣说话。"她还是个孩子,她不是反革命!十六条说了,要文斗不要武斗。"

所有的人都被阿秸镇住了。

"阿秸,你那时候为什么会那么勇敢?"阿舅在问话。

阿秸笑笑,她从来不向人们解释她在"文革"里的任何行为。后来那辆黑色的小轿车,押着画家走了,他身上还穿着汗衫,脚上趿踏着拖鞋。没有片刻可以让人犹豫和转身的机会,押着就走!外公坐在小凳子上拣菜,黄菜叶子紧紧地捏在手上,他张着嘴看着,人,就像一尊雕塑,僵直在那里。直到小车扬起的灰尘消失的时候,外公整个人哆嗦地佝偻在一起,紧张地打了一个喷嚏。他呼吸进去太多的灰尘。鼻涕长长地挂在脸上,他拿着黄菜叶就往脸上擦。我说:"外公,那不是手绢,是菜叶子。"外公回头看着我的时候,还是用黄菜叶在擦脸。不知道外公怎么会吓成这样。"外公,为什么要把画家抓起来?""他老婆是外国人,所以他就是特务!""外国人都是特务?""我也不知道。原来一直就听说,是蔡元培把画家从巴黎请回国的,他才二十多岁的时候,就开创了中国第一所美术学院!我们一代的人,谁不知道画家是很伟大的。抗战的时候,他带着学生转移到后方,不得了,那是和日本人斗啊。他把自己的画都卖了,支持抗战!他爱国,所以他没有跟老婆回法国啊!""出去了就没事了?""丫丫,你也敢乱说了?""外公,我害怕!""不要怕!我们没有做坏事!"

这会儿,外公才扔掉手上的黄菜皮,但是他不知道怎么搞的,又说了一句,"我们没有做过坏事!"他越重复越让我害怕,我们一定是有问题的。突然,孩子们在那里大叫着:"打倒外国特务,打倒反动派!"豆豆在喊声的追赶下,失魂落魄地奔跑着。那叫喊声贴着她的脚跟,追着她的影子寸步不让。豆豆跑到大楼的台阶前的时候,狠狠地摔了一跤,脸都磕在街面上了,身上的书包飞出好远。她满嘴都是血,她顾不了那么多,捡起了书包接着跑。

我看见一本书从书包里飞了出去,赶紧跑去捡了起来。我回头看了看外公,他的头朝豆豆奔跑的方向点了点。我还是没有动弹,外公说:"快给人家送去啊!"我怕小朋友会打我,可是外公在,于是我也拼命地奔跑起来。我终于追到了豆豆。"你的书掉了!"豆豆惊恐地看着我,又了看我手上的书。上面写着《九三年》,这是雨果写的,是封资修的东西。豆豆使劲地摇头。

"是你的,我看见它从你书包里掉出来的!"

豆豆一句话都不讲,这时,身后的叫喊声又追来了。"打倒外国特务,打倒反动派!"

"这不是我的书!"豆豆大叫一声,掉头疯狂地跑去。

"豆豆,这本书我带到美国来了!"

"我一点都不记得这些细节,只记得义父为我念《九三年》的事情!"

"我是拿着这本书离开我们的烟纸店的。是我第一本读通的外国书,也是我第一本读到没有单词的英译本。刚到美国的时候,老师教我学英文的办法,就是拿一本你看通的母语的书,再去读英文版,你的英文就会进步很快很快。老师跟我说的是'看通'的书,不是说'看懂'的书。"

"那书上,还有我义父划过的杠杠呢。""我把书还给你吧。"豆豆摇了摇头,"你留做纪念吧。""真的,书上写的一切,像你义父说的那样,都在我们身边发生了。""义父说过,《九三年》成了'文革'的预言。"

> 一切都是骇人听闻的,可是没有一个人被吓倒。那个含义不明的嫌疑犯法令使得断头台的影子笼罩在每个人的头上。一个名叫舍朗的律师被人告发了,他穿着睡衣和便鞋,在窗口上吹笛子,等待着人家来逮捕他。仿佛没有一个人是闲着的。所有的人都非常忙碌。每一顶帽子上都有一只帽徽。女人们说:"我们戴红帽子很漂亮。"巴黎仿佛到处都在搬家。古董店里堆满了王冠、法冠。镶金的木质王杖、百合花徽,都是些王族府邸里的遗物。

"文革"开始不久,那个被大家叫成"老克拉"的阿舅就被人告发了。原来他当过律师,罪名是现行反革命,他为坏人辩护。他被抓进去的时候,走下大楼,很多孩子在他背后叫道:"老克拉!"他回头对那个叫喊他的孩子挤了挤眼睛,要不是抓他的人狠狠地打了他一巴掌,外公说,阿舅还会跟人家说个笑话呢。明代的红木家具和贵重的收藏,都摊在襄阳路通往汾阳路的旧货店的街面上,随便标个价就卖了。

我躲在柜台下面不敢露脸了。小朋友都叫我"老乌鸦",叫我"小业主",没有人理睬我。外公也变了很多,他不和顾客打招呼了,能不说话,尽量不说话。他跟我说,"记住,病从口入,祸从口出!"我还没有听清外公在说什么的时候,一口唾沫就飞到我的脸上,迎面奔跑而去的同学大叫着:"把这个小业主赶走!"外公拉着我走进小店,迅速地下了门板,小朋友就"咚咚"地砸我们的门板。我害怕地不敢擦去脸上的唾沫,外公也像什么都没有听见。我们躲在黑暗里,外公拖过一张小凳子,坐在我的对面。砸门板的声音越来越响,我看着外公,他用手暗示我不要出声,我闻到的是脸上的唾沫的口水臭味,我拉着外公的衣角,听见街道上敲锣打鼓的声音。那些帽子上也都别着帽徽,那是红五角星!戴着帽徽的人走来了,女人没有戴红帽子,她们和男人一样,戴的都是绿帽子。

可是那些日子,让我们变得那么兴奋。学校不上课了,就是在马路上跑来跑去。到处都在开批斗会,贴大字报,游行队伍塞满了淮海路,很多时候押着批斗的人,戴着高帽子,装在大卡车里,红旗飘扬着,一辆一辆在大街上缓慢地开过。我们都像吃了激素一样,时时刻刻都跟着别人在那里叫喊。汾阳路上,音乐学院革命楼的学生吹着圆号,那雄壮的进行曲把整条街面都震撼了。队伍一直开到汾阳路三角花园那里,五岔路中心是普希金铜像,圆号像一声冲锋令,一个人踩着另一个人的肩膀爬了上去,他们把一根粗粗的麻绳套在普希金的脖子上。不一会儿,轰然一声巨响,普希金铜像倒下来了,人们举着铁棒、榔头蜂拥而上。刹那间,铜像就成了碎片。

在旺多姆广场,一个名叫莱纳·魏奥莱的女人,在路易十四的雕像的脖子上套了一根绳子去拉它,结果雕像倒下来时便把她压死了。这尊路易十四的雕像已经立在这里一百年了;那是在1692年8月12日立的,被拉倒的日期是1792年8月12日。在协和广场,一个名叫盖根罗的人因为把那些毁坏雕像的人叫做"流氓",当场在路易十五的像座下被扑杀了。那个铜像也被捣成碎片。

《九三年》是我第一本看到的外国小说,我又害怕又好奇,封面上一群人拥挤在一座法国式的老公寓前的大楼下面,他们手上没有武器,可是他们凶神恶煞,每个人都像在打架一样。画面上没有声音,但是一种紧张的气氛凝聚在窄小的巷道里。那楼房的窗户,就和我们的大楼一模一样,也是那种用一块一块的玻璃镶出来的钢窗,楼面都很高。画,像是用钢笔一根一根细线条勾勒出来的,每用一根线条都加深了一份紧张的感觉。我再抬头看看我们的周围,多像是刚才发生的景象,人群在公寓前的门口,像画上的一样,让出了一条走道,似乎等着那个被逮捕的人押送出来。那里马上要出现一个戴贝雷帽的人。那就是画家?顿时,我觉得自己也被塞进了画面,我像豆豆一样,被人揪着衣领,悬在半空中。我赶紧把书压在烟纸店的草纸下面,再也不敢幻想成为大楼里的任何一个人了。我感谢外公,就让我在这个小店后面存在下去吧。

外公卸下门板,关掉橱窗里的小灯,我躲在店里的小夹缝中,偷偷地看着《九三年》。可是,昏黄的灯光,总是让人迷惑不已,我不知道自己生活在现实里,还是生活在小说中。

  人们在十字路口的界石上玩纸牌;纸牌也是充满了革命气息,他们用"伟人"代替了"国王",他们用"自由"代替了"王后",用"平等"代替了"侍臣",用"法律"代替了"爱司"。人们耕种公园的土地;犁耙竟在推勒里公园里耕起地来。

四周都是坏人!刚打倒了叛徒、特务、走资派;很快又出现了假党员。总之,世界上除了几个人以外,已经没有好人了。

天冷了,半夜里的寒风,发出呼啸的声音,像有人在吹口哨,一声比一声紧。已经是深夜了,我还是躲在店里看《九三年》,看到后面就开始糊涂了。我不明白郭文到底是好人还是坏人,他为什么在那么坚决地革命之后,又开始怀疑革命了?

  一道强烈的光线使郭文感到一时眼花缭乱。在激烈的内战中,在集中一切怨恨和复仇的动乱时代中,正当乱世达到最黑暗最疯狂的时候,正当罪恶放出它的全部火焰,仇恨发出它的全部黑暗的时候,正当斗争发展到一切都变成炮弹,正当混战激烈到这样的地步,使人再也不知道正义在哪里、诚实在哪里、真理在哪里的时候,突然,不可知——心灵的神秘警告者——使那股伟大的不朽的光线,在人生的光明和黑暗上面,大放灿烂的光芒。

在错误和正确两者上面,在深处的真理的面孔,突然一下出现了。

弱者的力量突然插进来了。

我紧张地渴望知道,那弱者的力量是怎么进来的。突然,我听到很响很响,又是很闷很闷的"咚"的响声,它猛地在黑夜中砸了一下,像一个大西瓜砸在水门汀上。我贴在门缝上往外看,怎么是黑糊糊的一个影子,在地上挪动着。很快,在那一大片影子下面,一团一团黑色的水,在往外淌。那,那好像是一个人?天呐,是有人跳楼自杀了。我失声惊叫起来,外公从阁楼上问道:"叫什么?"我扔下手上的书,顺着小店阁楼的梯子往上爬,快要爬到的时候,又几乎从梯子上摔了下来,我结结巴巴说不出话。外公裹着棉袄冲出去,他也惊叫起来。他只穿着一条薄薄的睡裤,掉头就直往大楼里跑,那是半夜的时候,电梯已经停了,他一口气跑到阿秸家,脚和手都冻僵了,最要命的是,他的嘴也冻僵了。他半天半天说不出话,他结结巴巴地叫着阿根娘的名字:"不好啦,救人啊,救人啊!"

阿秸妈妈自杀了。

鲜血流得满街都是,似乎在地上涂写着大字报,看不懂上面的内容,但是它是那么赤裸裸地写着绝望。阿秸妈妈身上的红毛衣,被鲜血浸透了,成了黑色的。毛衣下面露出的身体部分,都是被学生打肿的乌青块。

一夜之间阿秸和阿根娘的命运全部改变了。

阿秸摘下了手臂上的鲜红的袖章,她被组织开除了。因为她是畏罪自杀反革命的女儿。

阿根娘参加了造反派,她是正宗的雇农的女儿,这样她就理直气壮地跟里弄里大吵大闹,她被安插到街道工厂里做临时工,每个月挣 28 块钱,不仅可以养活自己,还有阿秸和她的弟弟。

做临时工也是有周末的,闲在家里的时候,阿根娘会把局长留下的毛衣拆了,洗过以后给阿秸打毛线裤。她坐在我们家的店门口,她坐在太阳下面,她一面打一面恶狠狠地诅咒着,除了局长,她什么人都骂,有时说到火头上,连阿秸一起骂进去。她说:"开除了,好!再好也没有了。什么红卫兵,害死人的东西。真恨不得让他们也动手打阿秸两巴掌,我是不会拉的。让她尝点苦头,她就知道怎么做人了!跟什么人玩,也不能混在这群混球堆里!"外公很害怕,让她不要说了。可是阿根娘不管那么多。她说:"我恨啊!你让我说出来,不然我憋在心里,会生病的。"

阿根不上我们这里来买东西了,学校停课后,阿根娘让他回乡下帮父亲种地去,阿根娘还说,"少一张嘴,我负担可以轻一点。"

今天,当我抬头看着眼前的阿秸时,她的脸上没有了稚气,只有当她笑起来的时候,那两个深深的酒靥还是陷在她成熟的腮帮上,她用笑掩饰着自己的内疚、挣扎。随便我们怎么谈到"文革"的事情,她从来也不接我们的话题。她真的像《九三年》里的郭文。

> 我们不能躲避光亮,正如我们不能躲避暗影一样。
> 郭文正在遭受一次审问。
> 他被法官提讯。
> 被一个可怕的法官提讯。
> 这个法官就是他的良心。
> 郭文觉得自己整个动摇了。他的最坚定的决心,他的最虔诚的诺言,他的不可挽回的决断,这一切都在他的意志的深处动摇了。

局长的自杀,改变了阿秸。她发现自己被愚弄了。是什么愚弄了她?阿舅在后来对我说:"是她和她妈妈的理想愚弄了她们。阿秸像她妈妈,纯洁得有点发迂。她的激进,完全是她妈妈教育出来的结果,她怎么可能不伤心呢?""她再也不能向她妈妈解释了。""不是解释,是她妈妈也一样地伤心。当理想不能被良心解释的时候,人,就会绝望的。"就是现在,我听阿舅讲这些话的时候,都觉得费解!

不知道为什么,1968年的冬天特别冷。12月中的时候就开始下雪了,我手上脸上都生满了冻疮。外公让我把口罩戴上,可是一戴上口罩,还没有走过两条马路,脸就发热,一热,那冻疮就开始发痒。真是比痛还难以忍受,于是我又摘下口罩。脸上的冻疮越来越大,肿了起来。我在雪地上歪歪斜斜地走着,突然踩到人家扫雪的扫帚上,狼狈不堪地摔了下来。扫雪人把我扶了起来,轻轻地问我:"怎么那么不小心!"我委屈得都想哭,可是一抬头,发现那是阿舅!

"阿舅是好演员,那时候,他胸前挂了一块牌子,上面写着现行反革命。我下意识地朝四下看了看,发现没有人,轻轻叫了一声:'阿舅!'他会笑着跟我说:'快走,快走!要跟反革命划清界线喔!'我还当真的,对他摇了摇头。阿舅立刻回到原来的样子,说:'问你外公好!告诉他,我放出来了,这个月生活费领到以后,还会到你们那里去买啤酒喝的。'说着,就摸着我的脸蛋,'怎么一转眼,你就成一个大姑娘了,蹿出个来了。你看,脸上还开了一朵小红花!'什么小红花,真亏他想得出来,我差一点笑起来。突然,他话音一转,声音变得大起来:'我服从监督改造!'把我吓了一跳,原来有人从我们身边走过。那人看了看阿舅,阿舅谦卑地跟他鞠了一躬。"

"那是什么人?"阿秸问。

阿舅耸了耸肩膀:"不认识。演戏啊!不然,又要说我们翘尾巴了!"

我们在饭桌前哈哈大笑起来,连那么文雅的豆豆,都控制不住,把嘴里的一口黄酒笑得喷了出来。

后来外公为阿舅进了啤酒,他拿着一个热水瓶,躲在我们的小店后面,一下装了好几瓶。他把空瓶子都给外公留下了,然后问外公:"我不能带回家,在电梯里给人看见了,会说我过的是资产阶级生活。你能帮我把这些瓶子卖了,钱帮我存着,下次抵一点啤酒钱吗?"外公默许地点了点头。

"现世宝,丢人啊!那几个小钱都在乎得很。""那时候,你还真的在那里过着资产阶级生活。""借酒浇愁嘛。""浇什么愁啊,阿舅那时候最忙,一直出去相女朋友。"饭桌上,我再一次"揭发"阿舅,阿舅脸都红了。"还好你舅妈不在这里,不然你们一走,我交代材料都写不清楚了!""外公说的,阿舅这样的男人,是有桃花运的。""为什么?"阿秸问。"招女人欢喜啊。""咳,那时候幸亏没相上,还是一个人好。一人吃饱,全家不饿!"

我们嘻嘻哈哈越说越快乐,历史留下的伤痕,原来是会在欢乐中被掩盖的。

"阿舅,那时候你害怕吗?"这是阿秸惟一的提问。

阿舅肯定地点了点头。"我在监狱里看见画家了。"

"真的?"豆豆第一个叫了起来,"我怎么都不知道?"

"就是因为害怕,从来不敢对别人说。"

"你们在一起关了很久?"

"不久。我们都是临时关押到提篮桥的9号监狱,我们病了。人家要画家交代他的特务行为,画家说他是画图的,又不是编剧作家,怎么有能力编一个特务的故事出来。他们就给画家戴上了手铐,是这样……"阿舅做了一个双手反背在身后的姿势。"等到吃饭的时候,他们就把饭盆往画家面前的地上一扔,画家就跪在地上,不是吃饭,是把他的饭舔完的,像狗一样。晚上,画家睡觉都戴着手铐,手不能动,动一动,手铐就紧一紧。后来手铐越勒越紧,铁家伙都嵌到肉里面了。"

"你怎么会知道的?"

"后来,手烂了。他们临时给他松了铐。我们在临时的监狱看见了。出来放风的时候,他走在我后面,轻轻对我说的。"

"你们胆子真大,不怕人家听见?"

"他跟我说法文。我们那里的人,这个那个的,都会说些外文。"

说到这里,大家再也笑不出来了。倒是阿舅提醒我们,"喝酒吧!"

"恶劣,把饭盆子给扔在地上?"

听到这些我真的被吓住了。突然,豆豆和阿舅的眼睛里都充满了泪水。我从来没有想到,像阿舅这样的人,也会有眼泪。

"阿舅你怎么那么快就放出来了?"

"是我父亲在国外,给中央文革小组写了信,才放我出来,到里弄监督劳动。我当初是混球,跟父母乱吵,就是要留在上海,不跟他们去国外,要留下来当我的律师,要正义!"

阿舅深深地叹了口气,就不再说话了。可是眼泪却突然落在他的酒杯里。"等我出国的时候,我父亲都去世了,我多想念他们啊!不管你做了什么伤人心的事,只有父母是不会记恨你的。"

阿秸没有插话,她仰头喝了整整一杯的黄酒。

我想,这最后这句话,一定是触到阿秸的痛处,我赶紧把话题转移开。那时候,阿秸是我们南昌路上的标志。她漂亮、扎眼!才15岁的时候,已经在那里谈恋爱了。她变了,变得既另类又女人。她不再穿军装,穿着一件洗得发白的印花蓝布的大襟衣服,天呐,她怎么会发明穿这样的衣服。她和一个高大的男人走在路上,那一定也是一个高干子弟,男人穿着毛料的黄色的呢子军服。他们走在路上,没有什么亲昵的动作和表现,可是只要他们一过马路的时候,那个男人就把手搭在她的肩膀上。好潇洒啊!街上的人,都会停下脚步,就那么傻傻地注视着他们俩。阿秸肯定知道人家在那里看着他们,她全然不顾,就这么和一个男人,在人们的眼皮底下走过。

阿舅说:"阿秸是我们的小才女。"阿秸也调侃地叫了阿舅一声:"哎,跟你学的,老克拉!"

一个饭桌,各色人等,在一个混乱的记忆中,我们共同生存着,但是,惟一让我们走到一起的,是我们都在美国,回忆着上海,上海那并不经典的南昌路上的一栋公寓楼。"阿秸,阿秸应该去学音乐,她的乐感好极了,音准也好。"

阿秸在那里摇头,"哪里哪里,就是在那里瞎唱唱!""我住在楼下听到的,都是外国歌曲100首里的。那些半音唱得真漂亮!"阿舅说。"你怎么听的呢?""福气啊,人家不唱你们当时那种哇啦哇啦的歌曲,阿秸唱得低低的,就像在你耳朵边上讲话一样。""阿秸,你不怕被学校和里弄里知道?"豆豆问。

"还是不一样,阿秸说到底还是高干子弟,她不怕。是吗?"阿舅说。

"什么高干子弟呀,我们同学的爸爸妈妈都出事了。"

"那时候,你就不想干革命了?"豆豆问她。

"没有,那时候还在想革命的事情,那时候就想去当兵,那就把自己洗刷干净了。当不成兵,就赶紧到农村去,用自己的劳动来证明自己!"

"证明不了的。"阿舅说。

"当时,我们哪里会明白那么多事情呢?"

听着他们说这些的时候,我仿佛想到外公告诫我的,不要和他们玩,你们是玩不到一起去的。外公把话都说白的时候,我觉得自己什么都不是,那么卑微,眼泪差点冒出来了。但是,外公越说,我却越发渴望能和阿秸在一起,希望有一天她能让我坐在她的小屋听她唱歌,她的生活对我来说,太与众不同了。现在,我到了美国以后,才突然明白,我生活的重点一直不在自己身上。我总是全神贯注地在关注着大楼,大楼里所有的人。他们就在我的身边,但是他们即使从我边上擦肩而过,也是不会注意到我的。因为我是在烟纸店长大的,一个在那堆货里冒出来的小人。我们的文化里,是有一种等级制的。所以外公灌输给我的也是谦卑地做人,看人脸色说话,因为我们什么都不是。不是吗,连毛主席都教导我们,要夹着尾巴做人!可是当我跟美国教授解释我们的文化的时候,他怎么都听不明白。教授说,我们是人,是进化以后的人了,哪里来的尾巴啊?我说这是比喻,他说对人,这个比喻就是错误的!

天呐,我什么时候就变得那么愚蠢?很多事情,在我长大以后,变得越来越难以理解了。可是我已经这样结结巴巴生活了大半辈子,我像一只小老鼠,贴着墙壁走路,害怕人群,害怕大声地说出自己的愿望,甚至害怕自己会产生愿望。

真的,那时候我什么都不敢想,就是把每天过完,算是完成了任务。看着豆豆,才发现她变化最小,过去她是资产阶级的子女,今天她还是一个资产阶级。从过去到现在,她保持着自己的愿望。她似乎在生下来的时候,就生活在我们社会的外围,她偷偷地画画,也许也在那里偷偷地唱着外国歌曲。她那时候不会羡慕任何人,最了不起的是,画家被抓进去以后,她竟然敢出去四处打听,是谁来抓画家的。就是那样一个孩子,她不再把花花绿绿的十一件毛衣穿在外面了,她走在外面的时候,和我一样,就是一个普普通通的孩子。当时她一直会看人脸色说话,她一直夹着尾巴做人,她的谦卑是假的,但是人家会相信的。

她和我不一样,我是真的这样存在着。豆豆和阿舅是在逢场作戏。怎么那么小,她就明白了这些呢?她不再被人注意,在那渺茫的人群里穿梭,她不是寻找热闹,也不是为了有那么一点安全感。她在打听画家的去处。有什么东西包裹着她,我看不明白。但是,她的童年就是烙着这么一个特殊的印子。有人给她念着《九三年》。她的世界,比我们都开阔得多。

"阿舅,爸爸妈妈都说你是好人,是你,告诉我们,义父就关在提篮桥里的第五监狱,因为他是政治犯。爸爸、妈妈商量以后,决定给画家送东西。因为在国内,义父没有亲戚、朋友。算了一算,都大半年过去了,进去的时候,他穿的还是汗衫,脚上还是一双拖鞋。这么冷的冬天,怎么扛得过去？妈妈把棉花胎里夹上了丝绵,找出一条打满了补丁的破被面子,给义父缝制了棉被；又把爸爸的工作服改了,同样在里面偷偷夹进了一些驼绒,做了棉裤和棉袄,再整理出一些保暖的旧衣服,总之,不能露出任何痕迹。我们朝提篮桥走去。东西收进去了。"

"人见到了吗？""没有,没有见到人。过了一些日子,我们又从监狱那里,接到义父转交出来的小条子,希望我们再带些其他的东西送进去。就这样,总算可以确定,义父确实还活着。那时候,我们一家三口人,都围坐在昏黄的灯光下,一遍一遍看着条子,希望从字里行间猜出义父的生活状态,可是那都是没有任何东西可以琢磨的,这条子早被看守审查得很清楚了,只有那些具体的要求:一、二、三、四,再没有其他什么可以写的了。按照条子上的要求,东西又送去了；但是很快,里弄的人上门了,他们说得很简略,让我们一家想想清楚,继续和特务交往下去,是没有什么好下场的！

"我堵着家门,没有让里弄干部进来。不是因为勇敢,实在是因为害怕,就什么都忘记了。等到人走以后,我才惶恐地回头看着爸爸妈妈,其实连他们都害怕了。虽然,那一句警告非常简短,人家也没有采取任何行动,说完就走了。可是话语之间已经含有了血腥味,大家都闻到了,真的,语言里面也是红色的。全家沉默下来,许久以后,我和妈妈的目光投向了家里仅有的一个男人,爸爸低着头想了有那么一会儿,他似乎在向自己解释:'画家不是特务。他是蔡元培先生请回国的。我年轻的时候,就读他写的文章。他给谁去当特务?'那时候最可怕的是失去自信,失去信任。就是差那么一点点,那细微的程度,几乎让人察觉不到。可是,就是这么一点东西,爸爸保持住了。终于可以帮助一个脆弱的生命,让我们中国画史上,多了一个伟大的画家和他的作品。"

> 我们现在过着的是九三年,将来在历史上是一个流血的年头。

中午,当我们一起围在阿舅的饭桌前,吃着阿舅做的红烧肉,他买的是肋条肉,一层皮一层瘦肉,中间夹着软骨,把肉切成一块一块方形以后,在酱油里先浸透一个晚上,再放进干锅里,一点一点煎着,让肉本身熬出油来,直到最后酱油的汁味渗透进肉里。我们都忘不了阿舅的红烧肉,当香味飘过来的时候,阿秸大叫着:"这是星期天的味道,只有在星期天,家里的厨房才会飘出这样的香味!"

大家都深呼吸着,笑着,品尝着阿舅的红烧肉。我从来没有想到,有一天我们会坐在一起,听他们说话,听他们讲自己的故事,听他们互相询问。我听着听着就听入神了。乘着七号线离开阿舅家以后,我这才意识到,即使在美国,即使我们围坐在一起,甚至都说的是上海方言,即使我已经在读博士学位了,可是和他们一起相坐的时候,我还是插不上嘴,我们的星期天是和任何一天都没有什么区别的,我依然是那个蹲在烟纸店柜台下的丫丫,本质的东西是改变不了的,是与生俱来的。

可是,我记得豆豆说的故事。我们都在问:"后来呢,后来呢?"我们都追着豆豆问画家的故事。

"关了整整五年啊!到 1973 年才放出来的,出来一个月,我就去香港了,我看见他出来的。"阿舅努力在那里回忆着。

"罪名是什么?"

"那时候,还需要罪名?随便他们说。画家,那么一个独立的人,连单位都没有。他这种人,是第一个要把他往死里整的。"阿舅看着天花板在自语着,这像是他的故事。

"一天晚上,天黑了。家里开着一盏暗暗的小灯,不知道怎么搞的,不知道那时候是省电,还是害怕,还是我的记忆有问题,想到那些日子,总觉得老是黑糊糊的,我都不记得,那时候出太阳的日子,我们是一个什么样的感觉。那天,我爸爸难得回家比较早,妈妈做了一个咸菜毛豆炒肉丝,我就看着菜发呆。突然,有人敲门,那时候,没有人到我们家来的,一听见敲门声音,就很紧张。爸爸和妈妈都从里屋出来,站立在卧室的门口,我看着他们,爸爸跟我点了点头,我去开门。只见义父站在那里,头上戴着一顶破帽子,脖子上围了一块旧毛巾,像宣传画里的老工人,我张大嘴,就在那里发愣。爸爸问我:'谁啊!'我侧过身子,让义父走进屋里,我赶紧把门关上,不敢发出声音。义父,转身给了我一个紧紧的拥抱。真的,像在做梦,义父后来都说,'恍若隔世。'他被抓进去的时候,我还是一个小孩子,还不到他的肩膀那么高,五年,我突然长成一个大人了,几乎和他一样高了。他刚从监狱里放出来,连衣服都没有换,回家以后就擦了擦脸,直奔我们家来了。"豆豆说。

"那时候,你们家是他惟一可以踏进门的地方。"阿秸说。

"是的,是的。他给了我一个很紧的拥抱,满脸胡子茬扎得我的脸好疼,我这才醒悟到这不是在做梦,就'哇'的一声哭了出来。"

说到这里,我们都有点受不了,但是豆豆却变得那么冷静。她说:"我已经哭得太多了。"

"画家的画都毁了吧?"我问豆豆。

"毁了。他早年最好的画,在抗战的时候,他带着学生转移到大后方。回家的时候,发现他自己所有的油画,全部都让日本人割成一块一块,披在马身上了。后来在"文革"时,他自己又把画捣毁。"

我们全都沉默了。我抬起头,穿越过阿舅的肩膀,看见他的书房,那里没有长明灯亮着,阿舅说他不信那些东西,那红颜色也不适合他的眼睛。是他太太要点,那就点着吧。他信的是画家,画家的那份独立。只有当你能够独立起来的时候,你才会找到真实的快乐。在书房最显眼的墙壁上,挂着画家的一幅画,是用丙烯颜料画的,乍一看,像是国画。黑糊糊的,在右下角上,有画家的签名,签名淹没在那些变形的脸谱和从树枝上往下打落的小麻雀身上,小麻雀的头直往地上栽去,像是一幅挂反的画面。小麻雀那么无助,眼神里还闪烁着天真和希望,可是身上已经是鲜血淋淋,在杂乱的树枝杈上,垂落下去。背景上,是一张又一张的惊恐的脸谱。我看着饭桌上的人,他们就像是画中人,那些麻木又带着恍惚的眼神,像是叠印在空气中,叠印在画面前。谁都不再问话,谁都不说些什么,这时候阿舅的红烧肉也被我们忽略了。

革命的目的难道是要破坏人的天性吗?革命难道是为了破坏家庭,为了使人道窒息吗?

我们的见面,似乎是追着画家来的,他的作品留下来了,于是我们就都希望知道作品后面的故事。最初能够背诵下来的英文文学句子,都是最先从《九三年》中的译本上学到的。那时候只是一个句子,一个不带感情、语法准确的翻译句子。可是,当我把句子随便放进我的生活里面时,我会害怕,因为在我从小阅读的中文课本里,这些句子算是"反动"的,至少"意识形态是有问题"的。我们怎么可以有这样的思考呢?但是,我们年轻,我们叛逆,越是被禁止的越是渴望得到。是阿秸说的:我无所畏惧,请相信我。

没有人相信我,就连我自己都不相信。我畏惧,我畏惧整个世界,畏惧我的生存环境。即使到了美国,我也常常感觉自己走错了地方,忘记了回家的路。

我看着周围的人,大楼里的人,一个一个倒霉出事。没有想到,有一天,这命运也会落到我头上来。那喧嚣的锣鼓天天敲,有一天就敲到我们的烟纸店门口来了。那是七十年代刚开始的头两年,里弄把一张鲜红色的大纸头,直接贴在我们的玻璃橱窗上,上面写的是关于欢送外公回乡务农!这些欢乐的字眼,在那一刻,把我们全家都给吓住了,我不敢朝上面看,其实那时候,我似懂非懂地已经明白很多的事情了,至少我已经明白,锣鼓的喧嚣声,敲到哪家就该哪家倒霉。那是一种灾难降临的预示。我朝爸爸妈妈的屋子里奔跑,可是那里空无一人,他们已经着急地跑单位找关系去了,不能说赶人走就走的啊!全家没有人有思想准备,外公这个小烟纸店是打一解放开始,就在那里经营起来的,他一直是那么谨慎的人,这次是招惹到谁了?爸爸妈妈都往单位跑,希望那里有人会出来帮着说说话。

外公则谦卑地拿出一包劳动牌纸烟,给里弄干部一个一个递上烟,有人连看都不看外公一眼,接过纸烟插在耳朵上面,有一个人虎着脸跟外公点了点头,算是谢过了。另外一个人,一巴掌,把外公手上的烟给打了出去:"少来这一套!"没有想到的是,外公依然赔着笑脸,巴巴结结地跟甩手打巴掌的人说:"我出来那么些年,回去住的地方都没有了。"显然那是个说话算数的人。他爱理不理地对着墙壁说,"公社会给你安排的。""我年纪大了,该是靠靠上海的子女,享点福了。"外公努力在脸上堆起笑容,可是我看得很清楚,外公的嘴角因为紧张,有一点点在发抖。那人猛地回头冲着外公说:"这是资产阶级思想!享福,革命刚刚开始,就要享福!你好好到农村去,接受贫下中农的再教育!"

谁都不再说话,"咚"的一声锣鼓又在那里欢天喜地地敲起来了。把我们所有的人都吓了一跳,锣鼓一声紧跟着一声,每一声都像砸在头上的石头,又狠又重。我第一次感受到什么叫"头痛"。原来,那不是说说而已的痛,那真的是会让你痛得想吐,每一根神经都在那里战栗。我不敢看那只鼓。因为鼓身的红色,刺眼得亮丽。原来跟我们没有任何关联的红色,一旦淌进我们家的门缝时,它像鲜血一样,即使你身上没有破裂,可是四处流淌着红色,这已经让你感觉到一份难以克制的惊恐。

夜晚降临了,以往都是我和外公蜗居在那间下了门板的烟纸店里,可是那一晚,爸爸妈妈也挤了进来。我是跟外公长大的,当和爸爸妈妈拥挤在里面的时候,我浑身都觉得不自在。外公像被完全打败了,人一下子就缩了那么小,于是那间小格子笼的烟纸店,竟然把我们都装下了。外公,双手缩在自己的袖子里,低着头一口一口地叹气。我紧紧地依偎在外公的身边,这样我能闻到外公身上的气息,不然爸爸不停地吸烟,我会被那烟味熏得昏过去。只要能体验到外公身上的体温,他散发出来的人气,这样,我会觉得踏实很多。

妈妈在哭泣。她断断续续地跟外公说,"跟革委会的领导都说了,没有人肯出来帮我们家说话,他们说,里弄不归他们管……"外公不说话,一边叹气一边点头,爸爸又说:"你下去不要干活,我们每个月给你寄十块钱,在乡下也够用了。"

大家又陷入了沉默,我趴在外公的腿上,渐渐地感觉到一阵睡意。外公把自己脖子上的大围巾给我披上,妈妈伸手拉了拉围巾,突然跟外公说:"把丫丫一起带走,身边多一个人,我们也放心。"我一下醒了,不知道是高兴还是害怕,"妈妈,你说什么?"

"你愿意一起和外公回乡下去吗?"爸爸问我。

我看见外公的嘴微微地张着,他和爸爸妈妈的目光都停留在我身上,似乎要我来决定我们一家人的命运,三个大人都默默地看着我。不知道是被吓住了,还是开始可怜起我自己来了,我就在那里"呜呜"地哭了起来。妈妈很不高兴地说道:"有什么事情就说话,这有什么好哭的?"我躲在外公的手臂里,不敢看他们,外公又叹了口气,"乡下苦,孩子也知道!""不是的!"我叫了起来。

爸爸问:"那有什么好哭的?"

"那我不上学了?""上什么学啊,跟外公下去。躲过一段时期,避过了这个风头,看时机好的时候,就再回上海。""那外公的小店呢?""还管那么多呢,人不出事,那是最重要的!""外公,你的户口会给他们迁掉吗?""先不管这些,将来多外公一口饭,我们也是吃不穷的。"外公感激地看着爸爸,哆嗦着说了一句:"有你们这样的孩子,我算是没有白活。"怎么了,为什么没有白活?我不懂外公在说什么,这和下乡有什么关系?三十年以后,我还是刻骨铭心地记着这句话。现在回想起来,那个晚上,那个小小的烟纸店有多么温暖,因为从来没有这么多人聚在里面,互相之间,也从来没有感觉到这么互相需要!

外公的小烟纸店关门了,这时候,我才知道外公的人缘有多好,楼上四邻八舍都来给外公送行。阿舅最有情意,他拿了一只大闹钟送给了外公,还打趣地跟外公说:"寒酸得很,送个闹钟。要有派头,该送个手表。不过,闹钟上面的字大,看得清楚!"外公紧紧地握着阿舅的手:"多谢,多谢!不嫌我这个老头子,就很感激了!"然后,我看见外公拿出一分钱放在阿舅的手上,阿舅也是不停地说:"多谢,多谢了!"

我不知道他们在演什么戏。后来,外公告诉我,送礼是不能送钟的,特别是对老人,不然就成了"送终"。外公给他钱,就是买他的东西,这就没有关系了。真复杂。但是最让我激动的,不是这件事情,是在我家木板做的信箱里面,发现了一封写给我的信!打开信以后,我绕着我们的南昌路,狠狠地跑了一圈。汗水顺着我的脖子往下流,背上的衣服都贴得紧紧的,似乎再动一下,就会被撕破一样。我喘着粗气,那份激动和幸福感,是我从来没有体验过的,我没有想到,因为下乡,我被四周那么多人注意起来。不光是那个夜晚,爸爸妈妈和外公都看着我,等待着我做决定;现在大楼里所有的人都在议论我和外公,我常常听见开电梯的在跟别人说"丫丫,丫丫"的。连阿根娘,都煮了个鸡蛋,趁外公不注意的时候,塞在我的书包里,让我路上吃。天呐,我要是知道我下乡会变得这么重要,那天晚上我肯定一口就答应下来了。

信,是阿秸写给我的。她赠我一首诗,作为送别!啊—啊—啊—啊,我又想大叫起来,太伟大,太浪漫了!是一首诗啊!听着,都听着,我对自己喊叫着;夜里我对着墙壁,在那里朗诵着:

《送别》
——致丫丫

我看着你长大/现在我看着你离去/离开了你熟悉的城市和朋友/踏上寻找幸福的道路/你疲惫地拖着行李箱/比箱子更沉重的是你的心/没有人知道你心中的暴风骤雨/没有人知道你秘密的根结/那切肤之痛/是和甜蜜掺和在一起/这就是青春。

没有人能帮助你/因为路途太遥远/只能由你自己走完/紧紧地抓住时间/不要让沮丧和自卑毁掉未来/你在书本里享受孤独的快乐/回忆一遍一遍地折磨着静谧/不要后悔,任何错误都可以改变/你会在错误中学会真理/任何树木/都不是一瞬间长成树林/幸福不是一天能够找到/举起你天天阅读的那本书/对着世界,对着春天说:/我无所畏惧请相信我

我怎么也没有想到的是,阿秸都在说,要"举起你天天阅读的那本书"。对于我,那就是《九三年》。是它,带着我走进了另外一个世界,另外一种人生。

这种情形好像是一个可怕的十字路口,各种互不相容的真理都到这里停下来对质,人类的三种最崇高的观念:人道、家庭、祖国,在这里互相瞪视。

这些声音轮流发言,每一个所说的都是真理。怎么选择呢?每一个仿佛都把智慧和正义结合起来,说:"这样做。"真的应该这样做吗?是的。不是。理论是一种说法,感情又是一种说法,两种说法是互相矛盾的。逻辑只是理智,感情往往是良心;前者是从人类本身来的,后者是从天上来的。

是的,是的,感情是从天上来的。但是逻辑决不是人类本身来的,你仔细看看这些法国人,在一七九三年的时候,他们都疯了,没有理智没有逻辑。断头台上的鲜血,已经怎么洗都洗不干净了,它渗透进大理石里;刽子手都来不及杀人,他们的手已经乏力得举不起来了。那些日子,和今天发生的事情多么相像?我真的天天在阅读《九三年》,我真的像阿秸诗里写的那样,夜深人静的时候,我对着那没有玻璃的窗户上的木头框子,对着春天,我说:我无所畏惧,请相信我!从《九三年》里,我没有学到真理,没有。一点点都没有。我学到的是,我自己的生活,我看见我周围发生的事情,竟然在200年前早就发生过,还有了文字的记载。于是,我的惧怕,就在这些文字中找到一些安慰,因为它还是给我一点点暗示,让我相信,有些事情是一定会过去的,一定!它决不会因为逻辑和理智,而使悲剧消失,但是热情会过去的,疯狂是有季节的。

读书,那里是一个可以逃避或者是窝藏什么东西的地方,要窝藏什么呢?我不清楚,不会是自己的灵魂吧?但,又也许正是这样。至少我可以在书本里熬过很多时间。书本全部的意义,它给予我的,是另一种生活的可能。因为偷偷地有了书,从小烟纸店到农村,阳光下发生的事情,都开始闪亮出了光芒。

我们离开上海不久,阿舅的父母就想办法,把阿舅办到香港去了。那时候,人们把去香港,也叫成出国!说到这些的时候,大家都充满了羡慕,因为出国就象征着是去过好日子。我和外公在乡下,是妈妈写信来告诉我们的,据说阿舅封掉自己的家门以后,把屋里头的东西都送了人,他给了妈妈一个飞利普牌子的收音机。阿秸也到安徽插队去了,阿根娘带着阿秸的弟弟搬出了大楼,被赶到不远的一个资本家房子的汽车间里居住;阿根娘还在街道厂干活,养活着阿秸的弟弟;豆豆家也搬走了,谁都不知道他们搬到哪里去了。我们的烟纸店关门以后,改成一间里委会的小办公室,爸爸和妈妈不愿意住在里委会边上,就在电线杆上贴条子,花了快两年的时间,和人家谈成了交易,换成了公房,一房一小厅,全朝南,煤卫独用,只是地段比较差,从市中心换到了闸北区。那大楼里的人,进进出出也走了不少,又搬进来不少"革命者"和他们的家属。只有画家的房子,还空着,贴着封条,没有变化。

外公把烟纸店的存货,带了不少到乡下来,从公社书记开始,一路往下送礼。每个级别的送不同的东西,我看得最清楚的是,外公送给小队长的是一封火柴,肥皂是送给公社会计的,香烟是送给做得最大的官。于是,就在车坪大队的公路边上的仓库里,大队长为外公划出一小块门面,开了一个小店铺,还是做着上海那样的小生意,每日都给外公按十分工分,满分记给他,年底就靠这个分数分口粮和零用钱。日子就这么慢慢地过下去了。

我跟着外公一起生活着,白天我出工干活,夜晚在生产队的仓库里开会,很晚很晚了,队长还在那里念着毛主席语录,凑着昏暗的油灯,妇女围坐在那里一边听着一边无声地纳鞋底;男人蹲在地上抽旱烟,默默地听着伟大领袖的教导;我趴在外公的肩膀上睡着了。队长继续在那里读语录,灯芯换了一根,可是语录还没有读完。队长每天重复着同样的内容和语言,可是,每天晚上我们都必须去开会。

只有在散会以后,我才会醒来。那时候我才过了十四岁,那时候,我充满了叛逆精神。但是叛逆什么？惟一可以区别我和别人不一样的地方,就是我有一本《九三年》,除了毛选,除了《红旗》杂志的社论,除了夜晚传来的"重要新闻"。我会偷偷地整段整段背诵着《九三年》：

> 视觉的幻象、不可解释的海市蜃楼、时间或者地点所产生的不安,把人们投入这种半宗教、半野蛮的恐怖中,这种恐怖在平时产生了迷信,在乱世就产生了残暴。这些幻觉持着火炬,照亮了杀人的道路。当强盗是头脑昏迷的。神秘的大自然有两种作用,它使智者目眩,使野蛮人目盲。当一个人无知,旷野里又充满幻象时,一切都将成为不可思议；因此人们的内心便有了无数深渊。某些岩石、某些山涧、某些小树林、黄昏时枝叶间的某些可怕的空隙,迫使人们去做一些疯狂的残暴的举动。我们简直可以说有些处所本来就是邪恶的地方。

我与众不同,我紧紧地捧着《九三年》走完了插队的日子。那时候,天,似乎黑得特别早,我和外公早早地点上了一盏小油灯,早早地就准备睡觉,不然就是窝在我们的小屋里。

外公拿着一副小麻将,偷偷在那里接龙,通关,总在那里说:"快了,快了,这日子要熬到头了。"后来,我进了地区的师范学院,当了工农兵学员,外公笑得不知道怎么办好,他说:"我说的吧,快了。这不就来了吗?"我一走,外公就不那么早睡觉了,他和周边的老乡,一起抽上了旱烟,聊天。在八十年代初的时候,我直接从那里办了留学,跑美国来了。外公这才关掉了小店,送我回上海上飞机。这一去,他就再也没有回到乡下,但是他的户口,也再没有可能迁回上海了。

到这一刻开始,我完全明白了,我是烟纸店里的丫丫。有过多少个夜晚,有过多少幻想,我希望自己能成为大楼里哪一扇门里的成员;我梦想过是画家的干女儿;我也梦想过,我的外公是做官的,我就不必躲在烟纸店的柜台下面了。我一次一次渴望一种改变,让我成为一种能够让我感觉骄傲的人;我叛逆的时候,也是读着《九三年》来和他们靠拢的。我以为,到了美国,就会改变了……

在美国和阿秸的见面,让我真的开始和她建立了友谊。新世纪到来的时候,她和我约好一起回上海,一起回到我们的南昌大楼看看。不知道阿秸怎么会想到我的,这个约会让我觉得太浪漫了!好像在圆我一个童年的梦,让我有质感地在老公寓的大理石楼梯上,踩上一个脚印;哪怕过后会被别人擦干净。阿秸对我的这一份热情,让我激动了好几个晚上。我要早早跑到襄阳公园对面的高塔公寓门口去等阿秸。

重新走回交界在襄阳路口上的南昌路时,只看见原来的小弄堂被夷为平地,原来屋顶上的红瓦都落光了,不知道在哪里消失的。那里盖起了摩天大楼,苍白的瓷砖贴面,那些没有屋顶的大楼,看上去像一栋壮观的厕所,林立在城市里;可是从那里进进出出的竟然是很多不同肤色、各种颜色头发的外国人,他们的发色为这个城市带来了一点生气。

我疑惑地巡视着,确定我是走在自己的城市里;只有当我坚持朝东走去的时候,那一栋南昌大楼,依然竖立着。它有点像我梦中的人物,坚持滞留在那里,给我有一个借口,坚信当年那些影子是真实存在过的。那时候,外公的小烟纸店开在大楼电梯前的大堂口上,柜台下面外公放着一张小方凳,他站累了,就会在方凳上休息一会儿。等我放学回来以后,我就在方凳下面放一把小小的竹椅子,趴在那里做作业。

可是,后来"文革"开始了,不再有作业的时候,我已经习惯了那个角落,我还是会趴在那里,透过半开的柜台后面的挡板,看着玻璃柜台外面穿梭走过的各式各样的脚,推过的自行车,很快进入了电梯。当电梯的哐当声响过以后,外面小货车从拐角上经过,发出一声喇叭的尖叫,像京剧的过场,热闹得厉害。

重新走到那里的时候,高塔公寓早已不复存在,热闹的小商品市场,拥挤的人群,还有花花绿绿的衣服,那些团团围住你,要你购买假名牌手表和女式手提包的小贩,把高塔公寓踏平了。那大楼夷为平地,全部被炸掉了,变成了现在的小商品市场。热闹、拥挤的人群,让你无处藏身。我和阿秸几乎已经站在一起了,我们俩还在那里四下张望,互相寻找着。我听见有人在那里轻轻地哼着德沃夏克的《妈妈教我一首歌》,天呐,现在也有人哼着这样的歌曲,那半音,一点一点准准地往上爬。这是一个什么人啊?我好奇地回过身去。"阿秸!"我们哈哈大笑起来,我说,这成了小时候看过的电影,像《天山上的来客》,凭着一首歌,阿米拉就能辨别出好人和坏人。

快到南昌大楼的时候,我们都欣慰地说,它没有被任何房子替代,它还存在着。只是那里已经完全变样了,大门口装上安全大铁门,每家每户都和美国一样,要先揿电铃,底下的对讲机里有人问话,确定了是认识的人,才开门让你进去。阿秸悄悄地跟我说,我们不要去打搅别人,看见有人进去的时候,我们就跟在别人身后一起混进去。我想,大楼里确实已经没有人会认识我们了。走到大门口的时候,我们才发现,那门居然开了一条小缝,不知道是谁进去或者出来的时候,没有关严实。我和阿秸就这样进入了我们记忆中的大楼。

电梯前面的厅堂清理出来了,既没有什么烟纸店,也没有里委会的办公室了。只有几辆破旧的自行车停放在那里。电梯也改装过了,那种老式的,用钢花围绕着的,一层一层往上升的时候,可以看见每层楼面的老电梯也不复存在。现在,是什么日本三菱公司造的、窄小又简易的材料制成的新式电梯,我们被包围在电梯里面,很小很拥挤,什么都看不见,像一个压抑的潜水艇闷罐子,我和阿秸互相对视着,害怕有人向我们问话,身边的男人乘在电梯里,照样在抽烟,挨在边上抱着京巴狗的女人,眉毛纹得像两把利剑,飞在眼睛上面。吓得我们不敢朝他们张望。到电梯在三楼停下的时候,阿秸一把抓住我冲了出去。

"不要乘电梯,不要乘电梯。我不想看见这些人。"

往上走的时候,只看见每家门口都装上了铁栅栏,楼道显得破旧,可是从里面走出来的人,却穿得妖艳得很。男人挺着大肚子,连外头的扣子都扣不上了。阿秸说:"过去大楼里,从来没有看见过这样的人。"

一直走,一直沿着楼梯爬,阿秸带我到了大楼的顶层的大晒台,原来那里是一望无际的制高点,现在已经被西面南昌路上的新大楼遮挡住了,就连国泰电影院也看不见了。锦江饭店变得矮矮的,小小的,佝偻着身子,萎缩在一排排大楼后面,它像一个羞涩的嫁不出去的老姑娘,虽然还漂亮,但是已经失去了原来的傲气,它谦卑、胆怯。我站立在那里,不敢往前走,可是阿秸一步一步走在平顶上,一直站到平顶的边沿,并且探出头往底下张望,似乎她觉得自己站错了地方,沿着边沿朝着另外一个方向走去,我站在门口不敢往前走,更是不敢招呼她,我怕我会把她吓住。突然,她就在那里站住,一直站着。过去和现在,我都不属于这个大楼。我说,"阿秸,你看到什么了?"

"我妈妈,就是从这里跳下去的。"

阿秸一张苍白的脸,她脸上几乎没有任何表情,就像豆豆在那里叙述着画家的故事。可是,我着实被吓住了,阿秸跟我说到她妈妈,这是她从来不开口提的事情。我看见阿秸的手死死地捏着自己的衣角,那手在那里颤抖着。她努力显得那么平静,可是她站立在那里一动都不动,像一尊没有完成的塑像,她没有姿势没有表情。天边的太阳,在往下落,她身上落满了太阳的余光,金光灿灿。头发被大风吹起,凌乱不堪,阿秸都没有抬手整理一下头发,还是那么木讷地站立着。大楼四周虽然被遮挡住了,可是那一阵一阵风吹来的时候,还是觉得有一只冰凉的蝎子在爬上你的脊背,往心里钻。我说:"阿秸,我们回去吧。"阿秸没有转身,她看着底下说:"再等一等。"

我等待在那里,什么都不敢问,什么也不敢想。只有阿秸的背影,成了一片纸头的剪影,在风中呼啦啦地摇摆,在我眼前闪动。真害怕她会掉下去,就那么悬在平顶的边缘上,就那么薄薄的一层。"丫丫,你先回去吧。"那片剪影突然发出声音非常微弱,在风中显得更加单薄。"不要。""我去美国十一年,这是我第一次回中国。下次,不知道什么时候再回来了。""现在,人家去美国都像出差那么随便。""在上海,我们家没人了。""哦。"我从来不知道,阿秸是那么纤弱的一个人,她那时候哪里来的力量,去革命?去拉住便衣,把豆豆从他们手上保护下来的?现在,她站立在那里,自己就像当年豆豆那个年龄,似乎在这个三十二年里,她没有长大,她还是那个需要母亲用肩膀保护的孩子,需要那一点点肌肤的触摸,在感受到一份体温时,人,才会成长。可是她什么都没有,她贴了妈妈的大字报……那只蝎子一直爬进了她的心里,啃啃着她的身体,这种惧怕和伤心,是看不见的痛苦,它不会致残,不留伤疤,但是它没有自由停留和消失的许可证,它永远种在你身体里。心,最终是会破碎的,灵魂也会因它而溃烂,带来致命的不愈的后果。即使在美国,她已经有了人们认定的"成功",可是,她还唱着德沃夏克的歌。太阳完全落下去了,阿秸低着头往回走,她说,"我们不要坐电梯,不要让人家看见我们去了平顶。""哦。"贴着平顶,她低头走进黑黑的弯道,在我快走出弯道,靠近后楼梯口的时候,身后的阿秸突然消失了。一片黑暗中,只有灰尘在夕阳下飞舞,我惊恐地回身,叫喊着:"阿秸,阿秸。"我往回跑,一头撞在凸出的铁栏杆上,我几乎要哭出来了,"阿秸!"她又闪现出来,停留在平顶门口不远的地方,一个人僵直地杵立着。"阿秸……""我在想,我在美国,怎么常常就看见这条弯道,一模一样。我常常梦见它,我想再看看清楚,它真的和我梦里的一样吗?""阿秸,我害怕。""丫丫,你不觉得在黑暗里看见的东西,是最不能忘记的?""我害怕。""不要怕。"

我把这些都压在我的《九三年》的那本书里,我不跟任何人说,我觉得一说出口,往事又会重现。我害怕往事。外公曾经笑话我说,我哪里有什么事情可称为"往事"?我的生活是没有东西可值得记忆的,因为我们是一个小市民家庭,即便外公活到九十二岁,是在夜里睡觉的时候过去的,他走得很平静。

我没有往事的记忆!我不需要记忆,我没有任何东西必须留给后人,因为我没有后人;阿秸也没有孩子,豆豆也是一个人。当我动身回美国的时候,妈妈给我一盘录像带,说是为阿舅录的,人们还是有那么多的东西在送来送去。那是电视台采访豆豆的一个节目里,她在回忆画家最后岁月里的故事。"文革"一结束,画家就到香港去了,一去再也没有回来。

他也是在九十二岁的时候去世的,他在香港画了很多很多的画,似乎要把过去毁掉的作品,全部弥补回来。豆豆一直在他身边照顾着他。妈妈说,阿舅一定要看的。

  热风从开着的窗户吹进来;野花的香气从山谷里和小丘上被晚风挟着到处散播;大自然是恬静而仁慈的,一切都发着光辉,一切都平静,一切都充满了爱情;光线是太阳给万物的爱抚;全身的毛孔都可以体会到从万物的伟大柔情里所散发出来的和谐;宇宙就是母亲;天地万物就是光辉灿烂的奇迹,造物主更用慈爱来表现她的伟大;在生物的可怕的斗争中,仿佛无形中有什么人在采取一些神秘的措施来保护弱者、抵御强者;而且,这样的景象总是美丽的;光明会给人一种仁慈的感觉。

《九三年》就要结束了,故事在结尾的时候,雨果是这样写的。我也觉得,就应该这样结尾,血淋淋的东西,我们看得太多了。再也不需要这样的刺激,该是我们重新理解生活的时候。楼下的酒吧,在大声地嚎叫着。接近圣诞节了,同学们都回家过节,我躲在屋里抓紧写我的论文,一个字一个字地往下赶,连头都不敢抬,就怕喘息的时候,把气势断了。冬天的暖气片发出一声一声尖锐刺耳的叫声,我像被大火烤焦了,但是,在寒冷中出汗,会觉得心里踏实,整个人都松弛下来,不会犹豫就奔着一个方向跑去。电话铃响了,不接,接着写。留言机上传出阿舅的声音,"丫丫,阿秸去世了,给我……"什么,我整个人朝电话扑去,拖着电脑线,把我的手提电脑摔出很远,什么都顾不上了,我一把抓住电话:"阿舅,阿舅!"

"阿秸昨天晚上自杀的。"

"怎么会的?"

"忧郁症。"

"阿舅,我现在能看看你吗?"

"我在公司。"

"我马上过来。"

连呼吸都跟不上来,所有的踏实和惊恐同时搅和在一起,放假的日子,我一点思想准备都没有,不再是贺卡上写的美好祝福,剩下的是一个严酷的现实,让人无法接受的现实……冲出我格林威治村的小屋,屋子因为被前面的大楼遮挡着,终年照不到阳光。冲出公寓的时候,外面的大雪刚刚停止,地面上积满了雪,暖气管道上的雪在融化,街道看上去乱糟糟的,仿佛是一个正在裂开的伤口。我宁愿纽约变得一片狼藉,仿佛大地的伤口可以带走我的污血,仿佛它是被迫敞开了胸膛,我也可以有一个机会向人诉说,仿佛它是一个不情愿的参与者,我没心思去关注这些。我钻进A车,很快就转上7号车。过节了,车厢里竟然是空空的,听不见大声的说话声,让我感觉那么不真实,我是坐在7号车上吗?那些墨西哥人、印度人和韩国人,都上哪里去了?只有当车子突然冲出地下,跃到地面上时,冬日的阳光像一把利剑,直刺我的眼睛,然后一下从我的心上砍了下去。是7号车。可是,我在小屋里熬过的黑暗,还没有来得及躲避,就被阳光劈得四分五裂。所有凝聚后的思虑和焦灼,顿时像一块大大的铁片被砍得断裂了,它从高处滚落下来,狠狠地砸在胸口上。我佝偻起身子,似乎那样,会把黑暗和阳光同时接受,可是胸口闷得透不过气来,我睁开眯缝着的眼睛,泪水不自觉地从眼角边上滚落下来。我将整个身子趴在膝盖上,不住地流泪……几乎就在这个时候,我好不容易在纽约建立起来的一份自信,就那么轻易和脆弱地被打碎了……

  阿舅站在他的仓库门口等我,他踩在残雪上,不停地在那里哈气,头发上沾着一点雪花,像是白头发,似乎就在听这个消息之刻,阿舅都老了很多。他在雪地等了我很久。他一直在那里张望着,也显得有些神不守舍。看见阿舅的时候,我一把抱住他,失声大哭起来,我还是像个没有脑袋的苍蝇,在那里东碰西撞,一点方向都没有。常常在恍惚中,就走错了方向。重新开始的时候,充满了悔恨和自责。我依然没有能力把问题想得更深,更透彻。不是智商的问题,不是;全部的问题是出在我的灵魂里,是我没有足够的精神力量。

"阿秸为什么不去看病?"

"看过。她还是不快乐。"

"他们的电脑公司裁员了吗?"

"裁员也裁不到她,这么聪明、温和的好人。"

"那她为什么就不能快乐一点,她房子的贷款都还清了,家里的游泳池那么大。"

"那是她真正渴望的东西吗?这些东西能让阿秸这样的人从心里快乐起来吗?"

"在美国,她还能要什么呢?"

"是啊,我在想,我是不是做错了,不该帮助她到美国来。在国内,她会发展得很好的。她从小的文笔就很漂亮,那么聪明,她是可以写出一些好东西的。"

"阿舅……"

我说不出话,拿起他桌上的杯子就喝,他一把按住我的手。"这是我的,是伏特加,你喝不了。"

阿舅给我倒了杯茶,我又在那里哭起来了,他不劝我,自己一个人在那里喝着他的美国二锅头。隔壁人家的屋子里,不断传出圣诞节的音乐,一遍又一遍重复着,听上去凄凄楚楚的,像是在演奏哀乐。我就是不明白,在美国,阿秸就不可以写作吗?

"谈何容易。一个人有多少时间,多少精力?我们都是从头开始的,要建立起一点点东西,都是先要考虑生存问题。这里的文化不是你的,再好也不是你的。写东西,不是说想写就能写出来的,土地没有了,地气接不上了……一棵树,也是不能挪来挪去的,更何况我们是一个人……她毕竟荒废了有二十多年了……警察赶去的时候,她躺在床上。打碎的体温表还在桌子上,她吃了一瓶安眠药。她是下定决心了,所以在里面放了水银,她连遗书都没有留下……但是,她身上穿着一件旧的红色运动衣,袖口都已经洗破了。她那么爱整洁穿着讲究的人……我知道她是考虑以后选这衣服的。她母亲自杀的时候,穿了一件红毛衣,当时阿根娘看着就说,死都死了,怎么不穿件旧毛衣呢,还可以留给孩子穿穿啊……"

"阿秸回上海是住在阿根娘那里的。"

"她看见阿根娘的第一句话说,'我现在才知道,你在我们家做的时候,受了多少气。我是到美国以后才明白的。'阿根说,阿秸的妈妈待她那么好,阿根都是在上海念的小学,她不许阿秸乱讲,但是阿秸还是向阿根娘道歉,她一直给阿根娘寄钱……"

"刚来美国的时候,阿秸也给人家当过保姆。"

"这都没有什么,我刚到香港的时候,也是给人家扛大包。你想,在香港,刚开始的时候,连画家都是窝在人家仓库顶上,隔出一块地方,夏天空调都没有,就在那样的地方画画。吃苦,我们都不怕,只要心里像画家那样,有一个目标,有一个追求;我们都可以熬出头的。怕的是……怕的是,除了一点辛苦钱,我们什么都没有……"阿舅从来没有说过那么多话,他不停地喝酒不停地说。

"我觉得阿秸是很勇敢的人,她一直跟我说,不要害怕,不要害怕!"

"那是因为她比谁都怕得厉害,她知道那种害怕的感觉是很不舒服的,她是说给自己听的。"

我一直在追逐,追逐着一个影子,闪着那一星点红色,它转眼就消失了;我还在寻觅着,另一个影子,揪住了我的袖子,似乎在袖口上也搭上了一点猩红,那是什么? 那是阿舅太太闪亮的长明灯,颤颤巍巍闪烁的红色。他们为阿秸做了一个小小的灵堂。阿舅拉着我,让我在长明灯前跪下,他说:"拜拜,让老天保佑阿秸吧。""你信吗?"阿舅什么都没有说,只是让我为阿秸跪下。屋子里黑黑的,只有那一星点红色亮着,烟雾缭绕,让我看得心里充满着战栗,我不敢出声,可是当我把头深深磕在膝垫子上的时候,我看见眼泪也一起滚落在上面……

> 如果上帝要人后退的话,他就会使人的后脑长着眼睛。我们必须永远朝着黎明、青春和生命那方面看。倒下去的正在鼓励站起来的。一棵老树的破裂就是对新生的树的号召。

(注:仿宋字体引自雨果的《九三年》)
祭日:2005.9.12

谨以此文,纪念阿秸去世十周年

流放者的归来

我常常喜欢站在排练厅的窗前,呆呆地望着外面。好像我会在那个时刻,想很多很多的事情,但是,从来也记不住我想到过什么。站在那里,更多的原因是学生总是迟到,要不是这个来了,那个又走了……街上的行人来来往往,显出匆忙的样子,谁都无法知道他们在忙些什么。总之,在纽约的每一个人都是这么忙忙碌碌的。除了我,能经常无所事事地站在那里眺望着街道,仅仅是在那里眺望着。不知道,在大街两旁的大楼上,在那密集的小窗口里,是否还有像我这样的人……现在早就没有人对排练一出话剧产生热情了,这是文化,文化是沉重的,谁愿意无缘无故地驮上一样沉重的东西呢……但是,窗子对面西十二街的拐角上,依然站了很多人。那是一个旧书店。不管百老汇大街上喧嚣的车子有多么疯狂,哪怕是成串的警车呼啸而过,站在街角上看书的人,都不会抬起头看一眼身边发生了什么……戏剧却不知在什么时候,一点一点萎缩了。它那么容易东张西望,经不住诱惑,经不住别人的眼光。居然在纽约,在格林威治村简陋的小剧场里,要看一出好话剧都变得困难起来。这时候,我才会实实在在地意识到,奥尼尔离开我们已经很久了……奇怪的是,钻进这个旧书店的时候,好像又回到了话剧的王国;在戏剧栏的一边,依然排列了各种各样的话剧本子,怎么还有这么多人在写话剧呢?还有剧作家的论述连同那些剧照,特别是怪里怪气的老莎士比亚的肖像咄咄逼人地挂在墙上。每一个人走过,都会一次又一次地产生敬畏和幻想。但是,我好像知道他就在那里,每次进去的时候,会自觉地回避他的目光。想着每天必定要啃的大部头名著,写毕业论文,查找那些无聊透顶的论证;维持学生身份,急急忙忙地跑去注册,交付所有的账单、房租;还有就是给这帮本科学生说戏……够了,我对自己说:莎士比亚的时代对于我是过去了。看看那些在阶梯教室的椅子上睡着的学生……但是,为了保住奖学金,我还是装出非常有激情的样子去讨好他们,大声地讲述着人物关系、时代背景、话剧在我们生活中的价值和意义……直到那些戏剧的激情在我自己慷慨激昂的戏剧台词中消失为止。

更多的时候,是为自己的疲惫找个借口,走进旧书店,然后,越过戏剧栏目,靠在不知哪个书架前看起了侦探小说,这使我觉得看书是惟一的享受。简单的英文句子后面是扣人心弦的情节,还有不能想像的结局。几乎在这种时刻,随着故事的发展就一定会发生一些事情……"啪"地一下,一本书从上面掉下来,狠狠地砸在我的头上,我着实被吓出了一身冷汗,因为整个人是在故事的状态中,就以为谁从后面来谋杀我了。停顿了好一会儿,深深地吸了一口气,才发现那不过是麦科姆·考利的一本旧书,因为没有放好,就这么直直地掉下来了。真他妈的倒霉。我想麦科姆·考利怎么也要占领我们的世界。书掉在地上,翻开的书页上第一句话:——格特鲁德·斯泰茵对海明威说:"你们都是迷惘的一代人。"海明威随即把这一句话作为他第一部小说的题词。这是一部好小说,立刻风行一时——青年男子试着像小说中的男主角那样沉着冷静地喝醉酒,大家闺秀像小说的女主角那样伤心欲绝地一个接一个地和人相爱,他们都像海明威那样讲话,于是迷惘的一代这个词就此成立了。①

  我实在忍不住了,哈哈大笑起来。太准确,也太好笑了,

---

① 小说中楷体字部分,是摘自美国诗人兼评论家麦科姆·考利(Malcolm Cowley)写的《流放者的归来》(*Exile's Return*)一书。此书作者根据自己的亲身经历,对二十年代美国文学及作家作了一次生动的阐述。

这是美国的一代年轻人。可我们年轻的时候居然和他们一样愚蠢。在中国上大学的时候,也学着用海明威简短的新闻句子写小说,用那些海明威式的对话写我们戏中的人物对白。那时候,我们连一个英文字母都不认识,我们几乎比这些美国年轻人,更加热情地在追逐着男子汉的海明威。幸好我们还不好意思公开宣称自己为"迷惘的一代"。你看,考利是这么肆无忌惮地嘲笑着他们:这些自称"迷惘一代"的人,多半是略为年轻一些的人,而且他们知道是在自夸。他们好像是吉卜林笔下出去纵欲寻欢的当兵的公子哥儿,要人家知道他们是真正"属于迷失方向的那群人,属于打入地狱的那一帮"。后来,在说起这个词的时候,他们学会了用一种抱有歉意的口吻,好像把它放在引号中似的;再晚些时候,这个词被用于各种其他的年龄,每个年龄都依次被说成是真正的迷惘的一代;没有这个商标就是赝品。可是,当初把这几个词用于1900年左右出生的年轻作家时,它就像任何不完全准确的标签那样地管用。

我把书买回家了,它像一本侦探小说一样吸引着我。封面上写着"流放者的归来"。书,已经很旧很旧,发黄的扉页角上用铅笔写着好几种书价,而我付出的价钱,竟然比封底上印出的原价还高出了不少。

其实什么赝品不赝品的,还是什么都不要去证明为好,还是什么都不要说出来是最聪明的。一旦说出了口就觉得一点意思都没有。说什么呢,语言对自己都会是一次欺骗。当我说出口的时候,早就面目全非了。想想自己走过的路,自己的生活,实际上从来就没有过这么一份潇洒。是的,从来没有过。回头看去,是在夜晚,在没有一点光亮的地方才看见自己,因为只有在这个时刻才敢于朝自己看上一眼。那时候,看见的只是一个面目不清的形象。不用赤裸裸地面对自己,心里好受多了。整个人蜷缩成一团。不知道自己是怎样的一代人,甚至不知道我和我的同代人,一起走过了什么样的道路。岁月好像把我们遗忘了,就这么无声无息地把我们留在时间的记忆之外。日子过得并不充实,但是日子却过得飞快。没有什么目标,没有线索,就这么乱七八糟地糊成了一团过去了。回到黑暗中的时候,带着一份恐惧又带着一丝希望。幻想着自己做成了什么事情,是什么事情早就不记得了,每天幻想的也不一样。有时想着想着,自己就捂着被角在那里哭了起来。不知道是一份伤心,还是自己被自己幻想出来的成功感动了。就这么胡思乱想着走入了梦境,然后就在这一个一个梦境中挨过了黑暗的夜晚。在梦里,我也会变得狂妄起来,想给自己寻找出一个适当的词来表达内心骚动的感情,不安的心态,与众不同的一代。但是,在那个时刻,眼前总是黑乎乎的一片,出现的那个词组就在你眼皮底下,可我怎么都看不清楚。我努力地看着,寻找着,不停地去捕捉,直到我抓住了自己的被角,才从喘息和骚动中惊醒过来,来不及思索,来不及解释,新的一天又开始了。从来也没有弄明白自己是怎么一回事。但是,人已经老了,只听见人家在说我们是什么"插队的一代"或者是"文革的一代"。总之和"迷惘的一代"相比,我们这一代,不具备那么浪漫和诗意的称呼。

他们那一代人之所以迷惘,首先是因为他们是无根之木,在外地上学,几乎和任何地区和传统都失去联系。他们那一代人之所以迷惘,是因为他们所受的教育是为了应付另一种生活……他们那一代人之所以迷惘,是因为他们试图过流放的生活。他们那一代之所以迷惘,是因为他们不接受旧的行为准则……

是吗？我们也这样生活过？怎么搞的,看着看着,又把自己放进去了。出了什么毛病啊。但是,这倒霉的书里,怎么尽在说一些我们的事情,说是在世纪初——那时,少年先锋队员排着队伍走过莫斯科街道时经常唱道:"我们要改变这个世界!"那里,似乎人人在试图改变世界、创造未来;这是那一时期所特有的自豪和骄傲。那时候,我们不懂得——今天大多数政治家也还没有理解——人类社会必然会有缺点……

这样唱着歌走过广场、走过大街,实实在在是我们的童年。这样的歌,给我们这些什么都还搞不清楚的孩子,带来过多少激情和希望。我们放开了嗓子,大声地唱着。才一个十几岁的孩子,傻乎乎地扎着一个傻大姐式的粗粗的短辫子,几乎是紧贴在太阳穴上。就是这样一个形象的人,居然心里想的是要挑起一种责任,而这责任大得不可解释,是去改变世界,创造未来! 仅仅是这一种巨大的口号,就足以把我们这些傻瓜的虚荣心点燃。我们浑身的血液燃烧起来,热腾腾的。听说还是一场革命,一场"史无前例的文化大革命"开始了,谁不激动? "革命"不算,是"文化"的革命,这就又多了一份浪漫色彩,然后是"史无前例"的。天呐,有几朝英雄能经历这样的时代?我们只要一闭上眼睛就开始想像,想什么都是壮丽的,谁还会比我们更幸运?

淮海路上到处是人,那时候没有人上班。到处有舞台,站在随便哪个街角,就能看到小分队的演出,他们就是一边唱着这种革命歌曲,一边在那里挥舞着红旗跳着。我和小朋友总是挤在人流里,拥到这里挤到那里,到处看着。突然一辆卡车在一个大院子前停下来了。没有纠察,但是人流自动分散开来,站立在卡车的两旁,当车上押下来四个"牛鬼蛇神"以后,人群就追赶上去。很快,在我们的头顶上,在离太阳穴很近的地方,"嗖、嗖"地飞过人们投掷过来的泥块和垃圾,一颗接一颗飞逝而过,在人们的口号下,追随着这些垃圾,我看见它准准地打在……打在,我母亲的太阳穴上。那垃圾粘着像鼻涕那样的物体,一下子挂在她的头发上面,她的金丝边眼镜被垃圾挡住了,她想用自己的手去摘除它,可是手被后面走的"革命者"反扣着。她摇晃着,眼镜落了下来。什么都看不见了,一头污垢的头发挂在脑袋前连着垃圾,一晃一晃,她撞在铁门上。"打倒大叛徒……"我还来不及注意人们是怎样称呼她的,小朋友都已经消失了,没有人再理睬我。但不知什么缘故,我感觉到当时,小朋友中有人朝我的脸上唾了一口口水。

总是有很多事情我没有想到。直到今天我才知道,我能想到的都是无关重要的,而重要的事情都是我想不到的。可是,那时候我偏偏不相信宿命。因为生活明明白白是在阳光底下展开度过的。哪怕是监狱,也是公开地建筑在平地上,甚至监狱的大门上都有标志,有什么可怕的?但是我却越来越害怕白天,因为所有这些能看见的事情,都发生在光天化日之下,又都是我从来不敢想像,无法把握的。

我最大的恐惧不是我的耻辱,而是让我感到耻辱的母亲会死掉。每天都会听见有人自杀,母亲回家的时候,我们都不说话。是老保姆把她扶进门的。她右边的脸颊是青绿色的,眼珠像挂在眼皮外面,通红通红,她不跟我们解释她的罪行。她坐了下来,就那么呆坐在那里,离人远远的。家,像个坟墓,不会再有什么垃圾和泥块飞进来了,四周像被石块封死了。这个坟墓是我熟悉的。屋子朝北,终日照不到阳光。在母亲关进去以前,每天早上,我送她去上班。天很冷很冷,母亲站在漆黑的屋里,站在我的床边上说:"起来吧,已经是五点半了,再不走,就要挤车子了。我上不去啊。"她的左手已经被打断,缠着石膏。我必须扶着她的右手送她进"牛棚"。

回来的车上,就赶在人家上班的时候,电车里不光是人人前胸贴后背地站着,而且每天都有人在吵架。从起点站一直吵到终点站,真不知道哪有那么多的事情好吵。最可怕的是抓到一个逃票的,售票员会让车子停下来,也不管人们在那里大喊大叫,就是不开车,为了把吵架继续下去。有一次,查票的从后门上来了,看见三班的妞儿站在我边上,脸都绿了。我立刻明白了,推着她往前门走,门都快合上时,我叫喊起来,把妞儿塞出了车门。售票员一把拉住我的衣领:"你往哪里跑,司机停车。"我整个脸贴在车门上,后脚跟都没处放,我把一指宽的小车票递了上去,售票员非常认真地核对了一下编码,第一次,我感觉到车子是安静的,静得能听见售票员在撕我小车票的一角。"死人啊?不会早点挤出来吗?开车!"车门开了一半,车就动了。我大叫起来,售票员根本不搭理我。是妞儿在下面抓住了我,才没有摔倒。

"没买票吧?"我问妞儿。

妞儿看着我笑了。我跟着她一起笑了起来。

多开心,你说人还需要什么传统道德? 把它们都扔光的时候,就有了朋友。

校园的黑板上贴着一张小字报,贴在很高很高的地方,似乎是不想让人看见。上面的糨糊都冻成冰了,字迹也显得模糊。可不管贴得有多高,字有多小,谁都看见了。触目惊心的标题是:革军革干子弟联合起来。第一句话写着:山呼海啸,天悲地恸,可怜一代元勋,尽遭摧残……

人越挤越多,我吓得不敢往下看。这有点做作的口气,不都是妞儿平时跟我说的一些烂话吗,怎么会贴到墙上来的? 我跑到她家去的时候,她弟弟躺在一条长凳上,他在哭。妞儿已经进去了。我去监狱给妞儿送日用品。第一次走进那里,哪里敢朝四周看。只记得那里没有什么铁栅栏这种东西,隔着一张桌子,我们俩一人一把椅子,面对面地坐着。两个警察坐在我的背后,我至今都记不起来,那是男警察还是女警察;屋子里到底有没有窗子。什么都记不清楚。一走进那屋子,我就害怕起来,突然想到,将来警察会找到我家来吗? 越想越怕,越怕就越往这上面想。手心里,一阵一阵地出冷汗,实在是怕得厉害。

妞儿走出来了,我一眼就看见了她那张白得像大理石一样的脸,我忍不住想哭,这时候,害怕的恐惧被转移了。妞儿微微地驼着背,慢慢地走着。走到我面前的时候,她深棕色的眼睛呆呆地看着我。她更像一尊石膏像,苍白、细腻。她和我一样,才十四岁,那精致的皮肤在她的脸上绷得紧紧的。我把日用品交给她,刚要开口,那害怕的感觉又回来了。我竟然支支吾吾了半天说不出话,走出监狱的时候,我后悔得要命。既然来了,干什么不说点什么呢,人家总是把这笔账算在我头上了。早知道怕成这样,就干脆不要来。可当时,就是吓得什么都记不起来了。只是一个劲地说:"你,你写个收据吧。"

妞儿拿笔在我递给她的纸条上写了几个字。接着问我:"我弟弟还好吗?"

"你弟弟说,让你老老实实向党和人民交代清楚,争取宽大处理,早点出狱。"

妞儿放下笔,看着我。她的手特别漂亮,又细又长。她说话的时候,老爱用手在那里比划。这时,她用手捂住嘴,努力不让自己哭出来。

"妞儿,你不就是写了一张小字报吗? 赶快交代吧。"

我把这话说得很响,是说给警察听的,也是为解脱自己而说的。

"我把所有的事都说了,可是他们不相信,说我背后一定有长胡子的。"

"不许乱说!"身后传来警察的叫喊声。

屋子很小,警察的叫声过去以后,留下久久的回声。妞儿把眼睛低下去,手也缩回去了。在桌子底下,那双手不停地扭动着。现在想起来,妞儿还是个孩子。可是,那时候,我们不是这样看待自己的,我们都把自己看成是很有思想的人,都拒绝和别人一样。即使在那个时刻,在她转身回牢房的时候,妞儿还要跟我说:"记住列宁说的话——要多思。"说完以后,她变得像电影里的英雄,慢慢地走出了屋子。我们几乎在这种不断的政治运动中学会了演戏,真真假假,到最后连我们自己都分不清楚,哪一点是被我们夸张表演了。我们被自己所扮演的角色感动得难以形容。

其实,我根本不知道列宁这句话是写在哪篇文章里的。但是,回家以后,赶紧把它记在小本子上。我没有写是妞儿对我说的,而是写着:列宁语录——多思。以后,动不动就在人面前引用这两个字。似乎我这么一说,立刻显得与众不同,至少,我已经远远地走在我同代人之前了。

四个月以后妞儿出狱了。可是,我一直不知道这事情,是别人跟我说的,我不相信。妞儿出来了,怎么会不来看我?人家说,是妞儿的母亲已经回家了,她的问题也快解决了,是她不愿意让妞儿再和我"这样"的人来往。真够势利的。

我站在妞儿楼下,站在那一大片梧桐树叶的后面,呆呆地看着她家法国式的小楼,多希望妞儿在阳台上站一站,或者是露一下脸。只要看见她,我立刻就可以确定妞儿有没有背叛我。但是,到天黑的时候,妞儿的影子没有出现。我跑到公用电话的小屋里,往妞儿那儿打了一个传呼电话。结果,是她妈妈跑出来接的。

"以后不要来找妞儿了。你们现在哪里还像个女孩子,在家里看看'毛选',不要出来惹事了。妞儿都是让你们带坏的。"

我知道,她想说妞儿是让"我"带坏的,不好意思,才多加了一个"们"字。真是好笑,我什么时候敢有妞儿的那份狂妄……不说了,那时候我们都是孩子,什么都闹不清楚,但是总觉得有一份无法发泄的愿望。运动让我们充满了恐惧,也造成我们渴望遇到奇迹的心情。似乎这奇迹能解除我们的烦闷,带来刺激的色彩,它使我们敢于无视一切。包括妞儿的母亲,我管她是谁呢,理都不要理她,"啪唧"一下,我把电话给扔了。

我冒着把它们描写成经过考虑的、明确的思想危机。它们实质上不是思想:它们是一些态度和情绪,虽然一再反复被感觉,然而却是模糊的,而且仅仅处于萌芽状态。它们具有重要性,因为它们能帮助说明随后发生的事情——因为在模仿时期和转变时期之前,它们在我们的作品中重又出现,还因为我们在十七岁时所感觉到东西能说明和批判我们后来所相信的东西。

我就这么杂乱无章地跟着考利在他的《流放者的归来》里往下走。我迷失过几次,但是后来还是发现我们步伐一致,走到一条线上来了。真的,怎么会是一次重逢?我们在地球的东面,他们在西面;他们是本世纪初的人,他们说着英文;我们说着中文,将是跨越世纪的另一代人。可是,我们画了一个圆圈。

考利说他们那一代(1900年迷惘的一代):我们所受的全部训练都是不自觉地在消灭我们在泥土中那一点根,在消除我们乡土地和区域的特点,在使我们自己成为世界上无家可归的公民……有人作出不容置疑的努力把方言和地方口音消灭干净……不管我们对自己在文化方面和自给自足能力方面的成长抱有何种幻想,我们都不断地经历着同一的除根的历程。我们就像在夏日沃土中萌芽的一株株风滚草,我们的叶子伸展开来,可是我们的根却慢慢地干枯,变得脆弱了。

我们是1960年受教育的一代,真的,那个时代的人不是"破四旧"就是"造反有理"。开口都说国语,谁都不愿意说我们自己的方言——上海话。似乎一说"阿拉"、"侬阿",就显得是小市民腔调。妞儿的普通话里,还带着北京人的傲气和蛮横。运动刚开始的时候,她忙着抄家,带领着大家把成堆的线装书拿到广场上,点火烧了;不然就是不分昼夜地在印传单。我家出事早,成分不好,只能隔着教室的窗子,看着她们轰轰烈烈地干革命。在燃烧的火焰后面,那些年轻的脸,充满了诗意和生命力。看着,看着,我都会为之激动。他们在那里大喊大叫,多羡慕啊,真是把自己连根拔起。

中学还没有毕业的时候,我们就给吹到辽阔的土地上去了。"文革"的经历让我们在精神上失去了根,现在我们又在物质上失去了根。我们成千上万、几百万的人就像让挖土机从我们自己的土壤上铲起,被倾倒、被散布在陌生人之中。我们所有的根全部都死去,甚至我们祖先庄子、老子的文学传统,以及标志着我们社会阶级特点的节约习惯都不复存在。

其实上面这段话,我是拷贝考利的。他是这样描述他们自己——迷惘的一代的:中学和大学使我们在精神上失去了根;现在我们又在物质上失去了根,我们成千上万、几百万的人就像让挖土机从我们自己的土壤上铲起,被倾倒、被散布在陌生人之中。我们所有的根全部都死去,甚至我们祖先的盎格罗——萨克逊文学传统,以及标志着我们社会阶级特点的节约习惯不复存在。

我们都被吹到辽阔的土地上去了,我和妞儿各奔东西。妞儿回到老家投亲插队,我去了江西。下了火车,一堆人就给塞进了一个闷罐子似的车里。车身是木板做的,当车子一塞满,后面的木门就"砰"地一下给砸上了。车被封得严严实实的,像送一群囚犯。车上只有很小的一个窗口,刚够一个人的脑袋探在上面,于是所有的人都抢着要站在那窗口前。车子在坡地上东摇西晃地开着,我缩在角落里,直到车子开了很久很久,我才开始晕车,胃里的酸水直往上冒,打嗝的时候发出一阵一阵古怪的声音。有人叫了起来:"她要呕了!"我还没有反应过来,人家已经把我拽起来,推到那小窗口前。我努力把脑袋伸出去,可是车子在山路上一颠簸,脖子卡在小木窗框上,人都快昏过去,什么都吐不出来了,只泛出一口酸水,还没有吐干净,迎面刮来的风,又把它吹到我自己的脸上。只听见还有人在问,"看见什么了?""山……""到哪里了?""山下。""你不说,我也知道是山下。"我没有反驳,两个字以上的句子,我是说不出来了。这地方我没来过,我怎么知道到了哪里。我还是想吐,可是什么也吐不出,真是难受极了。那时候,我们谁都没有手表,谁都不知道走了多长时间,只觉得比死人多了一口气。日子过得是那样乏味,慢慢吞吞,没完没了,又动荡不安。

　　车,开了五个小时,终于到了大队部。来接我们进村的是生产队长和一个瘸子。队长什么都不说,用手挥了挥,让我们跟他走。实际上是他们说的话,我们根本就听不懂。瘸子从后腰上拿出一根笛子,吹起了"敬爱的毛主席,我们心中的红太阳……"我们还没有弄明白他是什么意思,但是,我们一队七八个人都在那里稀里哗啦地笑起来了。我们一路走,瘸子一路吹,后来我们都懒得笑了。瘸子也吹累了,最后是一支无声无息的队伍走进了村子。在很远的山头上,就看见用白泥土刷在黑糊糊的墙壁上的标语:广阔天地大有作为。

进村的时候,大伙儿都在大田里劳动,没有人出来迎接我们。这笛子就是队长安排的欢迎仪式。从山顶上看去的村子,与其说是村子,不如说是一堆废品。破破烂烂的屋子东倒西歪,从湿漉漉的红烂泥里戳了起来,房梁之间散出缕缕青烟。村子就弥漫在这炊烟的柴草味里。对于穷,我们这帮城里学生是没有想像力的,能穷成这样,让我们都傻眼了。下来不久我就大病一场,等我病好的时候,也快变成一个瘸子了。后来,大家都说我阴险,一下乡,他们还都是一腔热情的时候,我就知道怎么装死,捡轻活干。真是冤枉,我恨不得有那份精明,不然,我就不会在那里呆了九个年头。哪里想得到啊,看看我们睡的木板床,床脚上都能长出小蘑菇,潮湿成这样,我怎么会不得关节炎呢。于是,我开始和瘸子一起出工。每天,天不亮的时候起床,在后山上的烟叶地里抓虫子。瘸子跟我说,要抓得快,因为太阳一出来,烟叶就卷起来了,虫子躲在里面会使劲地吃烟叶子。这时候,叶子也软了,即使我们扒开了叶子抓到虫子,也会把叶子捏碎的。所以,在太阳出来前,我们要把这一片地都完成。我看不见虫子,它的颜色和叶子完全一样。瘸子很耐心地示范给我看,抓着抓着就熟练了。等到太阳出来的时候,我们已经抓了满满两大瓶的虫子。瘸子不让我把虫子掐死,他要拿回去喂鸡。这时候,出早工的人还没有回来,瘸子就坐在山头上抽烟。我跟他坐了好几天,实在是坐烦了,想回去再睡一觉。当我起身要走的时候,瘸子连头都没回,他说:"你回去遭骂?人家还没有收工呢!这么早回去,分明是偷懒嘛!歇着,等他们都回家了,我们再走。"

清晨收早工的时候,村里的叫喊声会给人带来一些生气。昏昏沉沉睡醒的孩子,在村口的水井前洗脸,老公鸡不停地叫着。大家都往家走,从山头上往下看的时候,真还有一幅田园景象。瘸子从来不朝任何地方看,就是低头吸烟。瘸子父亲很早就死了,是个富农。他真是冤枉,好日子没过上,却划了个富农成分。他说,他原本不是什么瘸子,走路走得飞快。他母亲是这里有名的美女,可是为了维持他们一大家子,干活累倒在床。他请了多少医生,都说不出他母亲生了什么病,没药治,就看着她等死。他也急得想不出办法。有一天,他做了一个梦,梦见一个老道,跑来跟他说,在咱们村后有一口野井,在井的坡下有一种草,他母亲一吃就好。第二天,他就往后山去,真就在那里发现了一种植物,是一种黑颜色的花,他激动得不得了,拿回去给他母亲吃。唉,他母亲眼见着是好起来了。他就不断地往那里跑,有一次摘完了药草,他坐下歇脚抽了口烟,然后拿起摘好的草走了。没想到那时候是冬天,气候干燥,他的烟火没有被掐死,后山差点烧起来。大队部抓到他,说是阶级敌人搞破坏,把他痛打以后,就成了瘸子。他母亲一急,当下死了。

听了这故事,我心里难受了好几天。可村里人都把我当傻瓜笑话,说哪有这样的事情,他放火烧山,他母亲死,这都是三年前的事情,他生下来就是个瘸子。还走路走得飞快,鬼才看见他走过。但是,他母亲却是个美人,这谁都知道。家里穷,把她嫁到瘸子家来的,她有好日子也不好好过,居然和自己家里的长工姘上了。瘸子的爹实在是气得没有办法。有一天,他爹把什么都准备好了,看见长工进了她的屋子,就把门给死死地堵上,顿时四下里人们使劲地敲锣,砸门板,瘸子的母亲就是不开门。瘸子的爹破门而入,但是怎么找也找不到那个长工,房梁上都有人爬上去看了,还是找不到。村里人把瘸子的母亲吊起来打,只要她交出长工就放她一命。可她死也不说,一直打到她昏了过去。那时候谁都不知道,她正怀着瘸子。等到瘸子生下来的时候,就成了残废。那以后,他母亲的身体也垮了。惟一村里人还在议论的是,到死,人们也没有找到那个长工,不知他怎么逃出去的。人家都说,瘸子是长工的儿子。但是,该着他命不好,土改的时候,还是给他划上了一个富农成分。到现在连老婆也讨不上。

我想起这些与生命有关的事情,十分沮丧。我不愿意听见人家笑话他,实际上我自己就是这样一个半生不熟的形象。我什么苦也吃不了,躯体里有种动荡不安的东西,老是不让我安静下来。我都不知道怎么办好。瘸子在晒烟叶子的时候跟我说:"现在也不忙,你跟队长去说说,说是去看病就是了。"

我就想往外跑,跑出去干什么?我也不明白。是"文革"使我们训练出喜爱奇遇、冒险的素质,也使我们厌恶节约、谨慎、清醒等"平民的美德"。"文革"使我们变得不负责任,而且最重要的是使我们感到以前的狭隘生活"难以忍受"。我约了妞儿上杭州看看。夜里,我趴在木板床上,拿出了高锰酸钾,凑着黯淡的油灯光用水把它溶解了。接着我把那张用过的火车票慢慢地浸透在里面,很快,票面变成了深紫红色,上面所有的字迹都消失了,只留下火车票铅印的数字。我又慢慢地将票子放进革酸水里,像变魔术似的,车票上的深紫色一点一点像一层青烟似地浮上了水面。车票变得那么洁白。然后,凑着油灯,我在肥皂上刻着一个小小的车站图章,一直等到车票干透的时候,盖上图章,填上日期、车次,拿着它,我就可以登上北上的火车了。

早上走出村子的时候,天还是漆黑漆黑的。一直快到县城的时候才听见鸡在报晓,这时,天早就大亮了。瘸着腿,赶了三十多里路,下午的时候,赶上了火车。一上去,我就昏头睡去,直到查票的把我叫醒。我装得爱答不理地把车票从包里掏出去给他,但是我蒙着头,听着自己的呼吸声,听着他每一个细微的动作,满头官司,真是紧张极了……结果,查票的只在我的假车票上用圆珠笔画了一个勾,算是查过了,连话都没有跟我说一句,将车票还给了我。我伸手拿过票子,因为高兴,看见自己的手在那里颤抖。随即,我将车票珍惜地夹进书本里。我知道,我还可以用好几次。

坐了十七小时的火车,赶到了"滕溪"。妞儿已经到了。她坐在小站边上一堆柴草堆前。不知道我们是假装深沉还是我们都太疲倦了,反正,当我们见面的时候,一点都不激动。妞儿站起身来,拍着屁股上的灰尘,我赶紧把脚上的鞋子脱了,拍了拍,然后把它收进自己的书包里。似乎我们不是为了来见面的,而是要追求一份刺激,到了目的地,就变得毫无目标了。总之我们染上了旅游的坏习惯,似乎到一个新地方我们就可以扔下所有的问题不管。但我们又对自己的生活缺乏想法。妞儿花了三角五分钱要了一盘大蒜炒猪肝请我吃饭,捧着粗米饭,大口大口地往里塞。好久没有吃肉了,一闻到那猪油味,我们又激动起来,兴奋地叽里呱啦地说开了。妞儿说,她根本就没有买火车票,在查票的前一个小站下了车,然后买一段慢车票,再搭上另一列快车,就这么混过来了。

"现在你再被抓住,就没有人帮你了。"

"现在,我也不在乎了。抓住过一次,给赶下车。换辆车上就是了。"

在公路上,我们光着脚,挥动着没有帽檐的破草帽,搭着便车去杭州了。司机说,他的女儿在义乌县插队。所以,看见我们这些小插兄,特别是女的,总是没有商量就把我们带上了。这种故事是我们最爱听的,接着我们就可以肆无忌惮地和司机聊天了。在中途歇脚的地方,我们跳下车给司机买了一包大前门香烟,于是回来搭车的事情就讲定了。

只有到晚上,躺在车站的长凳上过夜的时候,我才会觉得没有那么快乐了。说不出为什么,总觉得缺少了什么,一种没有着落和不安全的感觉紧紧地压迫着我。到底缺少了什么呢?我们自己都说不明白。在那个时候,我们首先就不知道自己要什么。我问妞儿她在想什么?她叹着气,也说不出个名堂,心里都没有底。后来,我们被人家赶出了车站,在街上漫无目的寻找能把身子放平的地方,我们一个劲地打哈欠,所有的愿望,都让我们想大睡一觉的瞌睡给代替了。脑子里总是空空的。

> 离开了大学,我们中大多数人漂流到曼哈顿,漂流到十四街以南的弯弯曲曲的小街上……我们到格林威治村去并不是打算成为村民。我们到那里去,因为那里生活费用低,因为我们的朋友们已经到了那里(给我们

写了些十分诱人的信),因为纽约似乎是能让年轻作家发表作品的惟一城市……我们这些人属于文艺无产阶级,我们住在格林威治村,住在那里的人都很穷。

格林威治村不仅是一个地方、一种情态、一种生活方式:像所有的穷文艺家聚居的地方,格林威治村本身也是一种教义。在酒吧里,小赌徒、小偷和尤金·奥尼尔在一起感到更无拘束,他倾听他们;从不批评他们。他们也可怜他,因为他瘦弱、衣履破旧。其中有人对他说:"金,你随便到哪家百货商店去给自己挑选一件大衣,把大衣的尺寸告诉我们,我这就帮你把它偷来。"……我们满足于两三个年轻人坐在厨房里,两腿搁在光板桌子上,讨论关于抽象美的问题,一面把草烟卷成纸烟,让烟末子落在我们的腿上。我们早年就失去了理想,而且失去得并不痛苦。

"文革"结束了,最早离开农村的是那些考取大学的。那时候,我已经在公社小分队里混了两年,因为我建议用尿素的肥料口袋给杨子荣做一件白披风,给小分队节约了一大笔开销。于是公社主任没有考虑我的成分问题,在农忙结束以后还是把我留下了。实际上,是瘸子启发了我。

一过了农忙,就看见瘸子在帮队里洗尿素口袋。他只是把口袋浸在水桶里,不搓也不洗,就是一水一水地浸,一直浸到没有一点尿素味道的时候,他把口袋摊在后山坡上晒干,然后交给队长。他都是白劳动,没有怨言。队长高兴的时候,就会奖给他一个干净的口袋,他拿着口袋做了蚊帐顶。

"瘸子,你真有这份闲心。"

"毛主席他老人家教导我们说,穷则思变嘛。"

原来,瘸子把浸口袋的水,当成化肥都浇到自己的自留地上了。瘸子真聪明。

后来当杨子荣挥舞着手臂,站在台中央大获全胜的那一刻,我们全都裹着用尿素口袋做的白色披风冲上去了。舞台上,有的在那里打旋子,有的在那里翻跟头。我混杂在人群中,从这一头跑到那一头,接着再顺着原路往回跑。锣鼓点子在一旁敲得人头昏脑涨,但是,我不住地把舞台跺得噔噔响,提醒人们我的出场。就这么一个小小的主意,就可以不要到大田里干活了,想到这里,我跑得比谁都有劲。那时候,我的腿也不瘸了,关节炎也好了一大半。有一次,我刚出场,还没来得及跑到台中央,只觉得一阵头晕,"哗啦,哗啦"响声,只听见观众在狂叫,明白过来的时候,我已经是在台底下了。原来用农民家的饭桌搭起的舞台,坍塌了。我出场晚,倒在人家身上。我们的"英雄人物"真是差点被压伤。

但是,当时我还是没有意识到,这么一个尿素口袋会决定我一生的命运,使我对舞台有了最初的了解。高考恢复的第二年,我考取了戏剧学院。当我接到大学通知的时候,突然看见我住过的小村庄的天空是透蓝透蓝的;西下的落日,红得那么灿烂;秃山顶上的两棵老樟树,在风中摇曳着,发出沙沙的响声,像古典音乐里的散板,那样有节奏,那样动人;村里的农妇带着孩子在河边用木棍敲打着衣服,河水溅起了水花。阳光里,一片彩虹在闪闪烁烁。我感动得泪流满面。怎么九年的农村生活就这么过去了?我在这里瞎混了什么?过去,我怎么什么都没有看见呢?

离开村子以后,知青大返城的时代到来了。农村,几乎再没有城里来的知青了。

上大学对于我不仅是一种生活方式,本身是一种教义。我们都是穷学生,但是充满了浪漫的奢望。好像与海明威近了一步,因为进了大学,我们才有机会认识海明威,也打听清楚他在格林威治村住过。妞儿说:"不光是海明威,杜尚也住在那里。""杜尚,谁是杜尚?""不知道杜尚,你就不可能接触到真正的现代派艺术。"真够悬的。妞儿都跑到杭州,进了美术学院。怎么都搞上了艺术?

"妞儿,你什么时候学会画画的?"

"你怎么会去搞戏剧的? 不是一样,干不动了,只想找个理由逃避。于是,就画起了毛的肖像。这,这不就成了画家了吗?"

"你怎么没有当上工农兵大学生? 你爸爸妈妈是最早解放的一批干部。"

"就忘了? 我蹲过监狱。"

  战争时期住在纽约比在军队服役更使人感受到压力:你要作出更多的决定,而不是为自己的决定寻找理由;你还要掩盖你的失败。1919年的格林威治村好像是被征服的国家。村里居民灰心丧气,他们落落寡欢地喝酒。"我们"带着未曾用过的精力来到他们中间:我们把我们的青春留在家乡,两年来我们的精力按复利的方式积累;现在我们渴望花费我们的精力甚至在微不足道的事情上。

  我们相信,我们为了一个空洞的目标打了一场战争;我们相信比起协约国来,德国人既不更坏也不更好;我们相信这个世界尽是傻瓜和无赖,统治着他们的也是傻瓜和无赖;我们相信人人都是自私的、可以用钱收买的;我们相信我们自己和别人一样坏——我们认为这一切都是理所当然的事。但是这仍然一样有趣。我们满足于在"他们的"失去的理想的残骸中建立我们小小的乐园,一所在宫殿废墟中的小屋。

"文革"结束了,我们为了一个空洞的目标搞了整整十年的运动……但是我们终于在自己的残骸中也建立起一个小小的乐园,一所废墟中的小屋。

  学校刚恢复,没有设备,没有师资,更没有人来管我们。每天,看见所有的人都是忙忙碌碌的,从这里跑到那里,要找个人很不容易,不知道都在忙什么。只有赶上看"内参片"的时候,人都出现了,在一起到处找票子。可是也有找不到的时候。不知是谁发明了一个主意,"让我们自己动手,丰衣足食!"于是,舞美系的同学把画天片幻灯布景的特别桌子扛到宿舍里,找出一大张厚薄适中的水彩纸,再把每一张大小票面设置好,就把底色刷上了。这以后就是流水作业。有人专描场次号的数字,有人专画座位号码,有人专写汉字。我的任务是在票子后面描写:两岁以下儿童不准入内。这咪咪小的字,描得我两眼昏黑。最后一个程序,是等我的工程完成以后,拿着这一大张纸到家属楼,找个有缝纫机的人家,把票子的分界线用机子给踩出来。接着大伙儿激动地叫着,笑着,就像拿到了真票子一样冲出校园赶车子去了。我在后面慢慢地跑着。有人不耐烦地叫喊着:"怎么到了关键的时刻,你的关节炎又发了!""不是的,我什么都看不见啦。满眼就这一行字:两岁以下儿童不准入内。"

有一次票子画得太多,穿帮了!当场就被抓出了六个人。第二天,这一大把假票子都放在教务处的桌子上。校党委出面了,把我们一堆人招到教室里,我想逃跑,却被老师一把拉住:"没有参与,也可以坐下来听听,受受教育。"硬着头皮坐下来受教育,两手却直出冷汗,根本就不敢抬头往上看。我真是恨透自己了,不论在什么状态下,就是这一脸的夹生样子。不肯按规矩生活,又没有勇气承担后果。还是那些年轻的学生有胆量,他们什么都不在乎。只听见校长说:"你们看看,这假票子是谁画的？画得比真的还像真的。"有人大叫起来:"那说明,他们的才是假的,我们的是货真价实的!"

大伙儿哄堂大笑。

校长的脸越拉越长:"以后,对你们要加强思想教育。"

"我们去看片子,就是为了这个目的。""就是。要不是看了昨晚上的纪录片……""就是正片前放的纪录片……""管刘少奇又叫国家主席了。""不看,我们还都当他是大叛徒呢。"

全场开始热烈鼓掌,总之这个会场是再也严肃和紧张不起来了。

我记得都是这样的故事,不然就是大家都去饭厅开舞会了,我却逃得远远的,逃到靠近校门口的教室里,贴着暖气片在那里看书,一直看到舞会结束再回宿舍。这个时候,我觉得自己像在演戏,不管我是真的爱读书,还是我对跳舞没有兴趣,选择了这样的时刻和地点,表现出一种与众不同的样子都让我自己讨厌。但是,一想到我们在北方吃的粗粮,裹着老棉袄,还有饭堂里弥漫着那一股一股汗酸臭,掺和着挂在那里的大蒜味,一点情调都没有了。而我,实在不是什么读书人,散漫,坐立不安,肆无忌惮。进了大学以后,依然喜欢自己身上的恶习。我已经变得这么夹生,还在渐渐地适应自己的状态。

我也常常被自己弄糊涂了,什么时候列宁的"多思"就消失得这么无影无踪。所有的封资修的毒草,都被我们从墙角旮旯里翻出来昼夜昼夜地在那里看着,崇拜着,追随着。就怕赶不上车。回头看去,浪漫的穷艺术家形象,让我吃够了苦头,但是,我知道再去改变自己已经来不及了。人,变得焦虑不安,却无可奈何。生活选择了我们。

学校放假了,但是,我已经把家忘记了。忘得干干净净,如果有人提醒我的时候,我是怨气十足。我习惯于这样漂泊的生活,留在空落落的宿舍里,书籍、废纸,任我乱摊乱扔,我觉得从来没有这么自在和放松过。接着妞儿学会了做假火车票,上北京来看我了。坐在宿舍里的破桌子上,我们买了一大堆的啤酒,在那里通宵通宵地喝着,通宵通宵地聊着。怎么会有那么多的话好说呢?跟着妞儿到处跟人家瞎侃,瞎吹。我们的语调夸张,笑声放肆,每一句话都希望把对方吓倒。那时候,我已经很得意地跟大伙儿分析起萨特的"肮脏的手",贝凯特的"等待戈多"了。妞儿在边上冷冷地看着我。等到回去的时候,躺在床上,妞儿跟我说:"你该看点关于杜尚的书了。"

"杜尚,谁是杜尚?"

"杜尚是二十年代初从巴黎移居纽约的现代派画家。当时,谁也不理解他的作品,纽约艺术博物馆要展览他的作品,他说,'那我们得签一个五十年的合约,不然我就不要展出,因为我的作品需要人们用时间去理解。'人家以为他在说胡话,根本不理睬他。于是,展览就此告吹。很久以后,费城博物馆去找他,他还是提出同样的要求。费城博物馆的人犹豫了半天,最后答应了。谁都没有想到,这成了费城博物馆的巨大收入,现在杜尚的作品是博物馆的永恒展览,费城博物馆就此出名!人们都是奔着杜尚去那里的。应该说他才是现代派艺术的鼻祖。"

故事很好听,但是,我没有听明白,不是说毕加索开创了现代派艺术?

"不,是杜尚。因为杜尚完整地提出了'观念艺术'。在'达达主义'还没有出现的时候,他就开始思考他全新的绘画观念的变化。"

夜,又变得深沉起来。这时候,就像我们在火车站寻找睡觉的地方,我会听着听着又觉得没有白天那么快乐了。说不出为什么,总觉得缺少了什么,一种没有着落和不安全的感觉又在那里紧紧地压迫着我。到底缺少了什么呢? 就是在这会儿,我们还都说不明白。我依然不知道自己要什么。

大学的四年,除了第一年,有过那么多无忧无虑的兴奋和激情之后,渐渐地,就变得越来越实际。特别当毕业分配临近时,我甚至希望自己能成为一个被老师、被学校认可的好学生,不然就不知会被扔到哪一个角落里去。但是,这只是虎头蛇尾的勇气,一上政治课,我又坐在最后一排睡着了,再多的愿望和毅力,都抵挡不住我的瞌睡。

甚至连我们追求的海明威、贝凯特、杜尚都被扔在一边,所有的话题和努力就是要找个好单位,留在大城市。大伙儿撕开了脸面,谁都不肯让步,见面的时候,能仇恨到互不理睬的地步。谁都可以说出自己有那么一堆的理由和困难而必须留在北京。有一天,不知道谁想起来制造矛盾,居然在黑板上出现了一幅老师的漫画,然后画了一个破折号,叫幽默。这幽默实在是可怕。老师一口认定这不是一般的攻击,而是

"文革"留下来的后遗症,是有一种反革命的企图。于是,我们又被召见训话。这一次,老师厉害极了,那口气和"文革"中清理现行反革命没什么两样。阳光洒在教室里,可是,气氛却是阴森森的,老师说完一句话,要沉默很久很久,在每一个人的脸上寻找蛛丝马迹。大家都害怕他的目光,结果,所有的人都不敢大声地说:"不是我画的。"而是,每一个人先开始想,昨天晚上,我在干什么?自己先把自己列为怀疑对象,这已经是我们的习惯了。老师走到我的跟前,恶狠狠地清了清嗓子,然后死死地看着我。这次,我一点都不怕,但我说话的时候,也显得非常心虚。教室很静很静,所以尽管我的声音很低,但是谁都听见了。"我不是今天早上跟你一个班车回来的吗?两天前我就向你请假,进城看病了。我的关节炎又发了。"他再一次清了清嗓子,认可了我的证词。可我脸上的表情一定把心里想的都流露了,他回身莫名其妙地捶着讲桌。不是吗,如果你不是个无能的笨蛋,至于这么激动吗?

当我最终留在北京的时候,我已经感觉不到快乐了。精疲力竭。

只有妞儿,不用卷入我们这种世俗的形象之中。她甚至都没有机会和人吵架,还没有来得及赶上毕业分配这场战争,在她上大三的时候,就跑美国去了。因为她嫡亲的舅舅在美国哥伦比亚大学为她办了自费留学。什么时候,她有了一个美国舅舅,还说是嫡嫡亲亲的?过去从来没有听她说过,她的父母不都是革命老干部吗?

真是邪乎!妞儿是一绝,任何一个潮流都能把她带上。她走了,多么让人羡慕啊!

在格林威治村的那一头,考利和他们那一帮穷知识分子探索了许多途径;他们找不到摆脱困境的办法;他们打开了一个个的门,可是这些门只通向心灵的绝境。哈罗德·斯特恩斯在为《自由人》写的一篇文章中问道:"年轻人该怎么办?"这一次,他的答案是简单而毫不妥协的。在这个伪善的而压制人的国家里,年轻人没有前途。他们应该乘船到欧洲去,在那里人们懂得怎样生活。

1921年7月初,斯特恩斯写完他的《序言》并把全部的手稿交给出版商之后,就离开了美国。他的启程不比寻常:他是向波斯进军的亚历山大,他是从脚上抖掉英国尘土的拜伦。新闻记者们走上跳板,匆匆记下他最后的话。各地的年轻人都学习他的榜样……他们准备大举朝东迁移,到新的思想的大草原上去。

我们这些格林威治村的新居民也打算离开村子,如果我们有办法离开的话。漫长的除根过程达到了顶点……最后把我们留在这无根的大都会里,现在甚至纽约也似乎太美国式、离家太近了。在河滨那一边,法国轮船公司码头形成了格林威治村的边界。

留在北京又怎么样了?

我躺在单位宿舍的小帐子里,看着帐顶,它显得那么熟悉又那么可恶,这比在学校的时候更糟糕。这,就成了我的终点站,我最后的家?在农村的时候,人们说离开了那里就会好转的;后来又觉得,进了大学才会有最本质的改变,一直到我毕业以后我终于明白……我还是睡在四个人挤成一团的集体宿舍里。枕头边上堆着乱七八糟的书,死沉死沉,压着帐子的底部,几乎要把帐子拽了下来。床对面睡着小李,她常常趴在床上写信,出去办大事的时候,轻手轻脚地取下挂在帐子里的那件两用衫。她很安静,静得让你不觉得她的存在。她在写信的时候,我就放下帐子看书。这已经和学校里的时候不一样了,老是捧着书就会给人一种迂腐的印象,所以,我得偷偷地看。

妞儿走了,看完了书,也不知道跟谁去说。妞儿给我来过四封信。她说,她现在就住在格林威治村。夏天的晚上,她在村里的街道上给人画肖像,画到凌晨三四点钟才收工。天天晚上画,一直画到夏天结束。这时她就可以把一年的学费攒足了。最初,她是跟着她的邻居,一个美国画家一起出去画。后来,她发现街上还有波兰、苏联来的画家,于是她加入了另一个队伍。收工的时候,他们用不同的语言唱着《国际歌》。那美国画家以为这是他们谱曲作词的格林威治村歌,不然怎么大家都会唱同一首歌曲呢?当他听说,这是什么《国际歌》的时候,变得激动起来。他从来都不知道世界上有这样一首歌,社会主义国家的人都会唱,而且这些国家的电影里,当英雄人物牺牲的时候,都是用这首歌曲做主旋律的;更让他激动的是,歌曲居然最早源于法国——多么浪漫的国家啊。反正,他执意要学会唱这首歌,不然他就不配做格林威治村的艺术家了。他终于学会了。毛毛雨过后,画家们又摊开了吃饭家伙来到街上,但是,生意很糟糕。一场雨水,把他们的游客都冲跑了。美国画家第一个站立起来,举着画板,做出示威游行的样子,低吟着:从来就没有什么救世主,也没有神仙皇帝……妞儿被他低沉的嗓音感动了,跟着唱起了低声部,新来的捷克画家哼了起来。慢慢地,这歌带来了一支队伍,歌声在街头飘摇起来,慢慢地飘向远方。这一次,可真把警察招来了,他们像电影中的英雄被警察包围了,可惜,他们中间没有一个人显示出英雄气概,转眼,大家提着自己的家伙逃得比谁都快。警察差点取消了他们这帮穷画家在格林威治村街上画画的资格。这以后,歌声消失了……

多精彩的故事,我看了一遍又一遍,可我只是一个劲地看着,就像在看什么美国小说一样,却不知道该怎么给妞儿写回信。我隐隐地感到,妞儿离开杜尚不远了。我能跟她说什么呢?我只会把信拿给小李看,看着看着,我们都对美国的生活产生了一种说不出的向往。

有一天,我看见小李在哭,哭得实在是伤心,最后她吞吞吐吐地告诉我,她的男朋友出国了,出去才一个月,第三封来信就决定跟她分手。我长长地叹了口气,当年在农村的时候,听到的尽是这些故事,什么人上调进工厂,就和乡下的对象吹了。谁回到了上海,也不理睬原来的朋友了……在这里故事的结尾都是一样的,为什么人家外国电影里的结尾总是出人意料的呢?我说:"小李,都怪我不好,当初,也是我极力劝你跟他好的。""不怪你。我没有房子,能出去就解决很多问题了。""其实,你还年轻,房子的事,倒不用看得那么重。""可是,我没有房子,人家连见面都没有兴趣。""他有什么了不起,不就是一个蜗牛吗?他要敢把背上的房子扔了,你看他,只不过是一条鼻涕虫。""那,他还上过大专……""你还大学毕业的呢!"

我们的话没有说完,就听见屋子的那一头发出冷笑的声音:"俗气!"我和小李闭嘴了。以后,屋子那头的人说话,我也会跟小李笑笑,学着那腔调轻轻地说一声:"俗气!"天长日久,小小的宿舍里,越来越听不到有人说话了。我们互相防范着,看着眼色,各自默默地做着自己的事情。最糟糕的是周末,四个人都在屋子里,怎么办呢?我依然放下帐子看书;小李还在床上不知写什么;那头,有人在墙角的煤油炉上默默地下面条,还有一个就坐在床上织毛衣。锅子发出"乒乒乓乓"的声响,如果没有这一点点声响,屋里的人就像死了一样。下完了面条,那头会有人问道:"还有谁要用煤油炉子吗? 不然我就关了。"我们这头就会说:"谢谢,我们用自己的。"这就是我们在首都度过的周末。

我试着给妞儿写过一封信,描写描写我的周末,因为有一天小李终于开口了:"我们上街去走走吧!""好,我去。"但是除了我,没有人再呼应。我和小李互相看了看,虽然有点尴尬,但是我们还是一起走出去了。我记得清清楚楚,那是一个明媚的星期天,白果树的叶子在阳光里变得金灿灿的。我和小李深深地呼吸着,"早干什么来着,真该出来看看。"我们慢慢地沿着护城河走,靠着河岸,一对一对的男男女女在那里谈恋爱,他们勾肩搭背的样子,小李不爱看。她说:"多现丑呀。""那你是怎么谈恋爱的?"她满脸通红:"你就不会问一些体面的问题。"

我们一直走到中南海门前,那里站着当兵的小伙子,个个都长得很神气。我们站在马路的对面,看着一个个当兵的走过。"这些乡下的小当兵,在城里一呆,还就是不一样。""你快看,刚才走过的那个,像电影里的王心刚吗?""哪一个?""已经进去了。""门口站的那个,腿有点罗圈,不然还挺体面的。""没有刚才进去的那个好看。"……一直到黄昏降临的时候,他们都换了好几班岗哨了,我们还在那里站着,看着。一直到天黑,看不清楚时,我们买了一点熟菜走回宿舍。

小李说:"周末过得真快啊。"

只有当小李说出口的时候,我着实被吓了一跳,这就是我们的周末!于是,我不愿意跟任何人再说起这件事情。我们重新回到静悄悄的宿舍里。

这就是我打算描述给妞儿听的事情,但是,信写到一半,却不知道怎么收场,最后也没有把它寄出去。实际上这也不是我们周围生活的真实写照。周围的人都忙得厉害,小李跟单位请了假,自费上了"外语强化班"。忙着学英语,考"托福"去了。宿舍那头的已经有一个搬出了宿舍,去了日本。

时间久了,科里的人头也熟了,大家开始同情我的处境。有为我介绍对象,也有为我出主意到外面借房子的。我接受了这番好心,先开始赴约。虽然那种场面很让我尴尬,常常是和那个陌生男人朝着灯光走去,走到哪里并不具体。经常选择一个电影院。然后,默默地看完一个电影,没有什么太大的目的,是个电影就看。看完以后,就看对方的反应,如果在电影院门口就告别了,基本上就没有什么希望。如果,他还送你一段路,似乎就多了一份成功的可能。但是,我好像很少跟人家有过第二次以上的约会,见了面,就完了。这样走在街上,走进电影院简直是慢性自杀。但是,我想小李的经验是有道理的,赶快找一个,赶快结婚,搬出集体宿舍是最关键的。

几乎还没有来得及给我时间考虑,不知是我太自卑还是我太敏感,一见面,我就能看见人家上下打量我以后,对我回报一个微笑,总显得很不由衷。好心人都为我难过,说我们这些老大难怎么办啊,都是让"文革"、让插队给耽误的。咳,人也只有到了这个时候,才真正地明白了,生活里是一点浪漫色彩都没有的,过去,过去我都是在做梦。

夜深人静的时候,我面对自己。这,才是我最最难受的事情,我这么全心全意地想把自己嫁出去,这么全心全意地想做一次处理商品,都被拒绝了。作为一个女人,我到底比人家缺少了什么?这也是我最想跟妞儿说说的事情。但是她走了,走到格林威治村去了,那里的人是不会考虑这种事情的。我试了好几次,拿起了笔,开了无数次的头,都不知道该从何下笔,该从哪里跟她说起。我不再给妞儿写信,没有什么可写的。她不会理解我的。妞儿就这样从我的生活里消失了,似乎也象征着我的浪漫情结告一个段落。考虑很久,决定温习功课,考研究生算了。至少这样还可以有一个理由,堂堂正正地坐在宿舍里看书。否则,剩下的时间,怎么打发啊。

  1921年晚春,我(考利)获得了到法国去读书的美国野战军研究院的奖学金。……我们离开纽约的时候,几乎没有人到船上来和我们话别。我们的朋友大半已经起航;其他的是些渴望能成行的人,他们答应几个月后也跟在我们后面。

  没有那么浪漫,这些年轻人跑到欧洲,跑到巴黎的目的是使自己出名并过上富裕的生活——他们之所以跑了出去,是因为没有别的地方可去。

1990年的秋天,我拿到了纽约大学的奖学金……我也往格林威治村跑。根本就没有人来跟我话别,我的朋友几乎都跑到国外去了。

但是,万万没有想到,走出肯尼迪机场的海关,第一眼竟看见妞儿站在人群里。整整九年过去了,可我却能一眼就把她认出来。她太特别了,怎么都不会和人群混淆在一起。她的头发,有一块被染成了蓝颜色,身上的大裙子东一片西一片,看上去不成样子地挂在那里;脚底下是一双美国大兵的厚底大头皮鞋。她在向我招手呢,她高举起手臂,那上面丁丁当当地挂着一长串手镯。跟在"滕溪"站上见面的时候,完全不一样,用妞儿的话说,我们这帮老不死,竟然越活越年轻了。我激动地大叫起来,让自己的行李给绊了一个大跟头。妞儿挥舞着拳头,在边上放肆地笑开了,根本不来搀扶我。

巴黎是个巨大的机器,它能使你神经兴奋,使你感官敏锐。图画、音乐、街上的喧嚣、店铺、花市、时装、衣料、诗歌、思想,似乎一切都把人引向半感官、半理智的心醉神迷的境地。在咖啡馆里,色彩、香气、味道和醉意可以从一个瓶子或者许多瓶子里倒出来,从方形的、圆柱形的、圆锥形的、高的、矮的、棕色的、绿色的或红色的瓶子里倒出来——可是你自己选择的饮料是清咖啡,因为你相信巴黎本身就含有足够的酒精。随着晚上的时间消逝,就更会使人醉倒。深夜,你乘最后一列开往诺曼底的火车,回到乡下的日常生活使你高兴。

与其说这是巴黎,不如说这是格林威治村。这就是第一个晚上,妞儿带我去格林威治村喝咖啡的感觉,一模一样。直到这个时候,我才终于弄明白了什么是格林威治村。它是很大一片商业、旅游、居住区,在曼哈顿的下城。整个村子的建筑和街道都像是欧洲城市的设计,甚至那里人们穿的、卖的服装都和美国大商店的完全不一样,是欧洲式的。它们有自己区域的报纸,叫《村之声》。街道上,到处都有咖啡馆和酒吧,还有很多深棕色的老式公寓。走近高大的楼前,会看见各式各样的彩旗在风中飞舞,所有的大楼里都有数不尽的画廊在卖画、买画。任何时候,只要是在营业,人们都可以随便进进出出参观。沿着石子路的街道往前走,就会看见三四个黑人结成一对,他们把帽子扔在地上,拍着手或者用脚踩着拍子,几个声部在无伴奏合唱。人们站在那里欣赏,有人扔下一些钱,有人像什么都没有听见走过了,还有人在那里使劲地鼓掌、吹口哨,表示自己的喜悦。

我和妞儿坐在咖啡馆里,妞儿说:"以后,管我叫老妞。都这么一把年纪了,叫妞儿,听着怪肉麻的。"然后,和所有人都说得不一样,老妞给了我一番忠告。

"记着,只要不会住到街上去,只要下顿饭还有着落,就坚决不去打工!"

"为什么?"

"你来这里是干什么的?有多少东西要学啊。在美国,哪里有工夫去打工。"

"可我来的时候,人人都跟我说,打点工,先攒点钱再说。"

"那你就跟学校说,说你跟不上进度,要求退学。拿着剩下的奖学金回去就是了,把它换成人民币,够你过一阵子的。"

"你是不是觉得打工太苦了?"

"你是不是觉得能吃苦是一种光荣?是一种优良品质?"

我直直地看着老妞,一句话都答不上来。"'文革'里,你吃了多少苦?光荣吗?你具备了什么优良品质?"

"那,你是怎么生活的?"

"打三天工,养活自己。然后就是做我的作品。"

老妞说话的语气和她的装束完全不一样,是那么平静,但在我听来,她的言语之中流露出一种恶狠狠的东西。低哑的嗓音在幽暗的咖啡吧里向我走近。我已经完全不认识她了。我从一个国家带来的准则已经不能解释在纽约住了那么久的老妞。

"插队的年代已经过去了。"老妞提醒我说。

"都说我们这是在洋插队。"

"谁让你洋插队了？没有人逼你来，没有什么红头文件，说是一片红，都上美国去。是你自己选择以后跑来的。你再没有任何理由发牢骚了。倒霉的日子在后头呢，你必须吃不了兜着走！因为这所有的一切，都是你自找的。"

当时，我跟老妞靠窗坐着。我说不出话，抬头向酒吧的尽头望去，那里的小银幕上永远放映着各式各样卓别林的喜剧片。我默默地看着。影片是无声的，活跃的音乐配在画面上。卓别林在那里逃跑，他不小心掉进了一个狮子笼子，好不容易冲出笼子，门上的钩子却挂住了他的衣服，又把他扔回笼子里。周围的人放下自己的杯子，有人回过头去看，接着爆发出一阵大笑，还有人为他精彩的表演鼓掌。不知道我是看不懂卓别林的故事，还是我靠得他太近，突然笑不出来了。我变得一点幽默感都没有，只觉得这个流浪汉多辛酸啊。看着看着直想哭，怎么可以去笑话这样一个一无所有的人呢？到了美国,连老妞的这份理想主义都让我害怕。

  1921年的流放者到欧洲来寻找一件东西,可是找到的却是另一件东西。……我们来寻找价值观念,然而找到的却是兑换值。

  跟着美元走,我们看到一个狂热地寻求艺术、财政和国家前途的混乱的欧洲。我们在柏林的街上看到机关枪,在意大利看到黑手党分子,让沿着库尔菲斯滕丹一带活动的男妓拦住,和一位埃及革命者同坐在蒙彼利埃的咖啡馆里……我用手指蘸着咖啡写道,我再也不回去了,再也不回到那个疏远的国家。

  我们用外国语言结结巴巴地谈恋爱……我们跋涉三千英里来寻找欧洲,结果找到了美国,找到了梦幻中一半被回忆、一半被弯曲并被传奇化的美国。

白天,当我走在华盛顿广场,看见学校古老的建筑,看见那些满脸阳光的美国学生走进走出的时候,心里又多了一份信心。广场的中心有人在演出,卖热狗的小推车散发出一阵一阵的香味,混杂着身边行人散出的香水味,广场弥漫着自己的气息。电影系的学生拿着他们16毫米的小摄影机,在那里拍摄短片。雨后的广场带着童年的欢乐,路旁的雨水一直流,流到小路上去了。

我搬进了格林威治村,房子还是考利他们那个时候住过的,只是更加破旧和昂贵。屋子终日见不到阳光,于是,大多数的时间我都是在图书馆里度过。那里,面对着广场是一片玻璃墙,有时捧着书,我会在暖洋洋的阳光里昏昏睡去。夜晚,从图书馆走出来的时候,一切对于我都像停顿下来似的,书上的字母早把我带到一个不真实的世界。我充满乐趣地看着往来的行人,不同的发式、服装,还有各式各样的肤色。遇上同学的时候,我们就在沿街的酒吧坐上一会儿。那时候,大家都在谈论代理商一般喜欢接受什么样的故事大纲;写哪一类的题材卖得比较快;在纽约的代理是怎样跟作者分成……不知不觉,我进入了一个很现实的环境。我明白了,我应该把自己的剧本先卖掉一个两个。否则,这个图书馆也拯救不了我。

我开始趴在那里拼命翻译我自己的剧本。老妞看了看,直摇头:"你的中国英文不行啊,必须找人润色一下。""怎么找?""付钱找啊。"是的,在美国一切都很简单,简单到不能再简单的地步,只要用钱,没有办不到的事情。于是人和人之间的关系,也变得简单又简单。可我上哪里找钱呢?老妞在电话里跟我说:"这也很简单,打工去。除此,没有别的办法弄到钱。"

真是到非去打工不可的日子了。我有点害怕,这份害怕是说不出口的,因为是对这个陌生世界的恐惧,是在这份恐惧里有一种难以启齿的虚荣。我害怕面对现实,害怕看见自己的无能。这时,老妞不再管我:"满大街都是工作,自己找。"事后我问老妞,你一到美国就这么大胆?老妞不好意思地笑了,她说,她也害怕。第一次去餐馆打工,刚收起桌面上一叠脏盆子,还没有走出两步,就一头撞在门框上,把盆子砸得个稀烂。老妞吓得什么都不敢说,一天的工资都不敢去要,第二天逃跑了。现在轮到我了。

终于一个朋友为我介绍了一家台湾人开的旅馆,做周末"夜间值班经理"。旅馆坐落在纽约的上州。周末,只要从下午五点做到早上八点,晚上可以睡觉,付一百五十美金的报酬。没多问,搭上灰狗就跑去了。到了那里,才明白,什么旅馆经理的,那是沿着高速公路开的一家汽车旅店,在那里什么都得干。

干就干。下午很快就过去了。除了来了几对狗男女,在各自的房间里没呆多久就走了。我把床单、毛巾和一切琐琐碎碎的东西给换了,然后就坐在柜台后面坦坦然然地看我的书。看来不打工是有点吃亏。在家,不也是这么坐在那里看书吗?不就是多收拾几个房间,可我挣到钱了。我明白了,对于我最终目的是安全,而不是光荣或者独立。对于我这样一个穷人来说,美金让我有安全感。一直到晚上,旅馆里没有多少住客,常住的客人也都回来了。高速公路上黑漆漆的一片,几乎听不见什么声音。只有刮过一阵大风的时候,才把空气搅动起来,传来一阵一阵"呼呼"的喊声,这个小破旅馆也在风中摇曳着,玻璃窗发出震动声。我朝外看去,什么都看不见,只有远处可口可乐的灯光牌连着小旅馆的招牌在黑暗中闪烁。我觉得有点冷,于是把"呜呜"叫着的空调关上了。这时候,一种没有着落的感觉又爬上心头压迫着我。到底缺少了什么呢,我不是在这里挣钱吗?……正在这个时候,有人敲着玻璃门,隔着透明的大玻璃,我看见一个身高1.9米的黑大汉站在那,他赤裸着身子,一身的黑毛。我倒抽着冷气将门打开了。我仰着脑袋问他:"住多久?""一个晚上。"我让他登记,赶快把钥匙交给他,还没有来得及关门,他又折了回来。这一次,我看清楚他两条手臂上全部文着彩色的野兽,他说,他还要一点冰块。我赶紧打开冰箱。当他转身离开时,我紧紧地将门合上。看着渺无人烟的旷野,看着漆黑的高速公路。我害怕极了,我给米盖尔打电话。

米盖尔问我:"你兼管钱柜吗?"

"管,晚上所有的事,都是我一个人管。"

"还有别的人跟你一起干吗?"

"没有,整个旅馆就我一个人在值班。"

"老板呢?"

"回纽约,回家了。"

"你疯了,这是纽约。你真的不要命了!"米盖尔在电话的那一头叫喊起来,"一个女的,还一个人在汽车旅馆值夜班。连男人都不敢挣这个钱。"

"那我怎么办?"

"把门关紧了,我马上过来。"

我没有词汇来表达我对米盖尔的那份感激,远远地超过什么"爱情"。在我这么无助无靠的夜晚,米盖尔是我的海岸。一小时以后,他的车灯把我们小旅馆的路口照亮了,米盖尔冲了进来,手上拿着一把左轮手枪。

"记着,任何人来抢钱的时候,把钱全部交给他。最重要的是保全自己。枪放在这里,万一不行的时候,两个手握住枪把,闭着眼睛往外开就是了。"

我试着拿起手枪掂了掂。天呐,那么一把小枪,可我两只手都不能把它举起来。米盖尔又叫喊起来:"赶快放下,子弹已经上膛了。"

我浑身发冷,气都透不过来,把枪还给了他。米盖尔摇了摇头,扣上门,在我那里住下了。第二天早上,台湾老板一进门,只看见一个"美国鬼子"从里屋走出来,他目光直直地逼视着我。我说,这是我男朋友。

"我们是中国人!"台湾老板愤怒极了。

我没有搭理他,拿了工资就被解雇了。

车上,我和米盖尔谁都不说话,他看上去比我还要沮丧和疲倦。他建议我改学电脑,或者是会计之类的专业。"这是在美国,就是在全世界,搞艺术都是要饿死人的。应该先把生活安顿下来再说。真的,在哪里都是一样,一切都得从钱开始说起,这样没有钱的日子一定要尽快结束。""但是,但是……你总得让我把剧本写完啊。"

米盖尔叹了口气。

当我已经不必再用结结巴巴的英语和他谈恋爱的时候,我理解中的他,变得越来越模糊,越来越遥远。美元,是我们生活中真正的兑换值。对于一个美国人,也同样如此。即使美元也不能兑换我们的感情,但是它还是可以兑换我们的关系。

我的剧本终于在格林威治村的小剧场演出了。虽然没有拿到什么报酬,但是剧场和演出的费用都是基金会为我提供的。剧场不大,阶梯上的位子坐得满满的。观众和舞台贴得很近,演员就像生活在现实中,他们每一个细微的表情都把观众带动了,我看见米盖尔和老妞坐在下面,激动地为我的戏鼓掌。格林威治的《村之声》也为我写了很好的剧评,大大的戏剧栏的一版上,第一眼就能看见我的大照片。老妞摇了摇头:"你怎么照得像个演员。"不管这么多了,看着后台的灯光,恍惚之中我相信自己离开莎士比亚又近了一步。

散场以后,米盖尔似乎用他全部的热情在拥抱我。当时,我实在是太激动了,一点没有任何异样的感觉。一直到我们走在街上的时候,我才看见米盖尔的脸色很不好看。他突然回过头认真地看着我:"我向你保证,我是为了你好……"

我不明白他是什么意思。停顿了一会儿,米盖尔终于把话说完了:"我知道我是无法改变你了,你也确实应该属于你的舞台。看到你的成功,我放心了。我觉得,我们现在可以分手了……"

还没有来得及询问,还没有来得及思考,我已经"哇"地一声哭了出来。米盖尔不住地叹气:"我保证,我是真心地为你高兴……"我说什么呢?我不需要这样的真心。但是,我们之间总要有一个结局,不是这样,就是那样。我自己也很清楚。可是,一旦说出口,还是接受不了。我依然在那里哭,哭得实在是伤心,连气都喘不过来。米盖尔用手为我擦眼泪,我紧紧地拥抱着他,希望他说些什么,希望我们之间还会有其他什么选择……他不住地抚摸着我,什么都不说。我,明白了,他已经做了决定,而且是深思熟虑的。我一边哭一边拿出他屋子的钥匙递给他。米盖尔拉着我的手:"不要,你拿着。不要马上就这样……"说完这句话后,我更加明白了,心里顿时空落落的,已经不是伤心了,而是一份衰老,一份不安全的疲惫感。我在不知不觉中对自己在命运中扮演的角色,失去了把握能力。米盖尔还是拉着我的手,又把钥匙放进我牛仔裤后面的口袋。我没有说话,只是不停地哭着。但是我知道,我再也不会用它打开米盖尔的家门了,我们的关系就这样结束了……

美国的知识分子仍然抱怨,但是他们的敌人不是"美国文明";他们的敌人是"我们的商业文明",是效率、标准化、成批生产、机器——这种敌人统治文明的国家胜于其他东西,但它也使其他国家受到影响。

当美国年轻人跑到欧洲以后,发现了一个疯狂的欧洲,在那里和他们同样属于中产阶级的知识分子比美国的知识分子更加遭到失败,士气更加低落……我们就像站在埃菲尔铁塔上,越过博斯的麦田和让雨水浸润的布列塔尼的山丘,朝西南方向眺望,直到在雾霭中看到了我们童年时的国家,这个童年故国此后将成为我们的艺术国土。美国题材,正像其他题材一样,经天才之手能具有完全一样的尊严。

我跑到老妞那儿,她根本没有时间跟我说话……扔下我独自一人,坐在画室的角落里。她拖进来一大块一大块汽车的窗玻璃。我说:"让我帮帮你吧。"她摇了摇手:"你就在那里歇着吧,你干不了这活。"她用锤子将它们一点一点均匀地敲碎,然后将胶水撒在破碎的玻璃上,让它们凝固在一起。这是她新近的作品,一半体力活一半艺术创作。她已经很少画画了,她开始做软雕塑。看着她,看着一个女人,一个活生生的穷人依然敢按照自己的愿望去活着,心里踏实了许多。

老妞在画室的尽头架起了四根粗竹竿,然后她将凝固的碎玻璃一片一片挂了上去。尽管玻璃被胶水凝固了,但是,它变成柔软的、飘逸的。它们垂挂在竹竿上,远远看去,像我小时候,在上海看见人家晾在弄堂里的被单。画室外面的阳光斜射进来,穿过玻璃,把老妞的作品点亮了。晶莹的碎玻璃在阳光下,烁烁发光。不知道怎么搞的,我一下把头埋进自己的双手,差点哭了出来。

我觉得越来越累:"老妞,我什么时候能够变得好一些呢?"

"过去我也企盼着有这一天,我的状况会有一个彻底的改变。结果,这个问题解决了,那个问题又出来了。一天天要过下去,一个个债要还掉。看来,这一天是盼不到了。"

她还在那里干活,我望着天花板发呆。

"老妞,你想过吗?我们也许根本进入不了什么美国文化。"

老妞突然停了下来,半天不说话。"我想过了,我也越来越感到,文化是血液里面的东西,任何输血的办法都改变不了血质。"

这是你的家,这是你的文化……可是在你的记忆之外它存在吗?等你到达山顶或小路的拐弯处,你会不会发现人已不在了,景色也变了,铁杉树被砍倒了,原来是树林的地方只剩下残桩、枯干的树梢、树枝和木柴?或者,如果家乡没有变,你会不会发现自己大为改变、失去了根,以致你的家乡拒绝你回去?

不知道,当我们在具体地度过每一天的时候,根本没有时间考虑这些抽象的问题。

纽约,就是这样一个地方,我慢慢地沉落下去,沉落到这个让人激动,又让人无法进入的城市里去。遇上困难的时候,我躺在自己的沙发上,看着死死的四堵墙,感觉到另外一种窒息,我在中国没有体验过的窒息,是越来越接近死亡的地方,是完全被扔出这个世界的感觉。痛苦和欢乐,还有绝望和可耻夹杂在一起,自己也解释不清楚,一团一团往心的最深处钻下去。在这种时刻,你会想到死,但是想到死的时候并不可怕。我不喜欢自己的状态,只要可能,哪怕下着大雪,我也会拼出自己微弱的力气往老妞的画室跑。在她那里,我会找到实实在在,一种生命的搏动,哪怕是一份挣扎,也会有一份顽强的面对现实的勇气。

但是,我没有想到,老妞躺在地上的大垫子上跟我说:"以后,我结婚了,我们还会这样躺着聊天吗?""等你结了婚再说。""我下个月就准备结婚了。"我从垫子上跳了起来:"和谁?""当然是和一个男人,一个中国男人。"

看着老妞,努力判断她是在那里开玩笑还是严肃的。她太平静了,这使我越来越相信,她说的是真的。但是,她的性格,她的职业具备了结婚的素质吗?老妞起身拿过一罐矿泉水,拉开以后,仰头喝了一半。我莫名其妙地说了一句:"老妞,你长得真漂亮。"像小时候到监狱里给老妞送东西那样,我们面对面看着,却半天说不出话。从那时候到现在,三十年过去了,我们是你挨着我,我挨着你,一步一步走过来的。小时候,我们还不懂什么是同性恋的时候,总胡说着:"如果我们能结婚,有多好啊。"刹那间,老妞一步越出了我的理解。

"我们老了怎么办?"老妞像是问我,又像是自言自语。

"结婚就能解决老年问题?"

尽管我的回答是脱口而出的,但是,我从来没有想到连老妞也会有这一份惧怕。我真想把老妞带走,带到我们都会幸福的地方……尽管我也不知道这个地方在哪里,我却会这样去向往。这样,老的时候,我们谁都不用在疾病面前束手无策,这样,我们可以瞑目死去。老妞低低地告诉我:"你自己都不知道,你有多坚强。不要看你每天在那里要死要活,但是,你从来就敢这么一个人独立地生活着。"

对人,对自己的理解,好像都是过了四十才看明白的。可是一旦看明白了,却更加害怕。我们甚至已经没有面对它的体力了。

"你知道的,我一直想要一个孩子。"

"我知道。"

"我怀孕了……我希望孩子是有父亲的。"

"老妞……"

我不说话了,她也不必向我解释。当她告诉我这些的时候,我知道一切都已经决定了。我忍不住伸出手摸了摸她的肚子,她自己也微笑着低头在那里抚摸着。老妞一脸的幸福,看了让人感到一份委屈,不管这份幸福最终是得到了,可是总觉得她来得晚了一点。她不是这么想的,红润的深色皮肤上,显现出怀孕时的妊娠斑点,她幸福地微笑着。老妞有点得意地告诉我:"我自己都没有想到,有一天我是嫁给一个中国男人。"

我看着老妞笑了,不要说她,就是我也从来没有想到,她好像和第一个中国男朋友分手以后,再没有说过中国男人的好话。

"去爱一个人,是需要很长很长的时间,但是决定结婚常常就是那么一个瞬间。你终于明白,你是可以跟这个人生活的,你们是能够在琐琐碎碎的家务中有那么一份和谐。这是最重要的,对于组织一个家庭,这是最重要的。"

"你完全改变主意了?"

"没有改变。但是,确实连我自己都没有想到,有一天,我是嫁给一个中国人。"

老妞全部的行为都出乎我的预料。在我的理解中,她不是个想结婚的人,她好像属于流放的那一代,是一种喜欢自我放逐的个性。在我们童年的时候,她就把自己放在被人们唾弃的地位。她从来就不愿意和她周围的环境和文化认同。一直到了美国,她也不和任何中国人一样去寻求生活的价值。她抛弃人们提倡的信条,她只做她想做的。可是,有一天,她变成十足的、传统中的中国女人的时候,让我感觉到一份束手无策。

老妞的喜酒安排好了。我们都去了,和她同时期来的中国人都已经是中产阶级,拿着十几万的年薪了。他们装束简单,但是看得出,那服装都是名牌。倒是老妞这个新娘子,还是把她那些别具一格的大布片挂在身上,十个手指上套着各式各样的银戒指。她把头发剪了,彻底剪了,剪成一个很短的男式发型,几乎成了一个光头。一看,就知道这是从格林威治村里走出来的。她说,不是的,她马上就要生孩子了,没有时间来打理头发了。我看着她,对她笑笑。老妞得意地向我眨了眨眼睛。

人们用红纸把钱包好,悄悄地走到她的面前,可是红包还没有递过去的时候,老妞就大叫起来:"唉,少来这套。你们这是救灾补助,扶贫来啦?拿回去,拿回去。我是不领这份情的。"我们大伙儿都笑了,只有到这个时候,我又感受到一个真实的老妞。我不能想像做母亲的老妞会是什么样子。

"老妞,你想过吗,独自一人带一个孩子,不要在乎那个爸爸是谁?"

"想过,可我觉得那样太自私了。孩子到这个世界上来,没有任何选择,他们很可能就是一个普通人,他们会像所有的普通人那样,希望有一个完整的家庭,有妈妈也有爸爸。为了孩子,我必须按传统的方式、像普通人那样去生活,去改变我原来的习惯。"

"你觉得你能像普通人那样去生活吗,生活在琐琐碎碎的家务之中?"

"这不困难,如果我投降给这个城市的普通人、普通的生活,很快就会发现,我们会有补偿的。"

"你会真正地投降吗?你都是四十多岁的人了。"

"这就是我想了很久很久的事情。我选择了,我就必须对孩子、对自己负责。"

当我们的对话变得这么平静的时候,我才越来越明白,老妞需要一个家庭,不是因为她是一个弱者,而是她太强大了。我和她完全不一样,我已经再也不敢向生活,向自己挑战,我会顺着自己的生活状态就此活下去。但是,老妞敢于重新再开始。

至今我还没有找到自己的归宿,任何别的地方我又去不了。我依然住在纽约,生活在纷杂的人群里。夏天的时候,我们成群结队地冲到海边游泳,一直到大浪盖过来的时候,我就顺着浪头被冲了下去,那时候的感觉是很舒坦很轻松的。阳光照在皮肤上,火辣辣的,我喘着粗气在咸咸的海水里游着,也有呛着水的时候,但是脑子里是空空的,没有任何负担,浪头把我打到很远的地方时,又让我带上一份新奇。这都不重要,一点都不重要;最重要的是,在游泳的时候,什么都不用去想……

那时访问巴黎的一批俄国作家把我的几首诗带回莫斯科,在他们的杂志上发表了。

那些诗歌的调子根本不是革命的,但它们所写的主题在俄国新经济政策短暂的自由化日子里引起了苏维埃作家的热情。这是些关于美国的诗歌,内容是电影、摩天大楼、机器以及漫长的两年流放巴黎所激起的全部怀乡之感。我开始对美国充满热情;我学会了从远处赞赏那些生动有趣的性格。我即将回到纽约,我将带回一套与美国生活无关的价值观念,并带回一些在美国肯定要被误解的信念,因为在那里达达主义几乎没有人知道,而以道德准则来对文学方面做出的各种判断则被认为是情趣不高——这些信条在纽约也肯定要被误解,因为在那里作家只有三条理由来说明他们的行为是正当的:他们的行为是为了挣钱,或者是在报上扬名,或者是因为他们喝醉了酒。

当我们这批流放者年复一年三三两两地回去的时候,没有什么官方的委员会前来欢迎我们。没有摄影师请我们以自由女神像为背景靠着轮船栏杆摆好姿态;没有新闻记者请我们对欧洲经济形式发表看法并回答世界是否认为美国姑娘最漂亮。当我们来到的时候,警察局的汽艇停泊在码头上,市政厅公园里的鸽子在安详地吃着食物。百老汇没有从窗口抛出盛大的欢迎的彩色纸带。当我们开车前往默默无闻的住所时,至多看到十几张旧报纸,像欢迎的旗帜似的,在夏天疲惫的风中拍打。

当毕业典礼过后,当我把那顶博士帽子摘下的时候,我感到从来没有过的疲劳和沮丧,我甚至没有谢幕就打算离开纽约的舞台。

我为学生上完暑期最后一节排练课,毫不掩饰我的状态。我盘着腿坐在讲台上,我说:"你们自己演吧,爱演成什么样子就是什么样子。我给你们全部打A。"这就是纽约的学生,大家在我没有说完之前,就开始热烈鼓掌。这时候,我也不用演戏了,我觉得轻松了很多。我开始整理我的全部行装。就像老妞没有想到有一天她会结婚,有一天,她会嫁给一个中国人一样;我也没有想到,有一天我读完书,决定回中国去。朋友问我,你在这里试着找过工作吗?我无力地点了点头。然后,大家都不再说话。谁都知道职业市场,谁都知道文科出身的职业市场,越来越坏,他们不愿意伤我的心。倒是我不知道怎么告诉人家,忙了有大半年了,我已经找到了工作,在美国中部的大学里教东西方比较戏剧。但是,我觉得自己没有任何愿望去任职,我对教书实在是没有兴趣。但是,不教书我还能干什么?做导演,搞戏剧评论?我从来没敢想过。看来,必须回去。还是不说为好,不然,人家都会觉得我脑子出了毛病。

自从可以用电脑通信以后,全世界就没有秘密,没有时差,也没有距离了。我刚把打算告诉老妞,差不多全世界都知道了。甚至连米盖尔都听说了,他已经搬到圣达卢依斯去了,这时他开了二十二小时的车跑到纽约来向我告别。我说:"也不是说走就走的,我这八年建立的小屋不是那么容易就被扔掉的。还有时间,到时候,我们随便在哪个酒吧里见见面吧。"可是他根本不理睬我,开着车就来了,这份关切来得那么突然,让我感到束手无策。分手都快五年了,几乎他的模样都已经记不起来。也许,忘却降临的时候,原本就是一种回忆。但是我害怕回忆,害怕生活在过去,更害怕男女之间的温情。纽约,只让人生活在现实里,生活在没有浪漫色彩的分分秒秒之中。

米盖尔已经在那里敲我的门了。我从窗口探出脑袋往外望去,还是把他认出来了,没有什么戏剧性的变化,和5年前一样,迈着大步,一步就跨过好几个台阶。他站在我的身后,紧紧地站在那里,我不知道他会跟我说什么。我为他倒水,冲咖啡。我甚至都能感觉到他浑身的热量,不知道怎么办好,已经非常不习惯这么接近了,杯子打碎了,他拉住我的手说:"没事吧?没有划破你的手?""没有。"我低着头,努力回避这一份关切。我紧张得说不出话来。但是,我们终于坐下了,面对面坐下,于是,我们终于又回到最现实的话题上。

我知道,我的解释变得软弱无力,因为对于米盖尔来说,任何解释都不能自圆其说。没有人会愿意离开美国的。但是,我总是觉得,生活中很多事情,原本就是那个样子,而我们并不知道,我们的决定从来就没有抓住任何东西。我只是觉得我应该回去了,这是冥冥之中的事情,根本由不得我来做决定。在这里我什么事都做不成。不管怎么样,我还想写一两个自己渴望写的剧本,我还想排一两出能让自己产生冲动的戏。米盖尔不要听我说话,我也知道我根本就说不清楚。但是,戏剧还是要回到最现实的状态里,戏剧还是要写那些琐琐碎碎的日常生活。

"现在,你怎么不跟我讲贝凯特的'等待戈多'了?"

"因为我已经知道戈多不会来了,所以,我决定不等了。"

说完以后,我和米盖尔都哈哈大笑起来。我松了一口气。我们终于可以像朋友那样有一份理解了。但是,米盖尔突然不说话了,他看着我,长久地注视着。米盖尔说:"你自己都不知道,你是多么好的一个人……""谢谢。""我一直想跟你说一句话,但是,一直说不出口,我至今……""那就不要说了。"我赶紧打断他。我看见一颗泪珠在他的眼睛里滚动,我把头回过去。我害怕他说出"爱"这样的词汇。反正任何动感情的话,我都不愿意在现在这个时刻听见。离开纽约够让我伤心的,我怕再伤害他,更怕自己被彻底地伤害。

"你是一个梦,你永远在做梦。"米盖尔说。

"我知道,而且,我永远做的,还是一个恶梦……"后半句,我没有说出来,面对我的恶梦,我无能为力,我什么都知道,但是,我走不出自己的恶梦。

米盖尔站了起来,伸出双臂拥抱了我,我叹了口气,接受了他的拥抱。我把头倒在他的肩膀上,这是我们俩都熟悉的动作。但是,这一次他没有吻我,甚至没有吻我的脸颊,只是紧紧地拥抱着我。我们谁都没有说话,可是我感觉到自己的心在使劲地敲打着,我害怕我会哭出来。他一定感觉到了,于是用力地摇了摇我的肩膀。我好像被鼓励了,克制住了眼泪。就这么拥抱着,我们默默地站立了有那么一会儿。我们挨得那么近,我感觉到他身上的体温,我就是想哭,我甚至有一份委屈的感觉。也许米盖尔也怕我会哭出来,他什么都没有说,转身走了。我没有目送他的离去,费了很大的努力,终于控制住了眼泪。多好的人啊,我们曾经一起生活过,我们又再一次地接近了……我们却不可能生活在一起。我深深地被他感动了,将来在任何时候,想到米盖尔,我都会完整地记着现在的这一刻。我会想念他的,一定会的。但是我也比任何时候都明白,我们俩谁都不愿意改变自己,我们俩谁都不肯生活在对方的状态里,我们从来没做过任何努力,期望越过这个界线,现在依然不愿意。

纽约是个好奇与猜疑的大都会,在那里居住着六百万陌生人。纽约是个没有路标的城市,是持久的短暂、活动的静止之乡。它是激烈情感的中心,仇恨、欲望、妒忌、鄙视,所有这些情感时刻在改变,所有这些情感都存在于神经末梢。纽约是忿怒的城市……但是在忿怒的下面是另一种情绪,一种永恒的忧郁之感,它枯燥乏味、肆无忌惮、屡遭失败、违反常情。

我一直想找个机会向老妞告别,一直想随便坐在哪个酒吧,再跟老妞疯疯癫癫地神聊一次。但是,老妞再也没有这个时间了,甚至给她打电话的时候,都能听见她那头传出一阵一阵孩子的哭叫声。她甚至来不及结束一句完整的句子,就得跑去照顾孩子。老妞总是说:"等孩子睡了,我再给你打回去。"等到老妞打回来的时候,常常是半夜里,听着老妞疲愈沙哑的嗓音,我说:"快去睡吧,没有那么重要的事非在今天晚上说完,以后总还有时间。"

但是,当我们再见面的时候,是我离开纽约的最后两天。我跑到布鲁克林博物馆参加老妞个人展览的开幕式。纽约的夜晚总是降临得那么早,赶到那里的时候,才7点钟,天已经很黑很黑了。只看见博物馆古老高大的建筑,在黑暗的苍穹里,直直地挺立着,带着一份神秘和一份古老的骄傲,它那白色的大理石又增添了一份冷漠。我默默地站立在那里看了一会儿,不知道什么时候,我再会回来看望你?当屡遭失败、遇到挫折的时候,我就会问自己:"到纽约来,是不是走错了一步?在这里一呆又是一个8年,我的全部收获就是一个学位,值得吗?"注视着博物馆,这都是我当年在中国时,一个久远的梦想——看看巴黎的卢浮宫,看看美国的博物馆。现在我站立在这里,站立在我自己的梦幻中,一种说不出的惆怅和感动。直到很久很久以后,我才终于明白了:纽约是一个到来时让人感到兴奋,离去时也永远不会后悔的城市。

就像老妞写在展览厅前的英文自白:在纽约,在这个粗犷热情的城市,在那一堆堆被丢弃的破车的玻璃窗后面,在一辆辆被毁坏的卡车背后,我找到我视觉艺术的材料。它使我把转瞬即逝的感觉凝固下来。我再也不会因为生活在点点滴滴地流逝而感伤,我把它们点点滴滴地挽留在我的作品里。

在她的自白旁边,是老妞四十英寸大小的黑白照片,她没有化妆,只有一头浓密的黑头发占据了照片的一大半,她的脸仅仅一小半地从她头发里展露出来。双眼毫无表情地注视着前方,她已经不需要用表情来说明一切,她想说的,她的感情,和她的冲动都融化在作品里了。老妞的代理人到处在跟那些有钱人打招呼、应酬。老妞推着小孩车子被人群簇拥着,孩子已经在这热闹的场合底下睡着了。大厅里拥挤着满满的资产阶级,和他们站立在一起,更是一眼就能把老妞区别出来。她微笑着,带着一份顽强,一份疲惫,一份由衷的快乐接过人们送来的鲜花。

我说:"老妞,会有人买你的作品吗?"

她哈哈大笑。

"你看见谁买了现代派艺术作品回家收藏的?这是观念艺术,那么强烈的东西,你要时时刻刻地面对一个观念,这有多么痛苦啊。是我,有钱也不会买,更何况,它是需要用大空间来陈设的。"

"你只能继续打工了。"

老妞向我无可奈何地笑笑,她闭上眼睛,长长地舒了一口气。

"我这也是自找的!"

巴黎是一个到来时让人感到兴奋,离去时也永远不会后悔的城市。

我们中的大多数人并没有永远处于流放之中。我们一个个慢慢地回到纽约,即使我们是作为外来人回到纽约去的,我们的思想会使我们经历一个重新调整的时期……然后又怎样呢?一旦这一过程逆转,它是否会加速把我们带回家园,直到我们从肉体到精神都回到自己的故乡?但是,我们中的许多人不再有自由了,我们贫困。

我们必须面对的第一个问题是挣钱谋生。

当我们继续筹集经费、写信、编辑稿件的时候,我们头脑疲惫、精神恍惚。我们和自己争吵,和一般世人争吵。人群、汽笛声、出租汽车的打滑声,城市里所有使人不舒服的声音都是对我们个人的故意冒犯。在我心神不宁的睡眠中,当一列地铁慢车离开车站在我的住处下面越来越快地驶过时,我被惊醒,在那里发抖。我做着恶梦,在梦中那种针对当代艺术而来的恶意中伤使我苦恼。

回来了,回到了自己的出生地上海。一切都平淡得跟考利描述的一模一样,甚至连感觉都是一样的,这份雷同让我感到一份失望和无趣。我也开始面对最现实的问题——挣钱。起初,我以为挣一些小钱并不费力气。可实际上,我使自己重新受到约束,虽然我本不想受约束。我成了想逃避自己体制的一部分,是从内部发生的,而不是从外部战胜了我。我的心按照这个体制的节奏而跳动。像其他人一样迷惘,受人驱使。

在这里,人们不仅不看话剧,甚至连电影都没人看了。大家呆在屋里不愿出门,不,还是因为呆在家里看电视可以节约开支。走过任何一个小屋,都会听见电视里的广告和武打片的喊叫声……于是,我开始学着写电视连续剧。

当本子接近尾声的时候,我被制片主任从摄制组里赶了出来。一切都发生得那么平静,那么自然。仅仅是一张小小的条子伸进我的门缝,让我马上退房离开,没有多余的解释,没有程序上的客套,就是让你立刻退房,因为剧本已经卖掉了,不能再多花一分钱去修改这个那个,以后的事情就不再是我们的了。花钱的事情到此结清。我打开门的时候,追到走廊上。制片已经不见踪影了,我看着那纸条,什么也说不出来。

夜晚,冬天夜晚的上海,下着滴滴答答的小雨,湿腻腻的空气弥漫在我的周围。似乎像一群湿蚂蚁,慢慢地爬满我的全身,冷冷的,湿湿的,在我全身渗透。我努力想找回自己的小窝,哪怕是格林威治村的一间小屋。现在,它在哪里呢?从美国带回来了十九纸箱的书,除此,就以为可以回来挣钱了。生活,没有这么简单。他们不再是格林童话里的孩子,从后娘身边逃走,多年以后他们回来挖掘宝藏。生活里的故事不是这样的,更多的时候,是没有什么大团圆的结局。我回到姑姑家的时候,已经是深夜了,楼下的铁门早就锁上了。邻居为我打开门的时候,带着一份抱怨,连头都不回地嘀咕着往里走:"半夜三更的,要么就不要回来。"我不住地向邻居说着"对不起",人家已经消失在"砰"的一下关门声里。姑姑早就睡了。屋里很黑很黑,我经过弥漫着油腻味的碗橱,转身进了厕所。姑姑依然习惯点一盏看不清东西的经济灯在厕所里,当我一路走去,把厕所里的脚盆、脸盆都踢得乒乒乓乓地直响,我赶紧在那里站立住。真怕把姑姑吵醒了。终于摸到了火柴,我点燃了小煤气,想给自己烧一壶热水,冲一个热水袋。实在是太冷了,听着冷水哗哗地流进水壶的时候,就像自己被浇了一个冷水澡。横挂在窗台上的竹竿,上面晾着洗脸毛巾和脚布,它们已经冻成了一片一片,往下滴的冷水早在半空中凝固了,在黯淡的彩色经济灯下,变得有几分透明,一晃一晃。这让我想起了老妞的作品,一片晶莹的汽车碎玻璃在她的竹竿上摇曳。我多想再想点其他的什么,水怎么还不开呢,已经听见它在"呜呜"地叫了,那叫声像没有终止一样。我觉得身子在摇晃,那是地铁开过时的震动……真冷啊,连同我的思维都随着上海这份湿湿的冷气一起凝固了。我什么都想不起来,但是,心里一直在想跟老妞对话。我想跟她说什么呢,让我想想,我快想起来了,来得那么缓慢,那么平静。我想说,是的,我是想跟她说,我们已经过了抱怨的年代。和她一样,这一切也都是我自找的。

  如果那时我有错误,我宁愿让别人来纠正。现在我觉得我写的许多人物,包括我自身在内,做了许多蠢事——可是当今时代的青年作家也许不那么年轻,或者不那么愚蠢,他们一离开大学就平平安安地安顿下来,挣了钱明智地过日子。另外,关于二十世纪二十年代作家的蠢事,还得这样说一句,即使是最蠢的事情,除了干蠢事的人和他们的亲近的人之外,他们没有给别人造成痛苦……对作家来说,这个时代比我描写得要好一些,更严肃一些,工作更努力一些,在这一时代的放荡之中感情也更深沉一些,特别是成果更多一些。

我合上了麦科姆·考利的《流放者的归来》……

这是一个急速、冒险的时代,在这个时代中度过的岁月是愉快的;可是走出这个时代却使人感到欣慰,就像从一间挤满了人、讲话声音太嘈杂的房间走了出来,走到了冬日充满阳光的街道上。

回家路上……

小火车站在一片茅草丛后面的小坡地上凸了出来,水泥平台,石灰般的惨白。太阳照得车站像褪了颜色似的,连轨道都似乎在空气中浮动起来,渐渐地消失在远处的灌木丛里。像被热浪摇动的是那一面巨大的广告,那里绘画着美国星条旗,旗帜上写着——"面对你的国家,你渴望奉献出什么"。

不知道,因为这不是我的国家……

我重新回到售票处,那里的小窗口开着,我掏出信用卡,却听见卖票的对我说:"请出示你的身份证。"

"我是买火车票。"

"是的,现在买火车票,也需要出示具有照片的有效身份证。"

他的手,从小窗口里接过我的护照,把我的名字和证件号码一起输入电脑,然后再接受了我的信用卡,最后他将打印好的火车票,连着护照、信用卡一起从小窗口里递了出来,友好地对我笑笑。拿着车票转身到小卖部买水,刚绕过一排货架,突然看见一个荷枪实弹的警察站立在那里,我紧张地向他问好,他没有任何表情地看了看我,依然一动不动地站在那里,像一尊蜡像。

再往前走,又看见了车站的墙壁上,画的整幅美国国旗,上面写着:"上帝为我们建设了美国,我们将怎么保卫她"。

我等在月台上,不知道为什么,从来没有这样沮丧过。"9·11"以后,美国变了,变得让我害怕,美国以往的散漫、轻松的感觉一点一点在消失。很多商店都停业了,大百货店现在变得那么空旷,有些柜台已经不再营业。小街上的玻璃窗上挂着牌子,宣告破产。我觉得自己回到了福克纳的年代,一份不安紧紧地拽着我,似乎把我拖进了福克纳小说中的家庭,拖进了本德伦一家安葬的队伍。

我艰难地落在后面,像扎在牛尾巴上的陀螺,不断地甩打着,感觉到一阵一阵被撞击以后的疼痛。路程真长啊,我这才知道生活是艰难的,去履行一个诺言所付出的代价是多么痛苦。我想,苦难压根就不是承受苦难的人发明的,恐惧也一样,可是凭什么最后这些灾难都要落在他们的头上? 多么平白无故。

这时,风从洛杉矶山后吹来,早早地把火车进站的声音带了过来。火车轮子撕裂了小站的宁静,尖利刺耳的响声,逼迫着我从书里面逃离出来。但是,车轮搅动得我头皮发麻,想想倒霉的上个世纪三十年代,美国南方根本就听不见这样的火车轰鸣声,于是本德伦一家才会为了安葬艾迪经历了那么可怕的灾难。达尔疯了,他反对把母亲腐烂的尸体运到远处去安葬。他在那里嘶喊着,像是在死亡线上挣扎,在铁轨下面蠕动着。火车却在那里一点一点逼近,美国的民族主义让我伤心。我用书本遮挡住眼前的景象,但是不知道怎么搞的,眼泪还是莫名其妙地淌了下来。

坐在边上一起等火车的美国女人,善意地问道:"不舒服吗?"

"没有。是在看小说呢……"

"现在还有让人流泪的小说?"那个女人耸了耸肩膀。

"是我太愚蠢了。"她的话,让我感到更加不好意思。

"是想家了吧?"她好像要弥补一下自己的刻薄。

我,竟然糊里胡涂地点了点头。

"家,住在哪里?"

"我家住在……乱哄哄的酒吧边上,红灯区……"

等我一说出口,才发现自己的胡说八道一点都不幽默。但是,那女人眯缝起她漂亮的眼睛,把头掉了过去,有点严肃地看着远方,然后,非常意味深长地看着我,说:

"你知道吗,我这一生做了一件最愚蠢的事情……"

"……"我想像不出她要跟我说什么。

女人几乎是激动地,不需要询问,愤怒地跟我说:"我怎么就能投小布什一票。我要对自己的错误,对自己的国家不负责任所犯下的错误,背上终身的十字架。你看,我们这个国家,现在给弄成什么样子,还要打仗,不是疯了吗?"

于是,本来是很随意的一句胡说八道,竟然变得意味深长起来。

有时候真不能和美国人说太多,他们严肃的生活态度,常常会把你弄得狼狈不堪。但一说中国文化,又变得那么天真。可以理解到的事情,除了裹小脚的女人,就是三房六妾,再多说一点细节,怎么说都说不明白,他们常常会提出很激进的问题,似乎在一个古老的中国,人们就应该像美国人那样,知道民主和法律。

他们喜欢加上自己的解释,像在教我们认识自己的文化。有什么好愤怒的,我家就是在那么乱糟糟乱哄哄的酒吧边上,这和愚蠢的小布什没有关系。再说了,有关系又怎么了。生活似乎变得真实了一些,世界有这么纯洁吗?我家真的住在那种地方,在上海,在一个很漂亮的地段,只是我们这里不让我们这么去诉说罢了。

上海的夜晚,不像纽约的红灯区又脏又臭,阴冷冷的,搅得地面上的破罐头和酒瓶子碰撞在一起,乒乓乱响。常常就在这个寒冷的夜晚,有人突然被身后过来的冷枪击中、倒下。很久很久以后,才会听见警车尖利的呼叫声,似乎有意留出了充分的时间,让杀人犯逃跑。但是,当警车开来的时候,那呼叫声依然撕裂了街道阴森森的路灯光。

我们家这里的小酒吧要灿烂多了,而且特别安全。沿着小街,周围是一大片茂盛的法国梧桐树。整条街上有五十多栋上世纪初留下来的法国式小洋楼,每一栋小楼都带着一个不小的花园。街道只有二十来米宽,朝南街道上的小楼,他们花园的大门永远是紧锁着,除了有各种各样的小车从那里开进开出以外,很少看见有人从里面徒步走出来的。

他们那里的院墙在不断地修整,一会儿墙头增高了,一会儿上面插上了许多带尖角的碎玻璃,一会儿又在墙壁上种上了爬藤草。现在,有几家的墙头还被彻底砸掉,装上了可以"透绿"的铁栅栏("透绿",是目前上海最流行的追求和说法)。从浇铸着复杂图案的铁门后面,我们可以看见花园里面收拾得干干净净,树上开着花朵,那小楼是刚油漆过的,藏在树丛和花朵后面,时隐时现,像童话里七个小矮人住的房子,很是迷人。走过那里的时候,总是忍不住要往里面张望一下。

……真是沮丧,只是转了一个方向,面向我们这一排坐北朝南的小楼时,看见的……除了院子里面戳着竹竿,拉着绳子,终年晾着乱七八糟的衣服和被褥,一点情调都没有。隔壁院子居然把草坪都铲了,在那里种上了蔬菜,瓜藤一直爬到我们院子里,为了这事,两个院子经常吵架。我们说他们的瓜藤缠死了我们院子里的树木;他们说结出来的丝瓜都被我们院子里的人摘去烧了吃掉了。

"这是什么年头了,还缺这点蔬菜?你送给我,贴给我钱,我都不要吃这么老的丝瓜……"

"这么牛B,你怎么还住在这里?买大房子去啊。"

……吵到后来,就和院子、丝瓜都没有什么关系了,话是越说越难听,最后恨不能要打起来,好在还隔着一堵墙,总算就叫喊几声,骂点难听的就结束了。

总之,我们这一边是日趋萧条破败。马路越修越高,我们的墙头越来越低。铁门生锈了,斑斑驳驳的破了一两个小洞,这似乎是专为我们这些忘记带钥匙的人提供的方便。只要用脚踩在破洞上,一下就爬了上去,然后翻到里面,踩在司别灵锁上,人一缩脖子往下跳去,就安全着地了。从来不记得马路这边,我们的房子和院子是什么时候被修整过的。但是,房租还是每年在涨,房租也每个月按时在交,但是房子坏了,屋顶漏了也很少有人来问津。夏天,遇上下暴雨的时候,所有的盆盆罐罐都放在滴水的方位上,以使家里的阳台不会被淹了。马路上已经不再被水淹了,但是,水都流到了院子里,于是,我们就在那里放上一块又一块破砖头,上面架着木板,踩在上面摇摇晃晃的,出去进来,都像在走"勇敢者"的道路。

恭恭敬敬地看着对面的变化,我们这里倒也都没有什么怨言,这让人们看见了一个时代的变化,甚至连妒忌的愿望都被忘记了。马路对面住的都是大官,一栋房子里只住一户人家。我们这里是七十二家房客,一栋小楼加上汽车间有十间屋子,却住了十二户人家。因为汽车间大,划成了两间。

人多热闹,街头小楼里的曾家老三有阳痿的毛病,我们街尾的人都知道得清清楚楚。可是,对面小楼里住着什么人,他们是怎么生活的,我们一点都不知道,连叫什么名字都说不出来。那里显得十分神秘。有时候,对面院子的门突然开了,从里面冲出一个像是跑黑道的年轻人,很壮实,手上脖子上都挂着重重的金家伙。他拉着皮带,牵着两条凶猛的大狼狗,人们一见他出来,就自觉地奔到马路这边,为他让出一条路来。那小伙子不说话,狗也不叫,在街道上急速地奔跑着。马路这边的人齐刷刷地站成一排看着,也不说话。大概是想说什么也说不出来。小伙子沐浴在阳光下,像被剧场的聚光灯追赶着,照得通明透亮;回头看一眼我们朝北的一面,光线黯淡,一大片阴影投在地面上。大家直着眼睛在那里观赏着。这时候,我们的小街真的变成了舞台,有人在表演,有人在认真地欣赏。秩序很好,连服务员都不需要。欢乐、卑微,还有羡慕在微风里流动着,叶子就在我们头上,把所有的情绪都煽动起来了。我跟着在那里喘息,从身体的边缘感觉到一份急促的渴望。

但是,舞台也有剧场效果不好的时候,不知道为什么就隔这么二十米宽,对街的生意就是做不好,那里的酒吧天天在换东家,每换一个主子,就要重新装修一次,可是怎么换还是生意不好,所以那里成天就是在敲敲打打,没有停歇过。我们这一边住的是穷人,但是很有人气,酒吧一个挨着一个,绿色的树丛里,挂着星星点点的小灯,天还没有黑,小灯就早早地亮起来了。酒吧里看不见灯光,只有小蜡烛在那里闪烁着,似乎要依靠这些街灯把酒吧照亮似的。门面已经破旧了,霓虹灯也缺了角,老板都顾不了这些,客人一个劲地往里跑。从里面传出一阵一阵女人尖叫的声音,还有摔破酒杯以后,发出的尖利的嚎叫。住在我们这里的人,就这么直直地往前走路,没有人大惊小怪,也没有人朝里张望的,更没有听见谁去议论。

小时候,这里没有这么热闹。夏天,路边的梧桐树把阳光遮挡住,只有知了在那里叫个不停。我们从家里逃出来,在竹竿头上粘上一点烧化的柏油,就在梧桐树丛里粘知了。然后,把知了放在后院的树叶上,堆上树枝,点上火,把它烤熟吃了。好香啊!火,越烧越旺,后面的知了刚放上去就糊了。焦枯味弥漫在整个院子里,大人叫喊着:"火烧了,这帮小赤佬又在那里点火了。"于是,我们扔下手上的家伙,一哄而散,有些知了就此逢生。被抓以后,要等上很久很久,有时候久到夏天都快过去的时候,才敢有下一次的出击,但是那时候,已经抓不到什么知了了。

小时候,我们的小街上连车辆都看不大见,更不要说自行车了。谁家大人要是愿意把自行车借给我们用一次,大家就那么急急猴猴地去讨好那个拥有车子的人。要是遇上是二十八寸的男式大平车的话,谁都骑不上去,我们把一条腿插进三角架之间,在那里趟车。就这样,我们还敢带人,不光是车杠上坐一个,书包架上还坐两个。但是,我们从小就很自觉,没有人骑到对面马路上去,在掉头按原路往回骑的时候,常常就和迎面过来的自行车撞上了,一车人唏哩哗啦摔了下来,大家脸上流露着尴尬的笑容,但是都说没有摔疼。

后来"文革"开始了,那个有车的人家,她妈妈最早戴着一顶皱巴巴的帽子,眼睛藏在金丝边镜框后面,手臂上贴着一块黑布,很猥琐的样子,趁着街道上还没有人的时候,自己一下子溜到外面,拿着竹扫帚匆匆忙忙在那里清扫街道,接受改造。

……那,就是我的母亲。现在想起来,她那时还是很年轻,但是始终和街道连在一起的记忆,是一个上年纪的老人,似乎比四周这些殖民地留下来的建筑还要衰老。她浮肿的脸,那把竹扫帚哗啦哗啦地刮着马路,是一首低低的丧歌,好像是我们大家在恳求她,把这首歌一直唱下去似的。

但是,那个时候不论发生什么变化,都不会和今天联系到一起。怎么想也想不出个样子,我们都在革命吗,比美国人还没有想像力。真的,难怪美国人会问,民主、法律都上哪里去了?真是想不明白,怎么一个国家的法院,在那个时候就关门了。曾经当过律师的,都算是有历史问题的,不是被审查就是给关押了。可不是吗?这些律师都是在为"罪犯"、"反革命"辩护,这还了得?我们这些经历过那个时代的人,都觉得说不清楚。

现在,到了夜晚,过了十一点以后,街道就变得越来越狭窄,马路两侧停满了出租车。我们的后院要是不早早地把门锁上,出租车司机在等得不耐烦的时候,就到我们的墙根下,花园的灌木丛里小便。很远的地方,就能闻到那股尿骚臭,淅淅嗦嗦还发出声响,像黄鼠狼在草丛中穿梭。赶上月光黯淡的时候,刚踏进院子,会踩在一堆人拉的粪便上,一脚高一脚低带着一股恶臭走上楼梯时,邻居说:"啊哟,踩到黄金啦,恭喜发财啊!"

深蓝色的天空下,街道上站着男男女女,女人的脸上涂得像京剧脸谱,各种各样的颜色,有的还把眼睛画成一朵玫瑰花,上面撒了一点金粉。她们的手在四周摸来摸去,皱皱巴巴的,像烟卷似的在那里要点燃什么。她们有时候又是独自一人在那里张望。男人从远处走来,很多外国人。他们说着带各种口音的英文,新来的,在酒吧门口向卖烟的女孩先买一包万宝路,抽着烟,似乎要定定神壮壮胆,然后再走进酒吧。一个喝醉的男人趴在路边的铁栏杆上,唏哩哗啦呕吐着,他大概会趴在那里过上一夜,嘴里唱着听不明白的外国歌,混乱里面带着黑暗,带着希望。

这种时候,空气常常是闷热的,后面跟出来一大群哼哼唧唧的男人女人。坐在街道边桌子前的男人,手背上刺着花纹,把一个穿得大半个身体都裸露在外面的中国姑娘拉到自己的大腿上,在人面前,在裙子底下摸着。那姑娘"咯咯"地笑着,周围的人也跟着一起在笑。男人女人和酒精融化在一起,像是夜晚的和声,燃烧起来。酒吧的音乐就是在这个时候响起来了,一声重重的金属打击乐,一直从街道冲进我们破旧的小楼。我好像胸口的肌肉被撕开了,又挤压在一起,搓成一团搅动着,牵动了我的肋骨,疼痛得厉害。我疯了一般地冲到电话机旁,几乎是闭着眼睛在给警察打110。我喘着粗气,说不出话,像是我干了什么坏事,要去自首。愣了半天,说了一句愚蠢的话:"你听见了吗?"电话里没有回答,似乎没有人在那里,我这才说:"我们明天早上是要上班的,没有办法睡觉啦。"

"知道了。"

这实在只是一个自我安慰,管什么用处。酒吧疯狂的叫喊一直持续到黎明,说是酒吧和警察都是有默契的。所有的打击乐越敲越响,踩着他们的节奏,在看见曙光的时候,我沉入到自己更深的恶梦里。

说着,说着,我简直仇恨我们的小街了。有什么好的,过去也不是一个东西。我看见红色的旗帜在半夜里变成了一团熊熊的大火,红卫兵的高音喇叭在调频的时候,发出一阵一阵刺耳的尖叫声。那时候我们连电话都没有,像老鼠一样缩在屋子里,在玻璃窗后面鬼鬼祟祟地看着大火边上的阴影,树叶低垂在那里,站在火堆前面的老人把半个身子都压了下来,像个幽灵似的低垂着脑袋。那个影子,不知已经吸进去多少煤烟味道。他家的线装书被扔在火里燃烧着,烧得天空都红了。我挨着从小带我长大的陈妈,睡在阳台上搭出来的小间里,呛人的灰炭味飘进我们的窗子时,陈妈一边咳嗽一边恶狠狠地说:"这帮畜生,人家不要睡觉啦。"

因为是夏天,窗子大开在那里,妈妈吓坏了,直在边上发出"嘘"的声音。

陈妈更火了,"嘘什么嘘的,小孩小便啊。明天早上我要去买菜做事的。"

陈妈的话没有说完,革命小将已经敲锣打鼓朝我们的院子跑来了。好像我们家装了窃听器,怎么就那么快啊。他们准确地敲打我们家的门,冲进来一把揪住了妈妈的头发,把她扔到院子里去批斗了。宁静的夜晚,就在我们身后戛然而止。于是,隔壁院子里的人,又涌进了我们的院子。陈妈死死地抱住我,不许我往院子里张望,但是,我听见红卫兵大声地喊叫着,还听见他们把楼上的孙教授也拖了下去……我紧握住陈妈的手,眼泪滴滴答答地往下落。陈妈火了。

"哭什么,再哭,我把红卫兵叫上来,把你一起拖出去。"

……

第二天大早,我们院子里的破铁门上贴满了大字报,都是关于妈妈的事情。过路人把小门堵得严严实实的,在那里阅读着。陈妈挎着菜篮子,一开门就被大字报遮挡住,堵在里面,没有干透的糨糊甩了她一脸,陈妈一挥手,把眼前的大字报打落在地上。

"要贴就贴到墙上去啊,门,是让人走进走出的。"

"你反动,撕革命的大字报。"有个小年轻叫喊起来。

陈妈一抹脸上的糨糊,气更不打一处来。"我是贫下中农,反你妈个洞(动)。"

"我妈妈,是工人阶级。"

"工人阶级怎么啦,你妈不是女人,没有洞的?"

"你怎么这么不要脸啊。"

"要脸,你妈怎么把你生出来的?"

大家哄地一下笑了起来,笑声中,叫喊的年轻人躲在人群后面走了。陈妈挎着菜篮子站在那里:"还要看什么,老娘有这么好看吗?"接着,陈妈居然把所有的大字报都给撕了。

奇怪的是,没有人说话,大家默默地解散了。火辣辣的太阳升起来了,柏油路变软了。除了雄赳赳的红卫兵敢在柏油路上留下他们的脚印,其他人都是灰着脸在树阴下面匆匆忙忙地走开了。

这些戏剧性的故事,没有持续太久,陈妈离开我们家了。走之前,她和妈妈大吵一架。要妈妈把欠她半年的工资立马一次付清。

妈妈说:"我的工资都扣了,你知道一次付不出那么多。"

"那我不走,不然我就到造反派那里去告你。"

"你告吧,我反正也没有做什么反革命的事情,告了也好。让他们把欠我的钱给你,我就付清你的账了。"

陈妈没有接下妈妈的话题,只是自己在那里嘀咕着:"就你们家穷,我在你们这里做,连红烧肉都没有吃上几回。"

妈妈不说话,自己也感觉到丢脸,家里一直经济条件不怎么好。用陈妈的话说,撑什么破门面,一直雇一个佣人。妈妈还要做最后的解释。

"不是要撑门面,因为想多翻译一点东西,没有时间做家务。现在也没有书翻了,家里也不要面子,不雇人了。"

妈妈不再跟她争,慢慢地打开那只老皮箱,拿出自己一只全自动的苏联女式手表交给陈妈。陈妈坐在沙发里不抬头,眼睛往妈妈手上的表瞟了一眼。

妈妈说:"你是劳动人民,我也不能让你在我们家白干。拿去吧,就算把欠你的工资结清了。"

陈妈没有伸手去接那只手表。

妈妈拉住了陈妈的手,把表塞在里面。"拿着吧,要不是你帮忙藏起来,那天晚上也是给红卫兵拿走了。这表,也该是给你的。"

陈妈手上捏着表,没有说话。一会儿,她低下头用一块小手绢把手表包好了。然后,她从边上拿起自己的包裹跟妈妈说:"朱同志,这些是我的东西,你要检查一下吧?"

"你在我们家做了那么多年,这,我还是相信你的。"

陈妈走了以后,妈妈才告诉我,要不是家里那么穷,也就不会去追究这些事情了。说实在的,陈妈对我们家真是够好的,外面什么事情都是她帮妈妈顶着。里委会看见她都有几分害怕。但是,陈妈买菜老是要扣点小钱。原来妈妈什么都不知道,现在大清早去扫街了,她往小菜摊头张望了一眼,发现陈妈每一样菜不是多报一毛钱,就是多报五分钱。一个月下来,也有好几元钱了。我们家现在怎么差得起这几元钱啊。妈妈找陈妈去算账,她跟妈妈大喊大叫。

"朱同志,你好意思来跟我算这几分钱的账啊。"

"这不是几分钱的事情,做人要老老实实。不然,我以后怎么相信你啊。"

"谁不老实,你说话干净一点。"

"那好,我们一起到菜场去对质,今天的毛豆到底是多少钱一斤。"

陈妈不说话也不肯去菜场,然后就离开我们家走了。

回想起这些往事,心里总是沉甸甸的。但是,听着酒吧里的劲歌,依然感觉不到快乐。特别是当夜深人静经过这些酒吧的时候,挨得很近时,听里面的歌唱,我听到了疲惫,听到了沮丧,像一个上了年纪的女人在那里哭泣,眼睛凝视着前方,没有什么目的,也没有太多的想像。有个高大的美国男人挨近了她,一只手臂小心地插进她的后腰上。她的身体凝固不动,只有舌头和嘴唇还在喋喋不休地说着什么,蠕动着,胖子听不明白她的英文,使劲用另一只手在那里比画着。美国胖子一个人就把上街沿给占领了。我不得不晃动了一下自己的老坦克,将车子哐啷哐啷摇得更加响亮,胖子没有反应。

我只好用英文跟他说:"对不起,让我过去。"

胖子敏感地回头看着我,激动起来:"你会说英文?"

我突然像抽了疯似的,得意地问他:"需要我帮助吗?"

胖子感动得几乎要哭出来,他叫喊着:"这些女人怎么能这样没完没了地要钱,刚才的饮料都是我付的我还给了她另外的钱就是她的服务费了我跟她说到我那里去她又开始问我要钱……"

边上的女人冲我尖叫起来:"你在跟他说什么?"

我回头看着女人,她还是很年轻,可是她的脸像她身上的衣服,在那里坐久了,已经被揉得皱皱巴巴。也不知道是自己描上去的,还是她太疲惫了,眼圈周围黑乎乎的一片,像两只深深的黑洞,她就那么带着狰狞带着恐惧的目光看着我。

"不要不识好歹。"我也尖叫着回答着女人,"我是在帮你谈价钱呢。快说,要多少?"

"要他再给我一百六。"

"美金还是人民币?"

"当然是美金。"

……

真丢人,我想装得很知道行情的样子,说话非常果断,结果一开口就露馅。再看一眼胖子,他不停地在那里说着,打着手势,似乎怕我听不明白似的。他那急不可耐的样子,让我忍不住要笑。这些家伙就得遇上这样的女人,才会把生活点缀得幽默起来。

我跟胖子说:"还要她跟你回家,你就必须再付两百美金……"

话没有说完,胖子就叫喊起来:"刚才,她跟我说的是一个什么六的……"

"你听明白了她说的……是的,她要一百六十美金,我还要拿你们百分之二十的翻译费呢。这不是要多加四十美金吗?"

"No!"胖子绝对是要发疯了。

我说:"No what? There is no free lunch. Fuck you!"

我推开那个胖子,跨上自行车,从他们两个人中间走了过去。

胖子惨叫起来:"谁能帮助我说中文?"

我呼应着:"No,没有人帮助你说这种操蛋中文。"

最后,我就像当年的红卫兵那样,骑着破车,拉直了嗓子,理直气壮地在我们小街的尽头肆无忌惮地叫喊起来:"打倒美帝国主义!"

仅有那么一点区别,当年红卫兵用中文呼喊的口号,现在变成了英文。

夜晚,我的声音显得那么清脆嘹亮,在城市的上空回旋着。随即,身后传来一阵口哨声,一些其他国家的男人也在那里呼应着叫喊着,听不明白他们的英文,总之大家都在那里大笑着……

要知道我的英文是派这个用处,妈妈一定会对我失望的。那我只能对她说一声"对不起"了。我们已经再也不会像妈妈那么严肃地生活了,我们的严肃是在我们的玩世不恭的状态里体现的。她就是太认真了,所以没有过上一天好日子。这不是我说的,是陈妈警告我的,在我们这个社会,根本不能像你妈妈那样做人。不要看陈妈大字不识一个,却常常语惊四座。

离开我们家以后,陈妈立刻就在对马路的小楼里找到了工作,看见她从里面走出来的时候,我有意把头别了过去。

陈妈终于到大户人家干活去了,他们家的院子,会比我们这里干净,从那里总是飘出一阵一阵的花香,因为部队的后勤人员一直来种东西;他们的小楼,也一定比我们的整洁,因为那里有人专门去打蜡;还有,他们家的孩子,都是穿着有四个口袋的军装,走到哪里都提高了半个音阶,大声地说话;高兴的时候,还可以抽出身上的军用皮带随便乱打,甚至连人都可以打;他们家,肯定是要吃什么有什么,哪里像在我们家,连红烧肉都吃不够。

"小五子!"陈妈拉直了她的大嗓门,像抓坏人似的,在街上大声吼叫着。我吓了一跳,再回头看一眼,差不多真的认不出陈妈了。不知怎么搞的,她瘦了很多,脸色也很难看,跟在我们家的时候判若两人。

"陈妈,你生病了?"

"我瘦了很多,是吗?人家都这么说我。"

陈妈自己都有点伤心地摸了一下脸庞。

"哼,说起来还是什么老红军,老革命,我看比我们村子里的地主都坏。做人做得那么刻薄。"说着,陈妈朝小楼瞥了一眼。"讲讲我跟你妈吵架,我的好日子都在你们家过完了。你娘这个人,做人做得这么方方正正,好那么顶真的?你看,她过上什么好日子了？她要是活络一些,像她那么聪明有本事的人,哪里会混成现在这个样子？要是我当初不离开你们家,你也不会像现在这么邋遢。你看看你看看,这副鬼样子,一身的油,我要是在你们家,能让你这么穿着就出门了吗?"

说着,陈妈扯着我的衣袖,嘴里还发出"仄,仄"的声音。陈妈说什么都是那么形象化,就是数落人,也让人发笑。

"谁让你嫌我们家穷的?"

"你这个没良心的,我要是真的嫌弃你们的话,老早走了。还会把你带那么大？就是你妈做人做得太伤人心了。"

我一看陈妈认真起来,就不敢说话了。她在我们家的时候也是这样,随便说什么,最后一定要让她占上风头,不然就没有你好看的。但是,你软下来了,她又会比你退得更多。顿时,陈妈就把话题扯开了。她说:

"他们家的事情都说不出口,和自己子女,一家人还分开了吃。到做饭的时候,还要你抢先我抢后,抢那个煤气灶头。你想得出来吗？那老太婆每天在我烧好菜以后,要在油瓶子上画一根线,做好记号。除了他们子女,也不知道怕谁偷了他们家的油,现世现报的东西。他们还跟我说,到他们家的佣人舒服来,不要老清老早去买菜的。"

"那谁买菜啊?"

"他们老红军,都由部队里送来的,要什么打个电话去就可以了。"

我笑起来了。陈妈敏感地冲我了一句。

"笑什么?你当他们家会让人家送什么好吃的?比你们家吃得还要不像个样子。生大葱夹在面饼里,咯吱咯吱就吃起来了。吃么吃得整个房间整栋楼里都是个臭气,厨房难闻死了。我是真正在他们家,跟着一起吃这种东西要去饿死。只好自己掏钱,买点鸡蛋煮煮吃。好笑啦,他们家来客人,没有菜,还来问我借鸡蛋。不要脸,借我那么大的鸡蛋,还给我的时候,就变成了小鸡蛋了。说是,后勤科只有小的。我相信来……要不是他们给我的工资还过得去,我老早就不做了……"

突然,陈妈朝门那里看了一眼,一辆小吉普正从里面开了出来,贴着我们两个人"嗖"地一下过去了。陈妈急忙把头掉向一边,假装什么都没有看见。我却看见小车里一个中年女人仔仔细细地打量着我和陈妈。车一过,陈妈又说了:

"看见了吧?就是那个死老太婆,还不许我出去。"

"那她看见我们了。"

"看见就看见了,我是个活人。又不是卖给他们家的。难得出来走走,买自己的鸡蛋还不可以?"

陈妈嘴里这么说,还是很快跟我告别了,走进小楼的铁门里,就再也听不到她的消息了。看着她走进去的时候,小门迅速地在她身后合上了,门缝里看见一个站岗的人,他往后退了一下,让了让陈妈。接着,那扇铁门就重重地砸上了。就像是一扇监狱的大门,那么沉重。我不敢朝那里张望,也不敢打听,好像是结束了探监的时间,赶紧灰溜溜地往家跑。我跟谁都没有再提起陈妈的事情,实际上,我想要说也说不明白。

……一直到一年以后,我才又看见陈妈。那是陈妈自己跑到我们家来的,手里拿着一个用手绢包着的东西。

"小五子,我在小菜场听你们邻居讲,过几天你就要到乡下插队去了?要走,也不来跟我说一声。"

"我怎么说啊,我又不敢敲你们的大铁门的。"

"可怜你这孩子……"

也不知道她可怜我什么,但是听她这么说话,我感动得半天开不出口。陈妈打开手绢,从里面拿出十个煮好的鸡蛋。

"陈妈,你这是干什么?"

"干什么?给你带在路上吃的。现在不要去吃它,听见吗?"

"不要,不要。这么贵的东西。"

"你是看不起我做佣人的,嫌我送的东西少了,是不是?"

"陈妈,你挣一点钱多不容易啊,妈妈知道会骂我的。"

"你妈现在不是在干校吗?她到哪里去骂?唉,要不是我家老头子不像个人样子,我就让你到我们乡下去插队了,离开上海近这么多。我从小带你长大,我不知道?乡下那种苦,你哪里吃得了啊。现在还要跑那么远……你这个人除了良心好,有什么用处?实在是那个老头子不是个东西,不要等你去了,还来骗你的钱用,又好有借口往上海跑。说不定还会赖在你们家住着……我跟你妈吵归吵,我是不能给她再带什么麻烦来了……我是真的想过,要把你送到我们乡下去……还是不行……我那一点钱,早晚也是给那个老东西作光的……这么老了,还在乡下轧姘头。死不要脸的东西……"

说着说着,陈妈拿起包鸡蛋的手绢在那里擦眼眶。我大张着嘴,一句话都搭不上来,就那么傻傻地看着她,看着她那粗硬的手指,在不再光洁的皮肤上,不停地擦着眼泪,像在那里擦着一块粗糙的墙壁,可是再也擦不去上面的斑斑驳驳的痕迹了。岁月留下的就是辛酸,怎么擦都不行。我再也忍不住了,像小时候一样,跟着陈妈,听她说话,跟她一起哭泣,眼泪吧嗒吧嗒直往下落。

两年以后,等我从农村回来探亲的时候,看见街道墙壁上的大字报和大标语都被刷洗掉了,惨白的石灰涂在上面,城市变得清清冷冷。早晨,再也听不见村子里牲畜的叫声,街上行人也比往常少了,不知道为什么人们都绕过我们的小街走,特别是修棕棚磨剪刀的,都不再冲着我们的窗口叫唤了,他们出现在其他的街道和弄堂里。我们的小街寂静得莫名其妙,只有很少的两三个人,也不明白他们是干什么的,始终就是他们几个,来来回回地在街道上走着。

我们的小街,像是我梦中的街道,于是我顺着这恍恍惚惚的梦境,想去看看陈妈。脚像漂浮在水面上,慢慢地挪到了陈妈干活的人家门口,我站在对面马路上,突然腿软了,快跪了下来似的。我蹲在那里,看着对面的铁门依旧关得严严实实。我思忖着,怎么上前敲门,怎么问话,怎么可以看见陈妈……可是,有一个低沉却又严厉的声音在我身后问道:"你在那里看什么?"

我猛地站立起来,回过头去,没有想到身后站着一个人,那人正紧紧地挨着我,身上的纽扣在我脸上狠狠地刮了一下。好像是一个便衣,就是那些在街上来回走动的人,所有人的面目都是一样的,我什么都看不清楚,只记得他穿着中山装,那纽扣在我脸上刮出了疤痕。我吓得说了一句:"不看什么。"然后捂着脸掉头就跑,一直跑到很远的地方,跑到我气都喘不上来的时候,才停下来。但是我依然不敢回头张望。这以后,在这小街上,我似乎丧失了说话的能力,只会说"是"、"不是"或者是"不知道"。既便是说这么简单的措词的时候,也说得结结巴巴。

我躲在家里,有时趴在厕所后面的小窗子上往外张望,发现有人在朝我们家观察时,吓得我一屁股坐在抽水马桶上,喘不上气。家,对于我没有什么意义,母亲说是在干校,实际上是被关起来了。周围的一切我都非常熟悉:窗下还有人站在那里,偶尔还是有小吉普车从街道上开过,令人头皮发麻的革命样板戏,还有重大指示发表的时候,深夜高音喇叭的尖叫声。然后,就是短暂的寂静和短暂的黑夜,我蜷缩在被窝里,整个背部贴在坚硬的木板床上的时候,心里才有了那么一点点踏实的感觉。

夜里,派出所上我们马路这边的人家来查户口了,是里弄里的小组长带来的,他们把每户人家的门都砸得很响很响,像是来抓坏人。家里,只有我一个人,我用大棉被把头裹得死死的,假装没听见,随便他们怎么敲,就是不开门。第二天,里弄小组长到我们家来了,通知我立刻回农村去,因为接到上面的指示,说我们这条街的安全变得非常重要,除了户口上有名有姓的人,其他人都不能待在这里。真是一个很好的借口,让我又回农村去了。实际上,每天早上醒来,我觉得比任何时候都更害怕,苍白的树杈,清冷的阳光,每一个早晨都是这样,阳光怎么就那么势利,什么时候开始也变得不再温暖了?我觉得还是回去好,在那里我可以看见很多很多的农民,牲畜,还有贫瘠的田野,我可以跻身在人群里,我可以呼吸。那便衣的目光,那深夜的敲门声,那短暂的黑夜……害怕啊……

很久很久以后,大家才明白——在马路尽头的是空军部队的招待所，1971年，林立果开秘密会议，那个"571工程"就是在那里制定的，他们在那里搞政变，要谋杀毛泽东主席。

"文革"结束以后，七十年代末，招待所改成了高级宾馆。八十年代中，宾馆院子的大墙给砸掉了，沿着街面搭起了一片小房子，开了不少小店铺，做起了买卖；到了九十年代中，这些做买卖的街面房子逐渐又转租给别人，最后变成现在这一片酒吧。

最近一个时期，我们的小街安静了下来，酒吧像要停业似的，所有的霓虹灯也不闪烁了，只有几盏路灯在梧桐树下发出一点青光。街道安静得反而让人觉得很不踏实。生意就更加惨淡，几乎看不见什么客人。透过玻璃窗往里面看的时候，只看见吧台前的服务生，自己在那里喝啤酒，里面的坐位都空着。街上的出租车更不知道从什么时候起，不再停留在这里。为了招一辆车，还要跑到前面的主干道上。只看见警察又来光顾这里了，他们像当年那些在街道上晃悠的便衣，在街道的周围转来转去。这又让我害怕得厉害，好像过几天，我又将被赶走似的。这次就不是赶回乡下去的事情，是要被赶出这个国家了。我不知道在什么时候,被训练成一个刑满释放的犯人,无论发生了什么,首先就觉得自己做了坏事。

时不时,我还会趴在厕所的后窗子上往外张望,警车正拦下一个骑着黄鱼车的外地民工,在那里检查他的身份证;又是一个人被拦下来了,不知道在询问什么……

冬天的时候,梧桐树的叶子都落尽了,清冷的酒吧灯光把树枝影子投射在墙壁上,张牙舞爪的样子,像一团一团的鬼怪,当风摇动了树杈,这些鬼就在那里跳起舞来。突然,从黑暗里闪出一个影子,叫了我一声"大姐"。我吓得差点从自行车上摔下来。那个叫唤我的女孩,一把拉住了我车子的龙头,我这才踏踏实实地用一只脚踩住了地面。

"大姐,你不认识我了?"

我犹豫了一会儿,还是没有认出她来。

"你不是帮助我翻译过英文的吗?你的英文讲得真好,怎么还骑这么破的车子?"

啊,是她。我答不上话来……她们一点都不在乎,还说我帮助她翻译过英文。我自己却羞愧得想找个地洞钻下去。什么英文好不好的,不要提了,这和骑什么样的车也没有必然的联系。

"英文好能怎么啦？是想过，用英文挣你们一点小钱，结果也没有挣到啊。"

女孩没有回答，自己先在那里咯咯地笑起来了。同时，不停地在自己手臂和脖子上搔痒。她一点都不掩饰，就在人面前，拱起了脖子，手伸进衣领后面，歪着脑袋，往背脊上不停地搔挠着。她的脖子上面猩猩红红长着一片小疹子，脸上的皮肤还是那么白，是厚厚的一层白粉，把那些猩红的疹子给遮挡住了。

"你身上长了什么东西啦？"

"不知道，发炎了。大姐，你有什么药可以给我用用吗？"

"你生的是什么病？药是不能乱用的。"

"就是涂皮炎的就可以了，没有关系的。"

好像是回到农村的感觉，只要和人群站在一起，我又感觉兴奋起来。于是周末的下午，我把一些擦皮肤的药装在信封里给她送去。站在酒吧前面，不知道该找谁。卖烟的女孩说："你是找 Linda，是吗？"

"我找中国女孩。"

"就是那天晚上你帮她翻译英文的嘛。她们都是用外国名字的。"

"那,那就是 Linda 了。"

卖烟的女孩对着酒吧里面大声叫喊着:"Linda,Linda……大姐来找你了。"

隔了一会儿,女孩才怏怏的,踢踏着一双粗俗的高跟凉鞋,人歪歪扭扭地从里面出来。站在阳光下,她完全就像一个影子,非常单薄的身体,上面呈现出一个发青的脸,连嘴唇都是死白的。脸上的疹子把两颊烧得通红,这次她没有扑很厚的白粉,所以谁都可以看得清清楚楚。她根本不在乎,眯缝着眼睛,有气无力地接过我给她的信封。当她看见上面写着"电影制片厂"几个字的时候,一下子多了几分人气。

"大姐是拍电影的啊?怎么在电视上,从来没有看见过大姐呢。"

"我又不是演员……"

我们的谈话还没有展开,刹那间我就被周围的姑娘包围住了。我想退出去,不是为了别的,是因为她们身上,发出一阵怪里怪气的味道,说不明白,就觉得那么难闻,酸酸的,夹着劣质的香水和身上的狐臭,毫不掩饰地扑面而来……大家七嘴八舌地向我打听明星的消息,这不是要了我的命,我说我不知道,她们根本不相信。我想逃跑都不行,她们像影子一样贴着我。一直到 Linda 问我,"以后我们可以去拍电影吗?"我算是被解救了,我可以站得远一些回答问题,也可以和她们保持距离。

"拍电影……你们除了去拍妓女,还能拍什么?"

姑娘们根本不在乎我的刻薄,自己就在那里哈哈大笑起来。

"妓女就妓女,巩俐不是演了两个女人都是妓女。"

"只有一个,《画魂》里的潘玉良嘛。"

"没有,《霸王别姬》里面的女人,不也是妓女出身?"

越往下说,她们越快乐。她们对电视剧、电影的行情,比我还清楚。她们自己在那里打趣,互相比作赵薇、巩俐和许晴什么的,向往着明星的日子,向往着一些只有她们自己明白的未来和典故。那个快乐,真是像阳光下的小鸟,叽叽喳喳,那么明媚。我插不上嘴,转身走了。可是她们不肯放过我,飘着一阵狐臭的香水味又追上来了:"你可以介绍我们去演电影吗?"

"当群众演员可以。"

"我们能演个什么样的角色?"

"比如,那就演个旧社会里的酒吧女,或者是舞女之类的。"

Linda 失望地说:"只能当群众演员啊。"

还是别的姑娘精明,赶紧问我:"干一天,能挣多少钱啊?"

"现在已经涨到干八小时给二十五元钱了;超过八小时,按小时算,就付双倍的。"

所有的人都惊呼起来,我被她们叫得有点糊涂了,是我说错了什么? 好像就是二十五元钱一天嘛,没错。怎么给她们一叫,生活立刻变得走样了。

"你骗人,二十五元钱一天,谁会去啊。"

"我就是这个生活水平呀。"

"大姐又要骗我们了,你肯定挣很多很多的钱的。"

……

钱,这实实在在是人们渴望拥有的一种东西,用来代替我们可能已经忘记的一些愿望。我答不上话,尴尬地晃着脑袋,好像我欠了人家的笑容。不是我对钱不感兴趣,是我听见人们在谈论它的时候,体验到一份无奈和疲惫。有时候,我觉得钱会像蜘蛛一样,把我们纠缠着,从我们的血管里吮吸着。贫血以后的晕眩爬上我的脑袋,甚至在深夜的梦中,我都会被什么东西摇曳着,被旋转以后,想要呕吐的渴望代替了一切。要跟别人说明白这种感觉,是很难很难的。就是同一种语言,也不行。谁都不能体验到自己生活以外的经验。

下雨了,我终于在家门口拦到了一辆出租车。雨水敲打着窗子,直直地开出我们的小街。身后的小街安静得像有人在哭泣。我好奇地问司机:"你们现在怎么不到酒吧来拉客了?"

"你是上海人吗?"

"当然是啊。"

"那最近的形势你不知道?怎么像在说外国话。"

"中国话是怎么说的?"

"克林顿要来了。现在是'严打'时期,侬晓得哦?警察,老早就和酒吧打好招呼了。再说,警车老是在门口转来转去,这些老外门槛也精来兮的,他们才不会吃亏呢。"

"现在是不要打110了。"

"看侬讲的,110睬侬这种人？老实告诉侬,真正的原因是这里一个高干,真正的高干。住在那一排小楼里的……"说着,司机往小车的反光镜里撇了撇嘴,我没有朝后面张望,我还不知道他指的是什么地方。"这老家伙给上面写了信,说是这里搞得跟资本主义一样,完全变色了。他妈的,一写就写到那么高。他舒服,他当然要无产阶级啦,他可以住小洋楼,小车进进出出。我们的生意就这么给敲掉了。"

"原来生意好做吗?"

"好做,一个晚上拉三差就全部解决了。你想,来的老外大多都住在沪青平公路那边。我拉过去一差,然后,那个女的就要我等在那里。她完了,不要我把她再拉回来吗?"

"她自己不好在街上拦车的?"

"看你说的,半夜三更,在郊区,她到哪里拦车？就一个晚上,拉几个来回,我就可以下班了。现在,完蛋了,在路上兜来兜去,汽油跑掉不少,什么客人都拉不到。谁那么晚没有事情往外面跑的。这群老不死,自己过了好日子,儿女都送到国外发财去了,就要来搞无产阶级,老百姓都无产了,吃什么?"

司机火气越来越大,我吓得不敢再问。好像,我是从那小楼里走出来的。其实,事情也不见得像他说的那样。到国外哪那么容易发财。但是,我不敢反驳,人家总是认为我这样的人脑子是有问题的。中国的事情还没有搞清楚,又要来说外国的。我缩着脑袋,看着灰灰的街面,让车"嗖嗖"地往前跑。

其实,在美国我真的见过一个住在小楼里的人。当我把它写在纸上的时候,连自己都不敢相信,生活是否太戏剧化了?可是,生活常常比故事更加离奇,更加出人意外。真的,就在纽约朋友的家里,我遇见了妞妞。怎么都解释不清,在上海那么小的一条街上,在一起住了几十年,我们竟然从来没有擦肩而过,结果却在偌大的美国,在人们匆匆忙忙疾走的纽约,我们碰到一起。跟妞妞说话的时候,完全像是一个梦境,我飘飘忽忽地向她走去,她那张陌生的脸,忽而具体忽而又显得那么模糊。我努力看着她,想看清楚这些挣了大钱的高干子弟,但是怎么看都看不明白,她为什么要到美国来呢?

妞妞很瘦弱,身上只差穿上原来的老式军装了。她手里抱着我朋友的老猫,然后小心地将它放在沙发上。穿的衣服还是八十年代末上海流行的样式,裤子都是全尼龙面料做的,黑色的,上面沾着灰尘,露出灰色的斑迹,她依然把它们从中国穿到了美国。她讲话举止都是轻轻的,好像怕惊动了别人,好像她不是人们理解的张牙舞爪的高干子弟;也好像她知道大家都不那么喜欢她。那文革的时候,她在干什么?总之,我怎么想,也无法和当年我们小街上的高干子弟联系在一起,那些大声说话叫嚣的人,怎么会刹那间,嗓音都降低了?美国就那么厉害,几年的工夫,就可以把一个人从本质上改变了?

她做人做得特别小心,虽然还讲着上海高干子弟说的那种"好巴啦"语系的普通话,却显得有点过分的谦卑。她和我的朋友同住一个小楼,连我的朋友都很少看见她。

"因为,我和我先生从早到晚,几乎就不在家里待着。"

(真的,真的被改变了。她也管丈夫叫先生了。)

"怎么会那么忙呢?"

"我先生在一个韩国人开的工厂里修手机,把坏掉的零件换一个新的上去。修好了,就当折价的新手机卖出去。韩国人挣了不少钱。"

"有人买吗?"

"供不应求呢,所以忙得不得了。"

"修手机,看那么小的零件,多伤眼睛啊。你们能挣很多钱吗?"

"我们是办旅游签证来的,现在已经在这里黑掉了。人家肯给我们做工,就很不容易了。"

"那你呢?"

"我在衣厂工作。"

我的朋友狠狠地瞪了我一眼,我赶紧闭嘴了。

"没什么,没什么,你问好了。大家出来都不容易的,有机会和老街坊聊天都开心死了。你问好了。"

"那你干什么不回国呢? 你们家条件那么好!"

"出来的时候多不容易啊,总不能就……就这样回去了。总想挣点钱再说了。我现在回去,也是下岗的。你说呢?"

"这要盼到什么时候啊?"

"总会盼出头的。那,你在美国干什么?"

"我把书读完了……"

"你们多好,在美国只要读好了书,就会有好出路的。我小时候,家里没有这个条件,没人辅导我们读书。爸爸妈妈都是工农干部,是后来到了部队上,才学了一点文化。"

"都一样,干什么都一样。我现在读了书,也就这样。马上就要回去了。"

"回去买房子了吗?听说,现在国内的人都很有钱,好地段的房子,都要大清早去排队,像过去到小菜场似的。怎么会那样有钱的?"

我摇了摇头。我知道她说的都是真的,但是,我也弄不明白。"跟我没有关系,我还是回到我们的小街上去。"

"还是不能和你比,你们在这里念了书。没钱,也是有本事的人……"

朋友终于忍不住了,竟然狠狠地推了我一把,大声地叫喊起来:"你表现完了吗?你与众不同,你像美国的西部英雄独来独往……行了吧?"

"你有神经病,我没有说错什么吧?"

妞妞赶紧拉住我的手:"不要吵呀,为我有什么好吵的。不要吵呀,再见了。"

她几乎像个隐身人,话还飘逸在空气里的时候,人,却在刹那间消失了。像是被我们吓跑了似的,再想做什么解释都来不及了。实际上,是我自己在现实中感觉到一份措手不及,看见她那么纤细脆弱的样子,忘记了平时的游戏规则,毫无保留地把自己对她的歉疚,对生活的恐惧流露出来。我是在自己的慌乱中逃回上海的。

看着她的背影,我觉得自己做错了什么。

朋友叹了一口气,说:"她人太好了,好得让人心疼。"

是啊,不说都能够感受到这些。在美国待了那么久,虽然没有看见过韩国人开的修理手机的工厂,但是我去唐人街的车衣厂做过毕业论文的调查。衣厂给我留下了很深很深的记忆。工厂设在二楼,和所有的美国企业不一样,一扇铁门外面还加铸了另外一扇铁门,上面贴着一个头着地的"福"字,好像是一个破败的人家。可是,进门一看,那是一个无边无际硕大的车间。没有人说话,只听见电动的缝纫机在"嘶、嘶"地响着。头顶上一片青光光的日光灯照耀着,从白天到黑夜,车间里看不见日照。人头都被前面的成衣和半成衣遮挡着,衣厂的玻璃窗被铁栏杆包裹着,除了成批成批的衣片堆放在每一台电动缝纫机边上,几乎看不见别的。时而还有老鼠从房梁上跳下来,老猫好像是老鼠的朋友,就那么懒懒地蜷缩在衣堆里,一点反应都没有。因为是计件工作,大家都抓紧时间干着。缝纫每一个牛仔裤上的皮带袢,可以挣得一美分;缝纫牛仔裤里裆的裤边,可以挣得五分半。想想那牛仔布有多硬,一美分一美分就是这么挣来的。

刚去的时候,妞妞不会做,缝坏了,拆掉重来。老板只是冷眼看了看她,没有指责也没有叫她赔偿。每天下来,常常就挣几个角子。好在,妞妞没有让电动缝纫机的针扎进自己的手指里面。当她渐渐地学会以后,就一刻不停地干着,从一个月只能挣三百美元的记录,升到八百美元。人,还那么年轻,已经开始驼背了。她伏身在缝纫机前面的时间太长。

妞妞不是这么理解的:"我这么早下班回家也没有意思,先生没回来,一个人待在房间里干什么?美国电视我又看不懂。晚点走,赶上唐人街菜市收摊的时候,蔬菜都像不要钱一样卖给你。"

说着,妞妞笑了,笑得很开心。她就是那样,再怎么谦卑地跟你说话,还是有当年高干子女的骄傲,她不觉得有什么丢人的事情,她是靠自己生活,靠自己!她才不会为了几个臭钱去嫁给什么唐人街小餐馆里的小老板。还有,她自己都没意识到,她总是保持着一份诚实。

我和朋友说到妞妞的时候,常常会沉默下来,不明白我们之间都在想什么。我告诉朋友我们对面小楼里的故事,描绘着高干子女当年的举动,诉说着他们多么辉煌的场面,成群成群地纠集在一起,都穿着发白的有四个口袋的军装,在重点学校里面演出"红卫兵组歌",歌词是他们自己重新填写的,曲子就是红军组歌。我想,妞妞一定也站在里面……我还给朋友轻轻地哼出了那组歌的一点旋律……朋友一惊一乍地看着我,好像不是妞妞在演唱,而是我在那里表演……

当历史渐渐地褪去颜色的时候,再怎么恢复它原来的面目,都觉得是假的。不知道妞妞的军装扔到什么地方去了,她自己都跑到美帝国主义的国家来打工了。父亲也离休退役。妞妞的母亲在前几年过世了,这之后,不到一年的工夫,父亲在《老年报》的征婚栏里认识了一个女人,就急着要结婚。

妞妞很难过,赶紧给父亲打电话:"爸爸,妈妈过世还不到一年呢,妈妈还尸骨未寒……"

父亲没有等妞妞把话说完,像一个老干部回答他的部下提问一样,明确地反问道:"什么时候才算尸骨已寒?"

那天,妞妞突然跑到朋友这里,给她送来一大碗白木耳炖红枣和枸杞子,她放下碗没有走,就那么呆呆地望着朋友的桌子。

"我可以在你这里坐一会儿吗?我先生还没回家。"

"我的座位不收费,坐啊。"

后来,妞妞就说了父亲要结婚的事情。她一边说一边笑了,"真没有想到,我父亲这么一个大老粗,还挺会说话的……"

朋友被妞妞的幽默打动了,忍不住哈哈大笑起来,可是笑到一半,戛然而止,她突然看见眼泪就那么默默地从妞妞含笑的脸上往下滚落。

夜晚降落的时候,我躺在朋友的床上。我看见的却是我们的小街,那一栋栋小楼,怎么坐北朝南那里的小楼,紧闭大铁门的小院,都不再显得神秘。但是,它的故事也不好听,跟我们这些大杂院的故事,竟然那么相像。只是,他们的院子里面还没有戳上竹竿,拉着绳子,还没有终年晾起乱七八糟的衣服和被褥,还算保留了一点情调。但是,后来妞妞跟我朋友说快了,快了。

真的,父亲结婚以后,那女人的小女儿就经常在小院里进出、过夜;再后来,女人的儿子带着他一家人,住进来了;说可以照顾父亲。最后父亲的小车天天在外面跑,一会儿给女儿开的小杂货铺进香烟,一会儿又要为女人的儿子运VCD。家里花园外面的铁栅栏最后被砸掉了,开了一个小店面。VCD的生意很快也改做DVD了。小店里热火朝天,连儿子的儿子,还在上小学的孩子,也常常和奶奶一起出来料理生意。谁都不会去说他们的,因为通过父亲的关系,女人的儿子已经调到警察署里去工作了。于是,生意就交接给他妹妹去做……

妞妞感慨地说:"我们也希望爸爸好好找个女人,现在大家都把这些事情想得很明白的。但是,爸爸干什么找这样一个女人。我姐姐在路上看见他们的老战友的时候都不好意思,人家全在偷偷地问她,'是不是你妈妈还活着的时候,他就和这个女人搞上了?'姐姐说,没有,真的没有,那可是天地良心,没有的事情不能瞎说的。是这个女人看见爸爸的时候,说是当初他当军宣队,进驻他们供电局的时候,大家就说妞妞的父亲是最有风度、最有水平的老革命。现在,老革命依然如故,还显得更加潇洒。"

交往三个月以后,妞妞的父亲就娶了这个比他小二十三岁的女人。结婚前,他们还去泰国旅游了一次,回来以后,女人穿着在泰国买的背带裙出席了结婚宴席。妞妞想像不出那会是一个什么样的场面,她幸好没在上海;其他的几个兄弟姐妹都去了,和女人的一家分开两桌坐着,大家虎着脸,像是去奔丧似的;根本没有情绪跟她们家的子女说话;但是她们家的孩子,一口一个爸爸、爸爸……叫得父亲喜笑颜开。吃喜酒的时候,爸爸没有喝很多,只是一直拉着那个女人的手,从开始到结束都没有松手。

妞妞伤心地说:"爸爸从来没有这样待过妈妈……"

我要回上海去了,没有几天可以睡在朋友的屋子里,我把海绵垫子拉在朋友的床边。现在我什么都害怕,害怕夜晚,害怕伤害妞妞,害怕自己的软弱。也许我真的做错了什么……晚上,我对朋友说,我最害怕的是,看见妞妞的那份勇敢,我老是问自己,将来我是不是会后悔选择了回国?但是,我又怕再不回去,妈妈就要死掉了……小街是不会消失的,只要小楼还在,故事也会一直延续下去,那里的梧桐树正越长越茂盛;但是生命是脆弱的,妈妈有一天会离开我的。这些话,还没有说出口的时候,我又想起了陈妈……那个操着绍兴口音,长得粗粗壮壮的南方人;这些乱七八糟的形象交织着,像是叠印在一起的照片,分辨不出你我,混杂着留在小街上,然后随着黑夜一起降临在我的梦魇里。

……陈妈瘦了很多很多,焦黑的脸上渗出一片黄色,谁都不会想到她也会得病的。她依然咄咄逼人地在那里大喊大叫,干活还是那么利落。妈妈从干校回来的时候,特为跑到对面小楼去找陈妈,不知道是妈妈想让陈妈再回我们家做,还是妈妈自己生病了,变得越来越多愁善感,做事不再那么方方正正,那么讲究原则。总之,妈妈可以原谅陈妈所有的缺点,她希望能再和陈妈一起生活。

从干校回来,妈妈得了严重的风湿性关节炎,走路都挂着拐杖,身体大不如从前了……妈妈一瘸一拐找去的时候,东家的女儿站在铁门外面,跟妈妈说,东家的夫人在生病,陈妈忙不过来,没有工夫出来见人。"东家的女儿"——会不会就是妞妞?因为妞妞的妈妈就是在那个时候发现了淋巴肿瘤。

"不会的。你不要把所有的事情都编在自己的故事里了。"朋友说。

只是,现在想起来,我又会仇恨这些高干子女,这么逼人干活的,分分秒秒都不能少,甚至把妈妈最后一次见陈妈的机会给剥夺了。

不是妞妞就好。我不在乎那个东家的妻子生了什么病，他们都是高干，他们都会有很好的大夫，他们也会有高干的医疗待遇。是陈妈，做了一辈子佣人的一个乡下人，要是她生病了，她会有什么？什么都没有，没有钱，没有人照顾，也没有医疗保险。

妈妈后来再去敲对面小楼的铁门时，才知道陈妈已经不在"老革命"家里做了。妈妈自己拄着拐杖去菜场买菜，遇见隔壁小楼里的佣人时，她跟妈妈说，陈妈不做佣人了，她回乡下去了。妈妈四下打听到了陈妈乡下的地址，给她写了一封信，请她原谅当初和她的争执，因为那时候家里条件实在是太差了。妈妈希望陈妈回来，"我还能翻几本书，虽然我也老了。你来我家做吧，我们也可以做个伴。将来，你就在我们家养老，我那点工资就由你来安排支配。"信发出的同时，妈妈还给陈妈汇去了来上海的路费。

但是，陈妈没有回信。妈妈自己从铁门走出来，走上小街的时候，还会叹口气跟邻居说："那时候，大字报就贴在这里，陈妈胆子真大，就把它撕掉了……"妈妈很少出去了，因为小街上开了不少店面，人们在那里排队买电器，双鹿牌的大冰箱，一台一台从厂家运来以后，都来不及进店，立刻就被人买走了。说是道路，但是狭窄的路面挤满了人，空间只够人排队的，哪里还能走人？更不要说像妈妈这样拄着拐杖的人了，还是不出来更好。于是，妈妈能走到最远的地方，就是站在铁门前往小街上张望。

有一天，走来了一个乡下老头，他手里拿着一个信封在那里寻找什么，妈妈一眼就认出来，那是她写给陈妈的信，怎么落到一个乡下人手里去了？妈妈的认真又开始了，她严肃地质问那个老头："这封信怎么会在你手上？"

乡下人战战兢兢地看着妈妈说："我是来找她的老东家的。"

妈妈不再说话了，很久很久以后，妈妈都说不出话……原来，原来陈妈死了。陈妈在"老革命"家做的时候，下身一直滴滴答答地在流血，肚子疼得厉害。"老革命"也没有带她去看病，"老革命"的孩子跟陈妈开玩笑，说她返老还童了，这么大年纪还来月经。后来陈妈说要回自己乡下去看看，他们那里有一个老中医，什么病都能治好。但是回去以后才发现，得了子宫癌。已经是晚期了……一个月后，陈妈就死了……那时,文革已经结束,是八十年代初期。

妈妈一直问我们,陈妈走之前为什么不来我这里说一声呢,不就在马路对面,她不是不知道、不了解我,不管怎么样,我都会给她出钱去看病的。至少要检查一下再回去啊……我们家已经有这个条件为她治病了……至少凭我的关系也能找到很好的医生……子宫癌又不是什么要致人于死命的癌症……说这些话的时候,陈妈已经听不见了。这份后悔仅仅是潜在我们身体的深处,妈妈后来一直在跟我说,我们也一直在不停地商量着"如果"……不停地设想"如果"陈妈要是还活着,我们会为她做些什么。似乎一有什么,这挥之不去的内疚就会从空气里跑出来,牵动一下我们的神经,让我们回想起自己做得过于激烈的举动。每牵动一次,就像那盏快熄灭的小蜡烛,被摇曳的火苗死劲地往上蹿一蹿,挣扎着,但是依然是越来越黯淡……

那乡下老头还只有五十多岁,是陈妈的儿子,说是要给陈妈做个坟,但是没有钱。妈妈知道他是来要钱的,也知道那个坟,可能永远都造不起来。但是,妈妈还是把刚拿到的一笔稿费交给了他,算是表达自己对陈妈的一片心意……

想到这些,想到死人的事情,我就着急地要往回跑。

朋友也说:"快回去吧,你妈妈身体那么不好,万一见不着,将来你会永远后悔的。妞妞是没有办法。"

我在黑夜里沉默着,妞妞什么事情没有办法了?

"妞妞爸爸现在也住院了,那个女人巴不得他早点死掉,很少去看他。都是妞妞家自己的孩子,天天往医院跑……"

"他们结婚才几年啊?就这么恶毒。"

"也有四年了吧……"

"那妞妞爸爸后悔讨了这个老婆吗?"

"妞妞也是这么问她的兄弟姐妹的,但是他们说,父亲从来不跟他们涉及这个话题。她父亲收藏的那些名贵的邮票,还有字画,都渐渐地不见了。"

"肯定是那个女人偷的。"

"你没有证据,你能拿她怎么办?"说这些事情,大家都会感到一份无奈和疲劳,于是朋友喃喃地应着我,"不要说了,该睡了……"

我们沉默下来,这时听见楼下很轻的"嘎叽"一下关门声,然后是门上锁,最后有人将走廊上的大门带上,出去了。我下意识地拿起枕边的手表,我还没有看清楚什么,就听见睡在边上的朋友,低低地说了一声,"5点30分。她先生每天都是这个时候出门的……"

黑暗在我眼睛里渐渐地扩张开来,我的两只眼睛在游动,似乎想捕捉在黑暗中游动的星星点点的光斑,我害怕把眼睛闭上,害怕进入噩梦……天,还没有亮,朋友不再和我聊天,凉飕飕的北风从街面上刮来,发出一种悲哀的、不停顿的呼啸声……她走出了屋子,而我呢,我该走出纽约,走回我上海的小街上……不然,我会永远都在后悔。

回来的时候,小街已经面目全非了。转角上的霓虹灯把街面照得像大马路似的通明,我怀疑自己走错了地方……对于我们这些出远门的人,总希望家没有变化,希望在那里找到我们存留的东西,还是好好的一份温馨,哪怕家依然是破败的。穷困,在这时候变得不那么可怕,可怕的是这些陌生的富丽堂皇。我觉得我把自己弄丢了,就在自己家门口,找不到回家的路了。也许,在家里的人,又多么希望变化,变化得大一些,甚至彻底一些。在变化中,人们才会感受到一种生命的希望吧。实在是我们过去的日子太穷困了。

我绕着街角,小心翼翼地走着,那里张起了一个巨大的广告,广告后面是一幢摩天大楼,那上面的大玻璃在阳光下烁烁发光。大楼下面的铁门紧锁着,现在人们跑到这里来随便小便了,整个楼面被玻璃包裹以后,里面是空空的水泥架子。这是一座造到一半,没有资金废弃在那里的大楼。当大广告把那空空的水泥架子遮拦住以后,下面筑起了水泥墙,在墙上浇铸了一些裸体女人的浮雕,裸女们摆出了各种沐浴的姿态,然后从水泥墙壁上喷射出一股一股的泉水;她们的脚下,是绚丽的彩灯照得路人眼花缭乱。

已经走出好几步远了,可是当微风吹来的时候,还会把泉水细细的水珠打在脸上,似乎像穿过了浴室,直接走进那些热情的酒吧。又有不少年轻女人站在酒吧的路边,显然是克林顿早就回国了,也换了朝代。女人穿着吊带裙,有些干脆扎着肚兜,在那里嬉笑着和外国人打情骂俏。卖烟的女孩用一个一个英文单词在那里蹦着,叫卖着。她转身看见我的时候,叫了一声"大姐"。

她提醒我想起了什么,"你好,Linda 好一些了吗?"

卖烟的女孩平淡的脸,好像没有听见我在跟她说话,独自走在我的前面。我跟上去,又问了一句:"Linda 好吗?"

她还是没有搭理我,似乎是酒吧的声音淹没了我的问候,我跟在她的身后,还想问她的时候,在拐角的大广告下面,她突然止步,一个转身面对着我,差点让我撞在她的烟箱子上。她后退了一步,抬头对我没头没脑地说了一句。

"Linda 死了。"

"你说什么?"

"真的,她在春节的时候回家,过了两个月就死了。"

"她怎么死的?"

"生病……"

"生什么病啊?"

卖烟的女孩看见有人过来买烟,就朝那个人走去。我傻傻地愣在那里,像一个没有希望的拉客女人。一会儿,卖烟的女孩又走了回来,补充了一句,"她得了梅毒,自己都不知道。还当什么皮肤病呢。"

"她去医院看了吗?"

"还去医院,他们家都觉得丢脸都丢死了。就让她一个人住在猪棚后面的小房间里,把饭从窗子里递进去。家里人说,碰到她的手,都会烂皮肤的。"

"真是胡说八道。你们去看过她吗?"

"来上海以前去看了她,她已经昏迷了,没有跟我说话,我也没有敢碰她,就在边上站了一会儿,就走了。后来,我给家里打电话的时候,家里人跟我说的。"

卖烟的女孩,一边干活一边不停地说着,她也没有看我一眼,就像在介绍她卖的香烟一样平静。

"你们是从农村来的吗?"

"不是,我们都在镇子里上过学,都有初中文凭的。"

"在哪个城市?"

"来啦,来啦……"

卖烟的女孩急着去做生意,把我给扔在边上不管了。我犹豫着,多想追上去问得再仔细一点,还没有把迈出去的步子踩稳的时候,整个人就"啪叽"一下,仰面摔倒在街道上。我的脸被雕塑的裸女身上喷射出来的泉水打湿了,街面上也是湿漉漉的。我努力用手撑起了身体,可恶的是,路面上铺的是大理石瓷砖,我的手怎么用力也支撑不起自己的身体,刚一抬头,重新摔倒下来。顿时,我所有玩世不恭的情绪都消失了,人变得愤怒起来。他妈的,什么怀念,什么思考,人在说这些话的时候,一切都已经走样了。我突然想起了红卫兵烧毁那些线装书的场面,那熊熊的大火和这闪烁不停的霓虹灯,有什么区别?我想起那个老先生在众人之前受辱的情景……现在,轮到我们遭报应了。一代又一代,这毁于一旦的文化,却不可能在一夜之间重新建立。所有的暴发户精神都渗透到马路上来了……大理石瓷砖铺马路……我几乎要尖叫起来,在欧洲,有多少著名的道路上,铺设的都是石头块的道路……我们居然铺上了大理石瓷砖……暴发户!可我知道,暴发户这个名字,也不是暴发户自己发明的,就像愤怒这个词汇,是不会愤怒的人发明的。我知道生活是可怕的,并不是因为无聊每天在侵蚀我,也不是因为人都是会死的,而是因为我们是通过没有文化来学习文化的,通过死亡来认识人生的。死吧,全部都死得光光的……这倒霉的大理石瓷砖路面……我还是感觉到屁股被摔得疼痛不堪。现在感觉最可怕的,已经不是死亡,是被摔得半死不活,最后想死却死不成的现实。

田野随着火车在飞驰,叶子细瘦,玉米摇晃着,有点沉重的身体,在黄昏下闪烁发光。我还是埋头在福克纳的《我弥留之际》,陷进了本德伦一家安葬的队伍,我艰难地落在后面,像扎在牛尾巴上的陀螺,不断地甩打着,感觉到一阵一阵被撞击以后的疼痛。路程真长啊……但是,快要走完了。经过了种种的磨难,大水差点冲走了棺材,大火几乎把遗体焚化,越来越重的臭尸体招来了众多的秃鹫,疲惫不堪的一家终于来到了目的地,安葬了艾迪……

坐在我对面的那个美国女人,突然问我:"你在哪里下车?"

"圣地亚哥。"

"不是那个脏兮兮乱哄哄的酒吧边上吧……?"

我们两个不由得哈哈大笑起来。

"不是,不是。因为我朋友住在那里。"

"你是来度假的?"

"不是,我是来出差的。我来自中国上海。"

然后,我们俩又笑了。笑得没有什么理由。但是,我变得快乐一点了,因为艾迪终于被安葬了。我深深地呼吸了一口气,也终于把这段路走完了。

喧嚣背后的角落

白天,幸福路显得苍白无力,一条小路被来往的车辆堵得死死的,喇叭也不甘寂寞,大声地在那里此起彼伏;远处的小超市门口,堆放着一些不太新鲜的蔬菜,时而散发出一阵阵腐烂的气味,似乎在为幸福路叹息;丁字路口上的酒吧,冲着所有的行人,恶狠狠地敞开了胸膛,可是门面破旧,台阶上落下了不少灰尘。但是,一到夜晚,打着"幸福 163"字样的霓虹灯"呼啦"一下打开的时候,你再看看?路边歪歪斜斜的小树都被照亮了,岂止是照亮,树叶在霓虹灯光的闪耀下跳跃,像满天的星星,简直要飞上屋顶。很快,那些时髦的年轻人、外国人都朝酒吧走去,才拉动了一下门把,"轰"地一阵吉他声和一个男人的嘶吼就从门缝里冲出来了。他叫喊着:坐在火车站上/买张去别处的车票/手持行李和吉他/度过一夜的旅行/一个人的乐队啊/多希望这是回乡之旅/回到所思所唱的故乡/那儿有真诚等待我的姑娘……

歌声越吼越惨烈,走进酒吧的人,身上几乎是蹭满了歌词鱼贯而入,拉紧门后,歌声在大门外戛然而止。霓虹灯还在闪烁,在它的背后,会忽闪忽闪地出现几行小字:足底、全身保健按摩。还没看清价格的时候,灯光又暗淡了,再一次闪亮起来的时候,还是不能立刻捕捉到全部的信息。后来,天长日久风吹雨淋,窗户上的小字消失了。但是,里面的生意却做得越来越红火,人家不用打出广告就能招徕顾客。

"Liza,今天好漂亮啊!上次按摩的颈椎好点了吗?"刚跨进门槛,秋芹就大声地迎上门去。洁净的小厅堂里落满她和 Liza 的笑声,"好多了,好多了。""这衣服挂这里,不要弄脏了。""没关系,随便挂。这衣服是我家阿姨给我的,她说我老是穿旧衣服,她做的其他东家要扔掉的衣服,就给了我。我无所谓啊,就是不喜欢浪费。""Liza,你穿了就不一样。""是吗?你要是喜欢,你拿去。""我不要,我说,你穿上去就是蛮好看的。气色也好,眼睛都在发亮。"Liza 又笑了,"真是不好意思,不好意思。我刚开了双眼皮。都八十多的人了,你们不要笑话。""不会啊!不过,Liza,你原来的眼睛就蛮漂亮啊!""我觉得,原先眼皮是有点耷拉下来,一个朋友带我去的。在美国,大家都不喜欢什么双眼皮,我一回中国,大家都说双眼皮好看,双眼皮好看。不好意思,真是不好意思。"说话的这会儿,秋芹已经把按摩床换上了新床单,Liza趴在上面的时候,会闻到熟悉的太阳的气味。"哎呀,晒干的床单真舒服。在美国都是用烘干机,也不环保……""要我先生给你做吧?""都可以啊!"

按摩室暗暗的,但是走进这个角落的时候,就让人安静下来。朱师傅睁着他大大的眼睛,眼珠常常是朝上翻着,他长得真是帅气,可是眼睛已经全部失明。二十五岁练习拳击的时候,硬是让别人给打破了视网膜。一家都是老实人,什么话都没说,也没有让对方赔偿,父亲就拿着那一张小小的公费医疗卡,请了假,扣了工资,带着儿子一次一次跑医院。可是没有人认识,总也找不到好医生,于是就眼睁睁地等着失去了视力。奇怪的是,朱师傅一家从来没有抱怨过,他们家的人就是人们常说的,老实人。社会怎么变,这些老实人就是不变,所以就被人欺负。不过他自己还是觉得做老实人简单、踏实,心也安,于是脸上总会带着浅浅的微笑,伸出双手摸着门框慢慢走。当他把自己的大手,按在客人身上的时候,这成了他的一种弥撒,一份虔诚。慢慢地、认真地做着,更像是他的一种宗教仪式。于是大家都会跟着放松下来,特别是当朱师傅宽厚的大手触摸到你的肢体时,让人会有一种信任,一种愿望,一种渴望释放自己、周边的人、朋友,不知不觉就会絮絮叨叨地往下说。朱师傅和秋芹都是最忠实的听众,他们会跟随你一趟一趟跑到很远的过去,或者是很远的地方,你或许喜欢把这叫成"生活"。

Liza 说着一口标准的北京话,可是她是一个彻底的美国人。她最喜欢用的就是"不好意思"这个词,因为她不认识中国字。"那你也是美国的大教授啊。""不好意思,我不行啊!我们家祖上就是看不起女孩,所以我一生下来也不好好让我上学,家里请来的私塾,都不许我们女孩子去听,说是女孩嫁个好男人才是福气,读书有什么用啊!"秋芹忍不住问道:"那你们家不也是读书人吗?""我们祖上是行医的,我在皇城根下长大,祖上都是给皇族看病的,后来曾祖父那一辈的时候,上海变成殖民地啦,曾祖父就到上海来开了中医学校,就是你们现在上海的中医学院。很小的时候,我的祖父带我来过一次上海,那是我第一次看见外国人,街上的警察都是印度人,他们可不是一般的印度人,都说是从印度专门选出来的,所以特别高大,头上扎着红布,一脸的大胡子。一眼望去,特别显眼。祖父跟我说,上海人管他们叫'红头阿三'。好像你们上海人一叫阿三,是有点骂人的意思吧?""没有,没有。就是有点小看你,阿三嘛,不是老大啊。""是这样噢,祖父似乎对我有这么说。我和祖父过南京路的时候,一个'红头阿三'朝我们走来,我吓得哇地一声大哭起来。以后,家里人吓唬我就说,不听话,就让'红头阿三'带去。说这话的时候,我已经不害怕了。我在北京,哪里有什么'红头阿三'。"秋芹和朱师傅都哈哈大笑起来。

可是那时候的记忆,就剩下家里小院的金叶子了。后来家里把 Liza 送人了,女孩子家送了就送了。那是家里的世交,学西医的,人家不在乎什么男孩女孩,都喜欢,她去了,还在那里说要上学要上学。养父就说,女孩子家要上学,就去外国上学。Liza 说外国就外国啊。但是没有人认真地搭理她,后来日本人来了,都说日本人到处强奸中国妇女,家里害怕了。养父听说有货轮从天津走,要去美国,就说赶快把 Liza 送美国去吧。那时候,她已经十七了。夜里,突然害怕起来,不知道美国是怎么回事,看了一些好莱坞的电影,想到的事情,都是电影里的场面。"我想,哎呀,那里肯定都是美女和美男子,我去了怎么办啊!长得这么丑。又一想,就要离开我深爱的北京啦,再也看不见院子里的银杏树,那叶子一片一片飘下来的时候,就像我们夹在书里的书签,在太阳下飞舞,金灿灿的。我小时候,白天坐在院子里,看着那黄黄的金叶子,会眯着眼睛做梦呢。北京那会儿,真是漂亮。不知道怎么回事,现在从美国回来了,我喜欢住在上海。""那时候去美国,有飞机吗?""很少,那是非常非常贵的,一架飞机坐不了几个人。我们坐不起啊。坐船从天津走,绕路,走了三个月。一说去美国,就像生离死别一样。黄包车来了,外面下着大雨,油布把车挡住了。我透过油布的缝隙,看见一盏黄黄的小马灯吊在车轮子上,一抹清光洒在老北京的柏油路上,我的小妹妹——养父后来自己生了一个小女儿,她跑出来,拉着我的手说,'姐,那么黑,你上哪里去啊?'那时候才知道,什么叫欲哭无泪啊,我拉着小妹妹的手,一句话都说不出来。还在下雨,养母把小妹妹抱走了。真是凄凉得很,我都没有怎么来得及跟我亲生父母告别,就一直给拖到车站。那里有日本人,只听见有人在喊:'快快,上了火车就好了。'家里人把我的脸也抹得脏脏的,扮成一个乡下人。进了车厢,我赶紧缩在角落里。一直到货轮上,才想起了养父、养母呢,我还没有好好跟他们告别啊!挤在货舱里,哭啊哭的,哭累了就睡着了。船走了三个月,走的时候是冬天,到旧金山的时候,那里是阳光灿烂,我就这样给送到美国来读书了……"才说到一半,手机响了,Liza轻轻地在那里说了一会儿英文,挂了电话,Liza又说,"不好意思,那么不礼貌。尽说英文了,没有办法,我先生不会说中文。""没有关系,我们这里老有外国人,不能让他们都说中文啊。""不好意思,我先生怕我在外面不安全,就打电话问问。我说,我躺在床上,舒服得很呢。""你先生在美国长大?""是,他就是一个美国人。""黄头发、蓝眼睛的外国人?""是,是蓝眼睛,但头发不黄,是棕色的,现在也全白了。""你的孩子像爸爸还是像你啊?""女儿长得完全是中国人的样子,和我前面的先生生的,他是中国人。""噢……"朱师傅觉得自己问多了,就借着一个"噢"字赶紧住口。但是Liza还是大大方方地往下说。"我前面先生是个好好先生,做生意的,成天就是算账。我在大学教的是精算师,也是算账,回家、上班成天算账哪里受得了啊,我就跟他离婚了,带着一个女儿在大学教书。后来,遇到我现在这个先生,他那时候很年轻,才三十多岁,在当系主任。"秋芹叫了起来,"这么年轻就当系主任了,真是成功人士!""在美国谁要当系主任啊,烦死了。进了大学,都想把自己专业搞好。就是看见我先生年轻,还有精力,大家都投他的票,他也没有办法。那时候,我带着孩子不容易,经常要请假啊,这事那事的,老去找他。其实,我看见他就蛮喜欢他的,他比我小九岁,还是单身。后来我们好了,他说,我就是要找年纪大的,年轻的,就会要生小孩啊,这个那个,事情太多。""那你们结婚也很多年了。""是啊,四十六年了!""哎哟,快要过金婚了,祝贺祝贺!"Liza在那里呵呵地笑得像个孩子。"现在和中国的家里人有来往吗?""有,我们原来行医的丁家几乎都来上海了,我侄子也是名医。下一代,就这个侄子的儿子,传承了家业,也是看中医的。我养父养母都去世了,我八一年回来时,找到我的小妹妹了……唉……"Liza长长地叹了口气。秋芹赶快接口说:"不讲了不讲了,都讲累了。""苦啊,她是我们家最苦的。'文革'的时候给人家斗,关起来,都是我害的啊。""怎么会是你啊?""就是你们那时候,60年那时候,没有东西吃嘛。我通过香港的朋友,寄了十公斤的面粉和三公斤的油、三公斤的美国大香肠给养父家,他们没有拿到面粉,让政府没收了,说是粮食不能随便交易。我不是做买卖啊。还好把油和香肠给他们了。'文革',就说我妹妹是美国特务,她英文都不会,大学里学的是俄文,怎么会是美国特务呢?受我的牵连!我一回国,第一件事情就是找她,看见她的时候,哪里还认识啊。我走的时候,她才三岁,那只小手紧紧地拉着我,现在那双手都变成鸡爪子了,团在一起,骨头也变形了,不能伸展,得了类风湿关节炎,疼得在床上叫喊。苦啊……我们两家都是医生,都是有名的医生,可就是看不好妹妹的病。我要带她去美国治病,她说,那要多少钱,她在美国也没有买医疗保险,美国看病多贵啊。可她是我妹妹啊,我卖了房子,也要给她治病。她说,她走不了路。那我就用轮椅推你去,她不肯。我第三次回来,就是来开她的追悼会的,她走的时候,五十岁都不到……"Liza 一口一口地叹气,屋子安静下来,大家都不再说话,朱师傅轻轻地揉着 Liza 的太阳穴,让她放松一下,可是朱师傅的手湿了,Liza 的眼泪不停地顺着眼角往下淌。朱师傅抽了一张餐巾纸给 Liza,她努力带着笑意说:"不好意思,不好意思,尽说些不愉快的事情。"秋芹和朱师傅一起说:"不会,不会。中国人,家家都有这样的故事的……"

外面的霓虹灯是不愿意聆听这样的回忆的,似乎这情感会扑灭它的闪光,现在它在空间中赖以生存的是物质,是回归空气的轻快,是它自己本身的乐趣,它没有灵魂,这才让它的变化显得随意、轻松,它像蒲公英似的可以飞扬起来,甚至是张扬的。于是,夜幕越来越深的时候,酒吧门口聚集了不少年轻的外国人,他们叫喊着,喝着自己带来的啤酒,同样欢乐同样感觉兴奋。在一阵尖叫之后,把那喝空的玻璃瓶狠狠地砸在地上,让你们酒吧里面的人听听,我们不用进来,我们不用买你那么贵的啤酒,可是我们喝着同样品牌的货色,我们甚至比你们还要快乐。

一辆车开过,打开了车灯,把这群疯疯癫癫的外国年轻人照亮了,他们眯缝着眼睛,在黑暗中集体狂喊起来,夹杂着英文的脏字,有人把酒瓶砸在车子边的路沿上。绿灯亮了,车子踩动了油门,"轰"地一下冲了出去。他们开始唱歌,唱一些谁都听不明白、也不知道是哪个国家的歌曲,就这样堵在酒吧的外面,感受着上海的夜晚。

按摩室的拉门"哗啦啦"响着被拉开了,秋芹一边给李太太按摩着脚,一边说:"李太太,你看谁来了?"李太太抬起头,惊讶地叫了起来:"林小姐,你怎么会来的?""来看你啊""真的?怎么那么有情意啊!""我回去快半年了,现在台北呆不住,就想回上海。""是啊,我也喜欢上海,看来是要在这里养老了。王太太也快回来了吧?""早回来啦,我在机场碰见她的,比我早一班的飞机回来的。昨天晚上还跟她一起打麻将呢。""又在那里骂人了吧?""那是,可颂坊的老板,都是九十多岁的人,一边打牌一边骂,说是'怎么有这么笨的人啊,捂着牌不出,还想带回家生小的?'我看王小姐脸色好尴尬啊,背着王太太,准又要给老头子送礼去。"

秋芹问林小姐,"王太太,为什么要骂他啊?"

"王太太什么人都要骂,除了她父亲。她好崇拜她父亲喔,父亲是黄埔一期的,跟着老蒋好多年了,是将军。四九年就是她父亲派的飞机护送老蒋飞台湾的。蒋介石对他们家好好喔,看见王太太父亲说话都像自己家人,但是要生气了,就像骂儿子一样,拿着手杖在地上使劲地戳,用绍兴话大声地骂,谁都不敢出声音。王太太是他们家的独生女,哎哟,不得了的脾气,从小就这样,看谁不顺眼,就骂,动不动就骂'贱人',她的女婿是'贱人',干妹妹是'贱人'。王太太骂女婿是最厉害的,'这个贱人,有脸做男人。'女婿去看她,才进门,她就说'你还不去死啊,不要叫我。'"

李太太趴在按摩床上笑得眼泪都出来了,"你学得好像啊,好好玩。"

朱师傅有点为这女婿打抱不平,怎么可以这样呢。

"唉,是她女婿自己讨骂嘛。他在外面搞女人。其实,她女儿王小姐都知道,就睁一只眼闭一只眼,只要家里太平就算了。台湾女人还是蛮传统的,嫁了人,就是一辈子的事情嘛。王小姐家好有钱啊,加拿大有房产,房子有三千多平米,今年还在武康路巴金家隔壁买了大花园洋房,装修就花了三千多万人民币。她对老公才叫好呢。"

秋芹听不懂了:"那老公怎么还要乱搞啊?"

"这么凶的丈母娘,娘家人根本看不起他嘛。后来他搞的那个女人,呀,就是你们上海女人,厉害死了!冲到王小姐家里,当着王小姐的面,要王小姐离婚,说是,'你老公喜欢的是我,你赖在那里干什么?'其实她老公已经打算甩掉那个上海女人了,没想到就找到王小姐家来了。王小姐家住在三十四楼,那个女的威胁她,说是'你不离婚,我就要跳楼自杀',还说自己怀孕了,要死给王小姐看,那是要一尸两命。你看这上海女人厉害不厉害?也不知道她怀孕是真是假。王小姐爱面子,不想把事情闹大,就给了她三十多万赔偿金,外加一套在闵行的房子和一辆奥迪车子,算是把事情了断了。当然啊,王小姐还是生气了,要求她老公把工作辞掉,把给老公用的信用卡全部收回,账号封掉。这种男人,早该这样了,拿太太的钱去玩女人,难怪王太太要说'还有脸做男人?'这次,王太太是不知道女婿又做的丑事,不然一定会赶他出家门的,你看看,就是不知道,还是一口一个'贱人、贱人'地骂。男人没本事,吃软饭,总是让人看不起的。现在她老公老实啦,成了王小姐的跟班,陪她装修房子,陪她逛超市,陪她散步,出门两个人都手拉着手,看上去好甜蜜呀。"

"那个甜蜜也是假的唉。"林小姐不屑地说道。

"假的总比没有好嘛,现在人家王小姐就什么都不缺了。"秋芹说。

"噢哟,我说天天跟自己演戏也是蛮辛苦的,听了也是蛮心酸的。"李太太总结了一下,"还是你们朱师傅好,看看你们家朱师傅,眼睛看不见,还要学一身的本事,靠自己!"

"哎呀,我们家这位,才叫傻呢。"说着秋芹笑着看了看朱师傅。

朱师傅就那么笑笑,没有说话。

"他一点不傻,不然你会看上他?"

"上当了嘛。他们家和我家是浙江同乡,家里介绍的,他爸爸带着他到乡下介绍人家里。人都到了,你怎么好回头人家？家里人都说他人好,一看就是老实人,长得好……"

"是啊,朱师傅长得真是帅气,怎么把眼睛搞坏了。"林小姐真为他惋惜!

"我女儿都问,妈妈,你怎么肯嫁给爸爸的?"

"哎呀,现在的小孩子哪里学得这么实用,这样势利的啊。有这样问妈妈的吗,她才几岁啊?那是让朱师傅宠坏的。"

"我哪里宠啊,秋芹才宠她呢。不要看她哇啦哇啦地在骂她,到哪里就是想着女儿。"

"不过话说回来,朱师傅啊,你命好,这么好的太太,嫁过来帮你理家理财还跟着你学手艺,你看看,你们家多好啊,这个舒心。这年头也是好人有好报。"

"是哦,是哦?"朱师傅咯咯地笑出了声音。

其实家里也不像外人看见的那么舒心。那次周先生在门外,还没有敲门,就听见秋芹在那里叫喊了:"就是不修电视,你把眼睛都看坏了。再说啦,那电视里都是什么乱七八糟的东西,看了是害你!"

"是你和爸爸答应的,一天可以看半小时的卡通片。"

"那电视机坏了,我有什么办法。"

"你为什么不找人修?"

"没钱!"

"我出钱。"

"你出钱,你的钱哪里来的? 不许修就是不许修。"

接着,屋子里一片安静,周先生这才把门铃按响了。一开门,秋芹完全改变了口气,重新回到那份亲切、热情的口吻,好言好语地说道:"周先生,侬好啊,长远没来了。""咯是啊,有三年没来啦。侬还记得我啊。""哎哟,哪能忘记侬啊,两年不困觉的大博士啊!""现在不来三了,一天不困,眼睛就张不开啦。"

周先生手里拿着一只白毛大熊。他把玩具交到朱师傅的女儿手上,她抬头看了一眼周先生,腼腆地一笑。周先生带着一点苏州口音的上海话,显得有点老派又有点儒雅,他跟孩子说:"跟妈妈吵架啊?""没有,就是她不让我看电视。""亏你说得出口,近视又加深了,看电视不是害你?"秋芹在整理着按摩床,隔着房间依然大声数落着女儿。

周先生悄悄跟孩子说:"妈妈为你好啊。你看你们家多好,你多幸福啊!""还幸福呢,住在我们幸福路上,是最不幸福的!我们小学也叫幸福小学,所以我们就更不幸了!""哎哟,现在小孩子怎么会这么想的。你要多幸福才算是幸福呢?""我们小朋友今天早上刚刚跳楼自杀了。""什么?""就是呀,都是她爸爸妈妈不好,她是从瑞典来的,他们一定要带她回来学中文。Maggie说,在瑞典上学很开心的,成天就是玩,根本不像中国这样。回来以后,这不可以那不可以,每天晚上的功课都是做到半夜,还不许看电视。到了学校,老师连糖都不让我们吃。""为什么?""说我们都太胖了。""那确实要少吃点,为你们好啊!""为我们好,就不要做那么多作业嘛。成天就是抄书,其实抄了老师根本就不看的。Maggie那天把口袋里的糖都分给我们了,她带来的糖都是外国糖,特别奶油,比我们这里的好吃。我说,你自己留一颗呀。她说,她再也不会吃糖了,也不怕老师骂了。后来,她就跟大家说,活着真没有意思,好想死啊。我们都笑了,大家都说,要死的话,就一起死,我们就从学校楼上跳下去,那才叫方便呢。我们说完都笑死掉了。结果,结果……她真的跑到楼上跳下去了……"小女儿突然不说话,喉咙里发出一声呜咽的声音,眼泪控制不住地淌了下来。秋芹默默地走了过来,她不再责备女儿,微微地弯下身给女儿擦眼泪,女儿倔强地拧过身去,呜咽声变大了;秋芹叹着气,抚摸着女儿的头发,女儿又把母亲的手撩开,坐到另外一张椅子上,背对着大家。秋芹尴尬地朝周先生笑笑,周先生赶紧说:"现在做小孩子也不容易啊……"停顿了一会儿,他有点尴尬地问道:"我可以开始按摩了吗?""好了,好了,都给你准备好了!"

才转身,只听见女儿带着哭声说道:"周先生,你的大白熊……"

"美国带来的,送给你的礼物啊!"

"爸爸妈妈不让我拿人家的东西。"

"我的东西,爸爸妈妈没有意见的。是不是啊?"

"那快谢谢周先生。"朱师傅和秋芹一起关照女儿。

"谢谢周先生。"女儿低低地说着,她拿起那个大玩具,脸上透出微微的笑容,可是眼泪还是在往下淌。

周先生趴在床上的时候,感慨地跟朱师傅说:"我们出去的时候,就觉得要好好挣钱,不要让下一代再过苦日子。可是,现在的孩子怎么比我们当年更苦? 我们过去是物质上的苦,他们现在是心里头的苦,碰勿碰就自杀!""是啊,出了事以后,学校很紧张啊,都不许小朋友回家说。""怎么可能回家不说呢？你瞒得了谁啊？我们那时候苦的时候，还是很开心。记得我刚到美国读书，口袋里只有四十美金，第一次租房子，押金拿不出来，就问朋友借，然后立刻给他开个支票，等我把打工挣到的钱打到银行去，让他月底去兑换。""你开始在那里干什么啊？""送外卖。芝加哥到了冬天很冷，出去送外卖骑着车，遇到路远的地方，早些来打工的就教我，说是把饭菜的盒盖子都打开。""哎呀，那不都冷掉了。""我当时傻了吧唧的也这么说。他们就说，就是要它冷啊，冻住、结冰了才叫好呢。以后那么远的地方，就没有人来电话 order 了。送过去，常常小费也不给，路上摔倒了，打翻了饭菜，还要你自己赔。不能给他们送！于是，天冷，又是路远的，总是这么干！"说着，大家都笑了，秋芹笑得被自己呛住了，不停地咳嗽，说是"怎么想得出这么缺德的主意啊！"

"周先生，怎么那么能吃苦？"

"我想，跟我的出身有关系。"

"侬是啥出身啊？"

"资本家。"

"资本家，咯，哪能吃得起苦啊。"

"侬就不懂了，最能吃苦的人，就是这些人。阿拉爸爸很小就跟我阿爷从宁波出来的,刚到上海的时候很苦,全靠自己一路打拼。先是阿爷盘下一间小厂房,一点一点做。有了一点钱,阿爷就送父亲去读大学,大学毕业,他接手管厂子再把它做大的。所以,家里从小教育我们,就是要好好念书,要能吃苦,才有好日子。""那你说话怎么会有苏州口音?""阿拉姆妈是苏州人。""哎呀,侬姆妈就跟着父亲吃苦?""没有,姆妈家里条件好,她父亲是我父亲的教授,是他给女儿相中的女婿。姆妈虽说是大小姐,还蛮会过日子的。里里外外都是她在打点,人家都说阿拉姆妈是个'角色'。""什么角色啊?""'角色'就是老上海人说的厉害的意思,其实她对我父亲、对我们小孩子,都是蛮好的。""你是太能吃苦了。""唉,我现在都不敢回头想,整整两年,没有一天睡过一个完整的觉。你看,我是早上八点开始,刚做完夜班,骑车十分钟到十五分钟回家,倒头就睡。十点赶紧起来,去大学上课,我基本上修的都是中午的课。上到十二点结束,又赶紧回家吃一点,再睡三小时。接着赶到学校的计算机房,给人家管机器,从三点半做到八点半。回家,吃了饭,又赶紧睡觉,大概从九点睡到十一点半,再就是赶到旅馆上夜班了。""那晚上没有什么人,你可以睡一会儿吗?""去了就是做账,那是八四年的时候吧,没有什么计算机,来了什么客人,是从一个小机器里打出那种纸带。到了那里,就是把纸带整理出来,然后就要一点一点结算。这样,就要忙到夜里两点。深夜还有客人要来住的啊,还有打电话过来,要卷筒纸,要吹风机,什么都有的。还有,说是水箱坏了,抽水马桶漏水了,你也要去修理,就是那种小旅馆,什么事情都要干的。账一结算完毕,我就要开始做功课、看书啊。读博士,除了英语,还要通过两门外语,我修的是法语和日语,那时候要看好多好多的书,美国的博士是真家伙。到四点的时候,老板起床了,他起得早,特别喜欢来找你聊天,那你就陪着他说啊。""他是怕你在那里休息吧。""倒也不是,他就是喜欢说话,差不多说到六点的时候,早上要走的客人又来 check out,又开始忙。到七点半就要交接了。八点下班,赶紧回家睡觉,就这样整整过了两年。""两年下来,侬做不动了吧?""不是的,是这个经理越来越相信我,他把这个旅馆扔给我管,让我当经理,自己进城去管他另外一个大旅馆了。""侬不生病的?""哎呀,那时候不懂啊,代价很大。就是牙齿看着它一颗一颗掉了,就是在这两年里面,那牙啊,就自己松动了,用手摇摇就拔下来了。有一颗牙,一直疼啊,连看病的时候都没有。说是拔了算了。只好去医院,医生正急着下班,说是拔牙的,那就赶紧拔吧。拔完回家,还是疼啊,都不能上班了,结果一看,老天爷啊,把我一颗好牙给拔了,已经没有几颗牙了,还拔了一颗好的。人家说,你告他去啊。唉,那时候刚到美国,胆子也小,哪里随便好去什么衙门,我们这种出身的中国人,都是给衙门吓死掉的人啊。其实,到美国,你拿得出证据,一告一个赢,他是要赔大钱的。不知道啊,我找到那个医生,他也吓坏了,说,'那我不收你的钱了,把这颗坏的赶紧给你拔了',还帮我治疗了。我想想,就算了,拉倒了,不跟他计较啊。""你干得实在是太狠了。能挣多少钱?""旅馆,每小时给我是四点五美金。我就算啦,那时候美金和人民币的比价还是一比一点八,我想四点五美金,八个小时,就是三十六美金,折合成人民币六十四元八角。我出来前,在上海交大做助教,这就是我一个月的工资啊。一想,就很兴奋。说是一个晚上,把一个月的工资给挣了,还睡什么觉啊。""那计算机中心给的多吗?""不多,才三美元一小时,但是那时候想把太太和孩子从上海接出来,就想拼命多挣一点。其实,现在想起来,真不该去挣计算机房的这份工资,应该在家睡觉的。可这些都是现在才会想明白的事情。那时候我们从中国出来,穷慌了,实在也是穷怕了,不是不去挣钱,是有了力气,根本就没有机会,所以美国给了你机会,哪里还敢错过啊。就是读书、挣钱,挣钱、读书。滑稽吧,怎么就把这两桩完全不搭界的事情扯到一起去了。"

"牙齿都落掉了,人没有倒下来,侬还算是身体底子好的。人,不要说两年不困,人家说,一夜不睡,十天不醒。侬真是不要命啦!读的是啥么书吗,要嘎拼命的?"朱师傅不停地给周先生揉着腰,似乎想要为他把苦水从那里挤出来。"读的是尼采哲学。"朱师傅"噢"了一声,估计也没有听明白尼采是怎么回事。这不再让朱师傅困惑。而当周先生说出口的时候,自己突然感觉到一份无可言语的荒谬,生活原来离开尼采的哲学是如此地遥远;那些深奥的哲学,在形而下的生活里,变得毫无意义;那超人的价值,是经不起没有睡眠的日子的煎熬的,精神的力量根本就抵抗不住周先生非常具体的、物质的身体的衰弱。为了尼采的深刻,付出了满口牙齿的代价。思想,竟然像一张轻薄的纸张,在阳光中飞来飞去,更像一个顽皮的孩子,和周先生开了一个大大的玩笑。他在学校—家—旅馆之间往返了两年,全部的意义是在哲学,不,具体地说,就是在尼采和金钱之间架起一座桥梁,如果不是学习尼采,他是不能出国的。

"侬不晓得,我刚到美国,最喜欢去哪里?去他们二十四小时开的超市,我有时不买东西,都会到里面转一圈,我们的美国同学以为我是装得与众不同,后来发现我真的喜欢去看超市,都笑死了。就是,我从来没有看见过这么大的市场嘛,什么东西都有,也没有营业员,要什么侬就自己拿。现在,中国也有大超市了,还是不能和美国的比,没有那么大、那么明亮干净。我第一次进去看见的时候,人就傻在那里。那是81年,第一次到芝加哥大学当访问学者。"于是,那硕大的超市,仿佛给贴上了尼采的照片,周先生在那里迷失了。夜深人静的时候,如果周先生再看见了尼采的照片,会不会把他当成超市里冰激凌的广告?仁慈的上帝,就给我们中国人开了这么大的玩笑,在玩笑之中制造出恐怖,在恐怖中一切安全感都已经毁灭,即使金钱,也不能让我们踏实下来,比恐怖更为强烈的是,在我们的头上似乎还有那么多的伟人笼罩着你。就为了这个尼采,为了中国还没有地方可以研究尼采,于是,周先生想尽一切办法跑到美国来了。

歌是怎么唱的?坐在火车站上/买张去别处的车票/手

持行李和吉他/度过一夜的旅行/一个人的乐队啊/多希望这是回乡之旅/回到所思所唱的故乡/那儿有真诚等待我的姑娘……

回来了,没有什么姑娘等在那里,也不是为了什么姑娘渴望回家。就是一种莫名其妙的愿望,想带着太太和孩子回上海看看,可是孩子不愿意,她不会说中国话,不认识中国字,上海是父母心中的符号,跟她没有关系。上海,是周先生一辈人在心里挥之不去的印迹,再怎么走遍天涯,似乎终点还是要走回这里。但是,上海变了,已经不再是童年记忆里的上海,天空被一栋栋的水泥高楼堵住了;弄堂房子上的红屋顶,被那些塑胶板的假屋顶替代了;已经不敢在小摊子上买东西吃了,小时候的大饼油条,是他们的最爱,现在被地沟油解构了;还有,还有我们的自行车,再也不能自由地在街道上飞驰了,拥堵的车辆,把最后的空间给占领,大家开始像败兵一样从战场上溃退下来,狼狈不堪,真是不知道是回上海还是在美国度过晚年为好。周先生,这些"五〇后"的,还不清楚自己是迷失在哪里。女儿更不想去理解父亲两年不睡觉的意义,她跑到华尔街挣钱去了,中午出来买午餐的时候,看见游行队伍堵塞在街道上,她木然地看着,读着上面写的英文字"占领华尔街",她耸了耸肩膀,没有询问,没有思考,也不会加入。他们既不是中国人,也不关心美国,更没有愿望加入到他们的文化里,不是吗？吃完午饭,重新回到自己的办公室……

想太多了,"七〇后"、"八〇后"的,继续他们刚刚开始的人生,刚刚开始的追求,还有,刚刚能够张扬着自己的个性和选择。琪琪和阿佳到朱师傅这里来按摩,他们两个人进屋就会自觉地在门角边上换鞋子,透过挡板的玻璃,影影绰绰似乎看见琪琪低头的时候,阿佳会忍不住亲吻一下她的脖子。琪琪不说话,不拒绝,默默地接受着。当他们转身走来的时候,他们从来没有过亲热的表现,不拉手,不靠得紧紧的。这一对,真有意思,趴在按摩床上的时候,互相之间也是很少说话,最多是在按摩的时候,哪一边发出一点疼痛的声音,另外一边,就会抬起身子,朝那一侧看去。时而,琪琪会问阿佳:"你冷吗？要朱师傅给你盖个毯子吗？""不用。"他们站在那里的时候,你会觉得,他们一直在对话,那眼睛不时地对视着,全部的交流都在这里。秋芹清清楚楚感觉到,他们互相之间有一份很深的交流和默契。

有一阵子,他们俩常常跑来按摩,每次进门的时候,都是那么兴冲冲的,脸上挂满了笑容,有一份无法掩饰的快乐,那份快乐就融在幸福里,像喝醉了似的,已经再也无力说话了,他们就软软地躺在各自的按摩床上,沉浸在里面。有时候,那份幸福都溢出来了,你会听见,不管朱师傅、秋芹说了什么,他们俩都在那里咯咯地笑个不停。走的时候,总是会比价格多付出一些钱,似乎是想和朱师傅、秋芹一起分享他们的幸福。

秋芹说,琪琪是到他们这里做按摩最漂亮的一个女的,挺拔的个子,皮肤特别好,就像一个剥皮的白煮鸡蛋,像公主一样啊。"好像你看见过公主似的。"朱师傅还会调侃一下秋芹,她大声说:"当然看过啦,那么多的外国电影里,不是都有的吗?"

不过有很长一段时间,琪琪和阿佳再也没有出现。有一天,阿佳突然跑来了,他进门就问:"朱师傅,琪琪来了吗?""没有。""噢……"然后他就站立在门口,愣着,不知道该不该进来。"朱师傅,她有打电话来吗?""没有。""噢……""进来,进来讲呀。""朱师傅,你有客人吧?""刚做完,你来吧。"

"噢……"阿佳一下变了一个人,木头木脑的,他刚在床上趴下,又说:"朱师傅,我做半个钟头可以吗?""可以啊,你要是有事,不做也没有关系,我不会收你钱的。""不是,我有时间,就做半个钟头好了。"才做了没有一会儿,阿佳就起身了,他塞给朱师傅一个钟的钱,转身就走。朱师傅摸着钱,觉得不对,还没有赶上去的时候,阿佳就走了。

就在阿佳走出去不多会,琪琪来了。秋芹一开门:"哎呀,阿佳刚走,你们在路上没有碰见?""没有,你们有空吗?""有空有空。""我可以做三个钟头吗?""没有问题,我先给你做,后面两个钟,让秋芹给你做好吗?""谁都可以,在你们家呆着,就觉得特别舒服,你们家的气氛好。""哎呀,你怎么那么客气,那么会说话。""是真的。"说着,琪琪就趴下了。这次,琪琪的话特别多,她上来就告诉朱师傅"我要到南非去了。""怎么啦?要跑那么远?""就是想跑得远远的,呆在上海烦死了,那么多人,那么多车子、房子,真是受不了。""为什么选了南非,天多热啊。""去过南非的人,都说那里特别美,海,蓝得像墨水瓶打翻似的;最重要的是,我在那里找到工作了。""干什么啊?""还是做我的平面设计,给一家荷兰公司做广告啊,跟这里的活是一样的,但是那里条件好。""那就好。

就怕你一个人跑那么远,出了什么事情,连个帮手都没有。那阿佳去吗?""他不去,他在上海的公司都做得那么大了,哪里跑得了啊。""你也是的,跟他一起做一个公司多好啊,看你们两个人多般配啊,干什么跑南非去呢?""我喜欢玩,现在还年轻,就想出去瞎跑。""那什么时候结婚生孩子啊?""哎呀,朱师傅,我哪里喜欢想这些事情,我就想到处看看,那么早结婚干什么呀,我还有很多东西要学呢!""是的,是的。我们都是老派人,你们现在是新潮的一代,不要结婚的。""真的,结婚没有意思啊。天天看着一个人,再好看的人,也经不起你看一辈子啊。"说得大家都笑了,朱师傅,"是的,冯小刚说,这叫审美疲劳。"琪琪笑得更开心了,怎么朱师傅也知道冯小刚的台词啊。她突然转过话题问朱师傅,"刚才阿佳就是躺在这张床上的吧?""唉,你怎么知道的?""我可以闻出他的气息。""对不起,对不起,我换了床单的,怎么还是有味道呢。""不是,我喜欢啊。"大家又笑了。很快,又进来一个客人,秋芹接手,给琪琪按摩颈椎、脖子和脑袋,琪琪不再说话,就那么趴着,随着秋芹的手势,揉着揉着渐渐地睡着了。

　　客人离开后,秋芹心疼地跟朱师傅说:"他们俩肯定有什么事情,琪琪今天进门,把我吓了一跳,人,看上去好像老了很多。像是刚刚哭过,眼睛都是肿的。""我听她讲话,蛮开心的嘛!""哪里听得出来,后来她走的时候,我收了她的床单,枕头都哭得湿透湿透,他们肯定出了什么事情。你看阿佳,那个心神不定。"

年轻人的故事,看上去都在向前发展,可是,渐渐地又在向后回归。真是说不出一个所以然。不管你爱听不听,开始的时候,都像壁炉里的火焰,往里面添木柴,让炉火燃烧着,只是为了讨得对方的喜悦。那点火引燃的纸头,炉子里蹿出的火苗,还有呼呼作响的火花,它们不停地吞噬着木柴,这些,都曾经让人兴奋。最后你躺倒在壁炉边上,被火光映红脸颊,这一切的一切都成为难以忘怀的记忆,让你幸福得想哭。这时候,一旦歌声响起,是如泣如诉的那种,在你耳边轻轻地低吟着:坐在火车站上/买张去别处的车票/手持行李和吉他/度过一夜的旅行/一个人的乐队啊/多希望这是回乡之旅/回到所思所唱的故乡/那儿有真诚等待我的姑娘……

你一定感动得热泪盈眶。

很久以后,是林小姐说的:"我一直说上海女人是最坏最坏的,就知道勾引有妇之夫,人家有钱啦,有地位啦,事业有成啦,她们就来了,都不是东西!可是琪琪还真不是这样,她不像上海女人,这个女生不一般,蛮善良的,心好!阿佳是结了婚的,太太好凶喔,所以阿佳跑到上海来开公司了,就是要避开那个太太,凶不算还懒,说是在家里带孩子,那孩子不是祖母祖父在那里带啊。琪琪在阿佳公司,帮阿佳多少忙啊,她一来,公司真是起色很大。后来他们好了,阿佳倒是认真的,他决定和太太离婚,他太太吵啊,提了好多条件他都答应了,连台北的房子都留给太太。这个太太,平时又懒又笨,可遇到事情,谁不输给她?你想想她就能把阿佳一把捏在手里?她凭什么?!琪琪,那么能干的女生,哪里经得起她的算计,随便拨弄一下,就全都输了,输定了!你猜猜,她怎么办的?"秋芹和朱师傅都愣在那里,那么厉害,谁猜得出啊。"太太跑到上海来了,冲进阿佳的办公室,关上办公室的门,即刻给阿佳两个大耳光,'啪、啪'两下。那就让她打啊。然后跑到公司大楼的大堂里,等琪琪一出电梯,就拦住她⋯⋯"秋芹吓了一跳,"阿佳太太跑那里去打琪琪啦?""哎呀,打了就好了,打人的话,事情全好办了。唉,人家厉害就厉害在这里,出门就变了一副面孔,说要请琪琪喝咖啡,和她谈谈。你说琪琪能怎么说?就是出于礼貌也要去的嘛。哇,这女人厉害,太厉害太厉害,谁想得出来啊。"秋芹和朱师傅都咯咯地笑,就听林小姐趴在按摩床上在说"厉害厉害",喝个咖啡有什么厉害的?"还不厉害?你猜她说什么?咖啡一上来,阿佳太太一句话没有说,眼泪就开始滴滴答答地落在咖啡里,琪琪头都不敢抬,像一个罪犯似的。然后,阿佳太太开口了,她说:'我知道阿佳喜欢你,为你,他什么都愿意付出。我就想看看阿佳喜欢的女人是什么样的。现在看见了,果然是非常优秀!我了解阿佳,他是不会看错人的,他也不是那么简单就会喜欢上一个人。看见你,就觉得自己是配不上阿佳。我找你,不是来吵架的,全当是两个女人之间聊聊天,我们家出了那么大的事情……我跟人家怎么开得出口……我能和谁有个商量……'阿佳的太太中间就有好几次,哽咽得说不下去,这次低低地呜咽着哭了一会儿。然后她努力让自己镇静下来,泪眼汪汪地看着琪琪,'你读书比我多,智商也比我高,能给我出点主意吗?孩子才四岁,是最需要爸爸的时候,我想让她到上海跟你们过,你一定会待她好的。可是……可是,你说我什么都没有了,家庭、丈夫、孩子,我全没有了,我守着台北那个大房子,怎么活下去啊?想想,除了去死,我活着还有什么意思?我要是有你一半的本事,一半的美丽,我到哪里都可以混口饭吃,可是现在……都快四十了,上哪里去找工作啊？你……你……你给我一点帮助,我是个无能的女人,你就不要嫌弃我,就教教我,怎么办啊……'再也说不下去了,捂住脸,几乎是嚎啕大哭起来。幸好咖啡吧里没有什么客人。琪琪哪里说得出话,从头听她说话,就跟着她一起哭。最后,琪琪拉着阿佳太太的手说:'我会和阿佳分手的,对不起……'琪琪说不下去,她也要大声哭出来啊,她心能不痛吗？于是她起身掉头就走。琪琪这个女生好,她说话算话！阿佳后来跪在琪琪面前,求她不要离开他,不要离开公司。琪琪说,她不能再看见他了,她太痛苦啊！阿佳说,那他们继续好下去,他帮助琪琪另外开一家公司去。琪琪说,'你有太太有孩子有一个家,我再跟你好下去不成二奶了？'琪琪哭得很伤心,她是真心的,这个女生心纯,也善良。但是她也是很骄傲的,她不要做二奶,她就跑到南非去了。""现在琪琪怎么样啊？""不知道,她跟谁都没有来往。这么优秀的女生,她会过得好的。就是这种感情太伤心啊,不知道她什么时候可以恢复。她一走,你再看看阿佳,婚是不离了,那个凶太太搬到上海来看住阿佳,看得住吗？阿佳呢,在外面瞎混,什么乱七八糟的女人都睡,阿佳是完蛋了。我说啊,最好琪琪快点回来见见他,见了以后,心就死了,也不要为这种人伤心,这样的男人有什么好值得留恋的?"

长久的叹息过去以后,日子还是在继续。

有一天,有人扛着摄影机、带着简易的照明灯,跑到朱师傅家来拍电影了。客人还趴在按摩床上,身上蒙着一块大大的白被单,他支支吾吾地说:"哎哟,朱师傅你们家真是热闹。"

朱师傅有点顾及不暇:"秋芹不在,等她回来拍吧。"

导演笑了,他说:"我们是拍纪录片呀,我们是给世博会拍一点上海百姓生活的花絮,想拍拍你的故事,电话里都跟你说好了。"

"噢,说了,说了!就是我一个瞎子有什么故事啊。"

当导演把朱师傅的话翻译给摄影师听以后,只听见摄影师说了一串带西班牙口音的英文,导演又转身翻译给朱师傅:"他说,谁都有故事,瞎子的故事才让人意想不到呢。"

"我就是天天窝在家里给人按摩啊,有什么故事?"

"你怎么会想到开这个按摩室的?"

"原来我是给人家打工,到那里做按摩。有一天晚上回家,走在路上,被一块大石头翻倒了……"

"怎么会的呢?"

"我的盲人棍子伸出去没有碰到什么,结果刚上前,左脚就给撞上了。我摔倒在马路上,是整个人扑面倒下去的,整个脸、身上都摔破了,我摸了一下脸,那里全部是血,手臂上、手掌都破了。好几天不能去上班。我们不去上班就没有钱了。治疗也花费很大,都是自己出的。这些钱我没有问老板要。没有想到,老板要罚我旷工的钱,我说,我是摔坏的,不是好好的人赖在家里不来上班。老板说我们是签了合同的,一周要保证工作六十个小时,摔坏,那是我自己的事情,我没有去上班,有些客人点名要我做按摩……"

"是不是你做得特别好啊?"

"没有没有……"说话的时候,朱师傅不好意思地解释着,"我就是和客人都熟了,知道哪个客人需要什么治疗,不用他们说,就会给他们按摩的。后来,老板说,有的客人来了,一看我不在,扭头就走,影响了他们的营业额,那些日子没有利润了,所以要罚我。"

"那你怎么办?"

"是啊,你说我有什么办法啊,非但没有挣到钱,还给罚了一大笔,我们也没有工会,谁管你?想来就气,气得饭都不要吃。我又不能说不去上班了,那违反合同,就罚得更厉害。我太太说,千万千万不要再气出病来,不值得!正在这时候,我阿爸家的老房子要拆迁,有一份拆迁费,家里的兄弟好,他们一边安慰我,一边说,我是瞎子,就多给我点钱。秋芹拿着钱就开始到处找房子,她说,我们买个房子,自己在家里做,不要受人家的气啦。我一想,说得对……就这样我们自己开始做起来了。"

才说到秋芹,像是蒙太奇剪接那么自然,她就开门进来,导演暗示了一下摄影师,于是镜头一下转了过去。秋芹一看,立刻用手捂着脸说:"我难看死了,不要拍不要拍。"屋子里洋溢着一片笑声。

屋子,收拾得很干净、整洁、有条有理,这是一个三房一厅的公寓房,显然这是一个温馨可人的小家庭。墙上还挂着一些佛教的字条,用红木镜框装着,在那下面,是女儿的小书桌,桌子上放着苹果电脑,那个缺口的苹果,像是一个提示,家里有一个顽皮的女儿。后来女儿下课回来,导演让她在钢琴前给大家弹奏了贝多芬的《月光曲》,镜头摇到墙壁上,那里有一张幸福的全家福照片。钢琴声还在回响着,小厅堂后面的屋子里,朱师傅和秋芹都在给人按摩,秋芹点上了艾条,一边烧着一边给人扎金针。屋子里弥漫着艾条的香味,还有它的烟雾。

"你在哪里学的针灸?"

"就是嫁过来以后,开始跟老公学推拿。后来到中医学校办的一些短训班学的,还拿到了证书。我蛮喜欢的,先是给自己扎,后来就给客人扎了。"

"你真是一个好帮手啊!"

"哪里哪里,我们的客人都成了朋友,他们喜欢,让我去学针灸减肥,那我就去学啊。朱师傅他看不见,不方便,我去学学就好了啊。"

说是纪录片,你能纪录到多少生活的本质?很多时候,是没有人愿意把自己真实的面孔呈现在影片里的,除非你带着摄影机生活在他们中间,像种子一样埋在别人的土壤里,摄影机才会像影子似的消失。有一天,故事就慢慢地在你的胶片里生长起来。拍一个什么城市题材的百姓宣传片,那些伤心的故事,谁让你去宣传啊。朱师傅是不会告诉你的,有好长一阵子,他在唉声叹气,他不但不跟你说,他都不愿意跟自己说,他可不想提醒自己记住曾经有过的伤心经历。是很久以后,戴戴去了,他们实在是太熟悉了,朱师傅才会说出这个故事。

戴戴问道:"朱师傅,现在到处都是金融危机,你的生意还好吗?"

"好也没有用啊,钱都给人骗掉啦!"

"多少钱?"

"五万美金。"

"哎呀,就是你这么一点一点做出来,攒起来的钱啊。"

"是啊!"

"那个骗子是从哪里来的,不会是那种电话诈骗吧?"

秋芹走进屋子,一边在那里整理她的火罐、医疗家伙,一边告诉戴戴:"东北人,大连来的,就住在我们隔壁嘉华苑,房子还很大的。他最初到我们这里来按摩也有三四年了,都是很熟的老客人了。""骗你们的钱,心太狠啦!你们怎么想到把钱给他的呢?"

"唉,"朱师傅说,"当时正好有一笔钱。盘盘有五万美金。"

一说到这里,秋芹就来气了:"哎呀,一下子存了点钞票,就想去投资,人也是作死。"

"不是要去作死。按摩的时候,老听这个大连人说,他炒外汇行情多少好,他赚了多少多少钱。他说,你们这样挣钱太辛苦了,要挣到猴年马月啊?等通货膨胀一来,这点钱真的只能去买草纸了。你看,秋芹昨天去买猪肝,都三十二元一斤。我们小时候,猪肝顶多三毛多一斤。我觉得他说的也有道理,想想反正是老客人了,就住在隔壁,我们自己也在帮人家台湾人买股票。因为他们台湾人不能在上海开账户嘛,还有用我们的户口代买房子的呢,名字都是写我们秋芹的。最结棍的时候,2002年人家拿了一百四十万放在我们这里就回台湾了。后来买房子的,把房子抛掉了,赚了一把大钞票,我们也没有吞掉人家的钱嘛,都是老老实实还给客人,我想想这种钞票上往来是很平常,很正常嘛。我们这里来的,都是好人,我们总是认为大家都是好人,可以信任的。"

"那个大连人当时讲得多好听啊,说一年可以翻三番,我们连想都没有多想,"秋芹砰的一声关上了抽屉,大概是出口气吧,"我们把钱拿出来开户,告诉他密码,卡直接交给他,全部由他来操作。"

朱师傅又补充说道:"你不知道,刚开始的时候,这个大连人还怕我们不相信他,就带我们到他住的嘉华苑去看他的大房子,去看他的老婆,一个蛮年轻的女人,正在那里给一个小毛头吃奶。房子也很清爽。我们想老婆房子都在这里,肯定是牢靠的。当时我们虽然没有签文字合同,但是口头说好的,亏了百分之十的时候,就不炒了。我们就想亏个五千美金,已经很厉害了。哪里知道三个月他就跑来和我说,炒亏了百分之十二,后来又说炒亏了百分之四十,叫我们再加五万美金进去补仓。我们说,不补了,我们再也拿不出五万美金了呀!我们说,把钱拿出来吧,可是他就是不肯拿出来。"

"现在回头想来都后怕,幸亏那时没有去补仓,否则亏得更多。"

"后来钞票一分也没有捞回来啊?"戴戴问道。

"没有!后来他打电话说钞票基本上全部亏掉了。"秋芹还翻出那个人的电话给戴戴看,"你看,我就是打的这个电话,我们就在电话里说,剩下来多少全部拿出来,他的电话就打不通了,人也联系不上,找不到了。我们赶紧到他嘉华苑去找他老婆,那个女人说,'我根本不是他老婆,就是一般朋友。'我跟警察说了,这是诈骗啊,他们去调查了,说那个女人确实不是他老婆。可是那时候,他每次来都带着这个女人来按摩,他就是介绍说这是他老婆,那个女人在按摩床上,也一口一个'老公、老公'地称呼他的。而且,你看得出的,他们在一起的时候,一举一动就是像夫妻那样的。我们实在没有办法,就跟那个女人说,那你出来帮助我们作证,她说她什么都不知道,怎么作证啊!说了这话以后,那个女人也消失了。"

"那段时间,也是急疯了。我每个礼拜都拄着盲人拐杖去经侦处找警察,让他们想办法抓人。他们说,没有证据不能抓人,那个女人也不是他的老婆,那个什么嘉华苑的大房子,根本就是租来的。那个大连人的老婆是在意大利,他肯定就逃回意大利去了。警察说,这种案子很多的,大多数的时候,钞票是追不回来啦。我们的台湾客人也说这大概是个骗子,让我们赶快去报警。看见不对了,就立刻去报警,我们去经侦处报了好几次,他们说要收集证据,我们还花了一千多块钱买了录音笔,到处收集证据,但是我们当时是委托他炒外汇的,用的是我老婆的账户,也没有和他有书面的协议。经侦处的人光吃饭不办事,每次我们去都敷衍敷衍我们,连问题都不愿意回答,老说'知道了,知道了'。后来又让我们请律师去告这个人。"

"讲到请律师,那才叫好白相呢。"毕竟过去也有些年头了,秋芹说话,已经多了一份幽默,"律师什么事情都没做,又骗掉我们好几万。"

戴戴自己就是律师,赶紧问她:"啥人帮你们找的律师啊?为什么不找我啊!"

"也是客人呀,客人是开律师事务所的,就介绍了一个他的合伙人给我们。请律师费也花了好几万,请来的律师还不如我们自己懂得多,都是在那里捣糨糊!"

朱师傅说:"最后开庭的时候,律师什么话都不说,都是秋芹在那里说话。因为那个人有个公司,就等于告了他的公司,最后算判给我们一万美金。但是上法院,诉讼费也花了好几千啊!"

秋芹在那里咯咯地笑着:"好像一个圈子一样,先被大骗子骗掉五万美金,律师是中骗子,又骗掉七八万人民币,法院诉讼费又花了好几千,法院那就是小 case,是小骗骗啦,绕了一圈,钱全用掉了,什么也没有换回来!后来,经侦处的人告诉我们,也去查过他的账户,他其实一开始是赚钱的,把自己的本钱都拿到手,拿着赚到的钱和别人的钱再炒,就说全部亏掉了。经侦处的人也没办法找到这个人了。那段时间朱师傅心情老不好的,一夜一夜地睡不好。我真怕他得抑郁症,成天不睡,平时还要干活,人不要累垮掉的啊?我一有空,就带着他去绿地走走,倒来倒去是这两句话,'钱没了好去赚的,身体垮了就不能工作了。'人要想开点,骗掉就算了嘛。"

"我们这个钱,真的赚得很不容易啊。开始为了赚钱,做生意做到半夜里两三点还在给客人按摩,人家让我们去延安饭店上门服务的时候,都舍不得打车,都是自己走过去走回来的,就是想能省一点是一点。但这是五万元美金,我们是在八点五的时候跟人家换来的,就这样扔进大海里没有了。想起来还是觉得'挖塞'(郁闷)啊。"

"挖塞也没有用,还好我们没有再投进去钞票。想想就是后怕!现在,他终于好多了,也可以把这个故事讲给你听了。"

"比上不足比下有余啦,比我们惨的还要有嘞。我们有一个台湾客人被朋友骗了炒期货,一天就没了三千多万,以前还好吃吃老本,现在只好又去给人家打工了。"

"人真的老奇怪的,有钞票就作死,钞票赚来多少不容易啊。"秋芹长长地叹了口气。

正说着的时候,屋门打开了,女儿回家,没好气地把书包狠狠地扔在桌子上。朱师傅讨好地问女儿:"补课补得好吗?""好什么好啊,老师就是叫我在那里抄书,自己一直在那里打手机,打了都快有一个小时了才来教我。然后说,'哎,两个小时的家教,不来事啊,今天要多教一个小时。'我才不让她骗钱呢,我说,'我爸爸跟我说是两个小时。多加一个小时,要征得他们同意的。''那你打电话去问你爸爸。'我说,'我没带手机。'老师就把手机塞给我,叫我打。我就不打。"

"噢哟,你这个小孩子,不要去跟老师憋气嘛,她要多教就让她教吧!"

"就不要,爸爸,老师一个小时要收两百块呢,你挣钱那么不容易!"说完孩子转身回自己屋子去了。

"你看看,你看看,老师给孩子是什么印象?还要为人师表呢,都是钱啊钱的。都给钱作死了!我听到这种故事就生气。"戴戴说,"这次北京组织了一次公务旅行团,就是去土耳其在青年中间进行文化交流,就二十六个人,一半算是什么青年企业家啦,一半是各地的一些团干部。因为是对方接待我们嘛,坐的是土耳其航空的经济舱,住的也算是他们的五星级酒店的标准间啦,两个人一间。噢哟,那些富二代就不得了啦,骂骂咧咧,'我这辈子还没坐过经济舱啊,脚都伸不直,空气也不好。我出门都是住行政套房的,从来没和人家合住这么小的房间,我会失眠的。'一共是十天活动,七天交流开会,两天参观景点,一天购物。在文化景点参观的时候,这些所谓的企业家们就说啦,'我们都是搞实体的,经济懂点金融懂点,讲什么天文、历史文化肯定比不上你们,不行啦,你们提问好了,我们听听就可以了。'一等到买东西的时候,你看看这些伟大的企业家吧,全冲在最前头。我还在他们的工艺品柜台流连忘返呢,一个回头,那个在北京开陵园的周总,天哪,已经把柜台上全部的爱马仕包,六个,三十根手链还有十几根领带全部买掉。人家的柜台,就空在那里。我都看不懂啊,周总看到大家都这样看着他,有点不好意思,就解释说,'这里东西便宜,国内爱马仕包一个就要十几万,这里只要五六万哦,我买回去也是送人的。你们要吗?要的话,我让两个包给你们。'云南来的团干部,他们一天的补贴就是一百块人民币,看到证券公司的李总在名表柜台上,把那些手表,也是一扫而空,他们都不忍心看,转身到商店外面抽烟去了。李总炫耀地说:'我最喜欢给亲朋好友送手表了,我自己也喜欢手表,世界上的好表我家里都有,第一名是百达翡丽,第二名是积家,第三名……'回到宾馆,青海来的团干部就呼哧呼哧抱怨:'像什么样子,一出来就把人家商店包圆了,算他们有钱,搞得中国,人人都像暴发户一样。'云南人能说什么?'我们一年的工资只够他们买半个包,我们出来一趟盼了六七年,大家一样都是人,待遇处境完全不一样。'我只好安慰他们,'我们心要平点,他们做生意也不容易,他们买了东西也是送人情,买东西还是要看自己需要。'安徽团的人嘿嘿笑:'对啊,企业家是最危险的行业,政府一不高兴就能整垮你,今天还金山银山,明天说不定要欠钱跑路嘞。'朱师傅啊,现在一个二十六人的代表团,就贫富差距如此悬殊,你不要说一个国家了。"

"是咯,是咯,我就说,再做十几年,不做了,回乡下养老去。不要看着人家有钱生气,我们就好好去过自己的太平日子。穷,也不怕。只要有口饭吃就可以了嘛。"

"想得好嘞。"秋芹要比老公现实得多。"乡下到哪里去过?好的田都给房地产开发了,乡下河水也污染了,吃的东西比城里都贵。"

"这些房地产商也是缺德,造房子又不是种庄稼,为什么尽把肥田占去嘛。"戴戴就是想不通。

"好的田地都在家门口,山上的地他们不要。那时候,村里人不肯卖地,都种了庄稼。结果到收割的时候,半夜啊,房地产商就组织了人,偷偷地一卡车一卡车地装了碎石头进村,比日本人都坏,就把它们倒在庄稼地里,收成全部完蛋啊!"

当青灰色的晨曦在天边出现的时候,酒吧的霓虹灯也暗淡下来,很快就熄灭了。车垃圾的卡车,轰隆轰隆地开进了街道,先是把酒吧门口的酒瓶子铲进了车子。同这些垃圾一起战斗的,是那些疯疯癫癫的绿头苍蝇,超市门口那些腐烂的菜叶被卷进大斗里,翻倒进垃圾车箱时,绿头苍蝇发出了一阵战斗机的轰鸣声,"嗡"的一声,席卷整个街道,围绕着卡车疯狂地飞舞着。一大群蓝色、绿色和金色的大头苍蝇,不知廉耻地叫嚣着,它们无疑也会被装进垃圾车里,可是怎么能随便放弃自己的信念,还有比混杂在垃圾里面更让它们快乐的事情吗?这臭烘烘的生活,却是丰富多彩的,那绚丽的色彩使它们的血液沸腾。垃圾车吼叫着,开走了,一片苍蝇尾随在后面,一起追赶而去,欢快无比⋯⋯

白天的幸福路又回到原来的模样,一条小路被来往的车辆堵得死死的,喇叭也不甘寂寞,大声地在那里此起彼伏。远处的小超市门口,重新有一些不太新鲜的蔬菜被倒在路上,时而散发出一阵阵腐烂的气味,似乎在为幸福路叹息。丁字路口上的酒吧,冲着所有的行人,恶狠狠地敞开了胸膛,可是门面破旧,台阶上落下了不少灰尘。

苍白无力。

图书在版编目(CIP)数据

喧嚣背后的角落/彭小莲著.—上海:华东师范大学出版社,2015.11
ISBN 978-7-5675-4334-8

Ⅰ.①喧… Ⅱ.①彭… Ⅲ.①中篇小说-小说集-中国-当代 Ⅳ.①I247.5

中国版本图书馆 CIP 数据核字(2015)第 282874 号

上海文化发展基金会资助项目

喧嚣背后的角落

著　　者	彭小莲
策划组稿	王　焰
责任编辑	张继红
责任校对	邱红穗
封面设计	吕晓菁

出版发行	华东师范大学出版社
社　　址	上海市中山北路 3663 号　邮编 200062
网　　址	www.ecnupress.com.cn
电　　话	021-60821666　行政传真 021-62572105
客服电话	021-62865537　门市(邮购)电话 021-62869887
地　　址	上海市中山北路 3663 号华东师范大学校内先锋路口
网　　店	http://hdsdcbs.tmall.com
印　　刷	苏州工业园区美柯乐制版印务有限责任公司
开　　本	787×1092　32 开
印　　张	13.5
字　　数	204 千字
版　　次	2016 年 1 月第 1 版
印　　次	2016 年 1 月第 1 次
书　　号	ISBN 978-7-5675-4334-8/I·1458
定　　价	39.80 元
出版人	王　焰

(如发现本版图书有印订质量问题,请寄回本社客服中心调换或电话 021-62865537 联系)